Laura McVeigh

Als die Träume in den Himmel stiegen

Roman

Aus dem Englischen
von Susanne Goga-Klinkenberg

FISCHER

Erschienen bei FISCHER Taschenbuch
Frankfurt am Main, August 2017

Die Originalausgabe erschien 2017
unter dem Titel ›Under the Almond Tree‹
im Verlag Two Roads / Hachette UK, London.

Für die deutschsprachige Ausgabe:
© 2017 S. Fischer Verlag GmbH,
Hedderichstr. 114, D-60596 Frankfurt am Main

Satz: Fotosatz Amann, Memmingen
Druck und Bindung: CPI books GmbH, Leck
Printed in Germany
ISBN 978-3-596-29970-6

Für meine Familie
In Liebe

»Es gibt etwas im menschlichen Geist, das überlebt und obsiegt, ein winziges, strahlendes Licht, das im Herzen des Menschen brennt und nicht verlöscht, wie dunkel die Welt auch sein mag.«

Leo Tolstoi

1. Teil

Es gibt Reisen, die wir niemals unternehmen wollten. Und dennoch treten wir sie an. Wir treten sie an, weil wir es müssen, weil es der einzige Weg ist, um zu überleben. Dies ist meine Reise, die Reise, die ich niemals unternehmen wollte. Doch ich habe sie unternommen. Etwas hat überlebt. Manche Dinge kann und wird man nicht vergessen. Sie reisen bis zum Ende mit uns.

1

Mein ältester Bruder Omar wurde in einer kalten Februarnacht an einem verschneiten Abhang neben der Autobahn Kabul–Jalalabad geboren, einer der gefährlichsten Straßen der Welt. Meine Mutter stand im Schnee, der ihr bis zu den Oberschenkeln reichte – der starke Schneefall hatte sie überrascht. Sie krümmte sich in Qualen, während ihre Schreie durch das Tal hallten und von den Wänden der Kabul-Schlucht abprallten. Der einzige Mensch, der ihr beistand, war mein Vater, der noch nie gesehen hatte, wie ein Kind in diese Welt gelangte – schon gar nicht sein eigenes. Er war wie gelähmt vor Angst, als er seine schöne Frau beobachtete, deren Gesicht schmerzverzerrt war, die schwer atmete und kehlige, wilde Schreie ausstieß.

Natürlich fragt man sich zu Recht, was sie dort taten, draußen in der eisigen Nacht, um diese Uhrzeit, allein in tückischem Gebirgsterrain. Nun, sie liefen davon. Wie sie es immer getan hatten, seit sie einander begegnet waren, weil ihre Verbindung – von Beginn an eine Liebesehe – so unwahrscheinlich, so lächerlich, so waghalsig war, dass meine Mutter umgehend von ihrer

Familie verstoßen wurde. Sie wurde in Schande aus dem Haus meines Großvaters gejagt. Hinausgeworfen von ihrem eigenen Vater, dessen letzte Worte schlichtweg lauteten: »Azita, du bist nicht mehr meine Tochter.«

Ihre Mutter sagte nichts.

Mein Vater hatte auch nicht viel mehr Glück. Seine Eltern waren zwar sanfte Bergbewohner, schämten sich aber für seine Kühnheit und distanzierten sich von dem ungleichen Paar, weil sie Vergeltung fürchteten. Und so hatten Azita und Dil (die wir Madar und Baba nannten) ihr Leben als Außenseiter begonnen, und Außenseiter blieben sie auch. Als sie heirateten, kamen nur Vetter Aatif und Babas bester Freund Arsalan zur Hochzeit, und das ist bekanntermaßen gar nicht üblich.

Als meine Mutter kurz nach der Hochzeit schwanger wurde, begannen die Drohungen. Zuerst waren es Kleinigkeiten. Sie wurde auf dem Markt angerempelt. Kam nach Hause und fand die Tür offen, die Vorratskammer geplündert. Eines Tages war ein Nachthemd, das auf der Leine hing, in der Mitte durchgerissen und mit Blut beschmiert. Da beschlossen sie davonzulaufen. Sie würden Nomaden sein. Von dem Geld leben, das meine Mutter von ihrer Schwester bekommen hatte, von der Freundlichkeit Fremder, da ihre eigene Familie sie verstoßen hatte.

Amira, die Schwester meiner Mutter, hatte ihnen so viel wie möglich gegeben, sogar Goldschmuck. Es waren Familienerbstücke, die ihnen irgendwann nützlich sein könnten (ein selbstloser Diebstahl, der, als er bekannt wurde, Madars Schwester die Position in ihrer Familie und ihr Zuhause kosten sollte, da man sie nach Russland schickte – aber dazu kommen wir später). Die Schwestern weinten also und umarmten sich. Noch ahnten sie nicht, dass sie einander zum letzten Mal sahen. Dies waren die schweren Entscheidungen, die die Liebe meiner Mutter und meinem Vater auferlegte – Opfergaben, mit denen sie ihre Entschlossenheit bewiesen.

In der Nacht, in der mein ältester Bruder Omar seinen Weg in diese ungewisse Welt antrat, waren sie vor einer Gruppe Bergbanditen weggelaufen, die sie ausrauben und ihren Wagen stehlen wollten – einen rostfarbenen Lada Baujahr 72, ein Hochzeitsgeschenk von Arsalan und der ganze Stolz meines Vaters. Das Auto war die Liebe seines Lebens, gleich nach meiner Mutter und seinem künftigen Sohn. Sie waren unterwegs nach Kabul, wo sie Arsalan besuchen und noch einmal um Hilfe bitten wollten, und krochen langsam durch die harten Schneeverwehungen auf dem gefährlichen Bergpass, als auf ihren Wagen geschossen wurde.

Eine Kugel durchschlug die Seitentür und bohrte sich in den mit Teppich ausgelegten Boden des Lada, genau neben dem Knöchel meiner Mutter. An diesem Punkt beschloss Omar, dass er nun bereit sei, sich die Welt anzusehen, obwohl er allen Berechnungen zufolge an Ort und Stelle hätte bleiben sollen, bis der Frost vorüber war. Und meine Mutter, eine Frau mit starkem, unbeugsamem Willen, beschloss, dass der Wagen kein sicherer Ort sei, um ihr Kind zu gebären, und wenn sie am Abhang von den Mudschahedin-Banditen erschossen würden, auch gut, aber sie vertraute auf Allah. Mein Vater wusste, dass es keinen Sinn hatte, mit ihr zu diskutieren, eine instinktive Weisheit, die in sechs Kindern und einer – trotz aller Herausforderungen, und deren gab es viele – letztlich glücklichen Ehe resultierte.

Er nahm seinen *Patu* vom Rücksitz, seinen Umhang, der als warme Wolldecke dienen würde, und dann trotteten beide bergauf durch den Schnee und suchten Schutz hinter großen Felsblöcken.

»Mal sehen, ob ihre Kugeln da durchkommen«, sagte meine Mutter verächtlich in Richtung der plötzlich verstummten Gewehre der Scharfschützen, die vermutlich gerade durch das gewundene Tal marschierten, um den Wagen und seine toten oder sterbenden Insassen auszuplündern. Insassen, die entweder ihren Schüssen oder der bitterkalten Winternacht zum Opfer gefallen waren. Am Himmel stand ein schwerer Vollmond, und die Luft war so still, dass die Schreie meiner Mutter, sosehr sie sie auch zu unterdrücken versuchte, weithin durch die gefrorene Luft hallten. Omar hatte beschlossen, sich in die Welt zu begeben, und es dauerte nicht lange, bis er in den *Patu* glitt, den mein Vater in zitternden Händen bereithielt. Er wurde sofort gewickelt, Schicht um Schicht. Nachdem meine Mutter ihr Baby geboren hatte, richtete sie sich auf und stützte sich auf meinen Vater, während sie ihrem geliebten Sohn tief in die Augen sah. Geradezu trunken vor Triumph, stolperten sie den Hang hinunter zum Auto, wobei sie eine Blutspur hinterließen, die dunkel in die weißen Schneewehen sickerte.

Zwei der Scharfschützen hatten inzwischen das Auto erreicht und warteten geduldig, dass mein Vater mit den Schlüsseln zurückkehrte. Einer rauchte Haschisch. Der andere hielt Wache, das Gewehr unter dem Arm.

Mein Vater zitterte am ganzen Körper. Er war weder ein Feigling noch ein Narr und erkannte die Gefahr, die ihnen als kommunistische Sympathisanten drohte. Meine Mutter jedoch, die gerade Leben erschaffen hatte, wirkte noch gebieterischer als sonst und ging geradewegs auf die Männer zu. »Brüder ... kommt und seht dieses Kind: ein Wunder. Allah sei Lob und Dank! Aber wir müssen ihn ins Warme bringen, wo er sicher ist. Ihr Brüder müsst uns helfen.«

Und ob sie nun von Madars Schönheit verhext oder von der seltsamen Wendung der Ereignisse überrascht waren, berauscht vom Haschisch oder eingeschüchtert von ihrem trotzigen Tonfall – zur Verwunderung und ungeheuren Erleichterung meines Vaters stimmten die beiden Männer den Plänen umgehend zu. Alle Gedanken an einen Raubüberfall waren wie ausgelöscht, als man ihnen die Sorge dafür übertrug, dass diese Nacht nicht zugleich die letzte des Neugeborenen wäre. Und wenngleich sie Schurken waren, im Rausch und ein bisschen ungehobelt, waren sie auch Söhne und einmal Kinder gewesen – sie waren selbst kaum erwachsen – und überdies dankbar, weil es im Auto warm war und sie das Paar und seinen neugeborenen Sohn nicht töten mussten und in jener Nacht alles gut war auf der Welt.

Atemlos erzählt meine Mutter die Geschichte, und die Bergbanditen werden jedes Mal edler. Die Sterne strahlen hell vom kalten Nachthimmel, und wir können Mermon Mehwish im Autoradio singen hören, und mein Vater, meine Mutter und die beiden Mudschahedin singen mit, während sie zu den Lichtern von Kabul hinunterfahren.

Natürlich hat es sich nicht so abgespielt. Meine Mutter ist eine begnadete Geschichtenerzählerin – sie kann aus den schlimmsten Albträumen die schönsten Träume weben. Es ist eine Gabe, die sie und uns alle über die Jahre am Leben erhalten hat. Wenn meine Mutter die Geschichte erzählt, weint mein Vater und wird ganz still, und wir wissen, dass wie immer Omar auch in diese Welt gelangt sein mag, es nicht durch die Freundlichkeit der Mudschahedin geschah.

Doch warum habe ich mit der Geschichte von Omars Geburt begonnen? Ich habe mit ihr begonnen, weil man manchmal rückwärts gehen muss, um voranzukommen. Das sagen meine Eltern jedes Mal, wenn der Zug auf unserer immerwährenden Reise mit der Transsibirischen Eisenbahn zwischen Moskau und Wladiwostok eine Endstation erreicht. Wenn alle sechs Kinder flehen, betteln, weinen, aus dem Zug springen. Von uns sechsen bin ich das vierte Kind, Samar – vor mir kommen Omar, Ara, Javad und nach mir der kleine Arsalan und Sitara, das Baby. Es ist jene rauschhafte Zeit auf dem Bahnsteig, wenn wir einfach nur anhalten wollen, die niemals endende Reise von Asien nach Europa zurück nach Asien leid sind. Eines Tages, wenn meine Eltern sich entschieden haben, was wir als Nächstes tun, oder ihnen das Geld ausgeht (und dieser Tag wird kommen), werden wir den Zug verlassen und ein neues Leben beginnen. An irgendeinem sicheren Ort. Einem Ort, von dem wir nicht weglaufen müssen.

2

Die Räder des Zuges bleiben unerwartet stehen. Wir werden mit einem Ruck nach vorn geschleudert.

Omar und Javad lehnen sich weit aus dem offenen Fenster, um zu sehen, was vorgeht. Wir stehen mitten auf einer Eisenbahnbrücke der Baikalrundbahn. Unter uns gähnt drohend der Abgrund, während der Zug sanft auf der Strecke schwankt und dann ganz zum Stillstand kommt. Passagiere aus anderen Abteilen treten auf den Gang, einige schauen vorsichtig aus den Fenstern.

»Vielleicht ein Problem mit der Spurweite«, mutmaßen Omar und Javad.

Meine Brüder sind inzwischen Experten für Züge. Und Brücken. Und Ingenieurtechnik. Omar sagt, er wolle später Ingenieur werden. Seit einem Jahr absolviert er ein Fernstudium. Er bekommt die Aufgaben überall auf der Strecke, indem er den *Provodnik* Napoleon, Fahrkartenkontrolleur und Hüter des Samowars, in die Bahnhöfe schickt, um die neuesten Pakete mit Arbeitsunterlagen abzuholen. Das ganze Abteil ist voll von seinen Zeichnungen und Berechnungen. Er glaubt, dass die Männer, die diese Brücken gebaut haben, sich durch den Granit und Kristall des felsigen Ufers sprengen mussten, die Männer, die die weiten, unwirtlichen Gebiete Sibiriens umgegraben und ausgehoben und mit Dynamit geräumt haben, prachtvolle Brücken und Tunnel gebaut, gegen bedrohliche Überflutungen und Erdrutsche gekämpft, den Gefahren von Milzbrand und Cholera, den Angriffen von Banditen und Tigern getrotzt haben. Er ist davon überzeugt, dass diese bemerkenswerten Männer die wahren Abenteurer waren, die das Land ihrem Willen unterworfen haben. Eine Welt nach eigenen Vorstellungen zu erschaffen – das ist es, was Omar möchte.

»Leg es weg, Samar.« Ich habe mir eine von Omars Zeichnungen genommen, um sie näher anzuschauen, stählerne Linien, die, sich überkreuzend, ein filigranes Muster bilden.

»Du verstehst es nicht.« Omar seufzt lächelnd.

»Dann erklär es mir.« Ich setze mich neben meinen ältesten Bruder und werde ein Teil seiner neuen Welt, errichtet aus Schönheit und Erfindungsgabe.

»Zum einen hältst du es verkehrt herum.« Er lacht, mein Interesse scheint ihn zu belustigen. Ich drehe die Zeichnung richtig herum.

»Schon besser. Schau mal …« Er fährt mit den Fingern die Umrisse der Zeichnung nach. Omars Augen strahlen, als er mir seine Arbeit erklärt, überrascht und erfreut, eine so aufmerksame Zuhörerin zu haben.

»Woher weißt du, dass es funktioniert?« Ich staune über die

Gradangaben, die Winkel, die verdrehten Metallstrukturen, die er mit Bleistift und Papier heraufbeschwört.

»Ich weiß es nicht. Man weiß es nicht immer. Man muss es einfach versuchen.«

Ich bewundere ihn, weil er an sich glaubt, weil er sich seiner selbst so gewiss ist. Bei Omar fühle ich mich sicher – als wäre die Welt eine Reihe lösbarer Rechenaufgaben, greifbar und fest unter meinen Füßen.

»Scht«, macht Ara. Sie lernt im Abteil nebenan Französisch – Madar unterrichtet sie darin –, und wir stören sie bei ihren Konjugationen.

Sie sind überrascht? Nur weil wir umherwandern, vernachlässigen meine Eltern noch lange nicht unsere Schulbildung. Ganz im Gegenteil, leider. Wir lernen Mathematik, Geographie, Naturwissenschaften, Geschichte (mein Lieblingsfach), Philosophie, Politik, Russisch, Englisch und Französisch. Wir lesen (ich lese Tolstois *Anna Karenina* und besitze eine alte, zerfledderte Enzyklopädie, die mein Schatz ist und in Wahrheit uns allen gehört). Meine Mutter möchte, dass wir für das Leben gerüstet sind. Abends hören wir Musik. Baba hat ein Transistorradio und stellt immer die örtlichen Sender ein. Wir hören Klassik, Folk, Rock, sogar russischen, mongolischen und chinesischen Jazz – was immer sich auf der Reise gerade bietet.

Eines Abends versammeln wir uns alle um das Radio, um Strawinskys *Feuervogel* zu hören, zusammengedrängt in Abteil Nummer vier, eine flackernde Kerze auf dem Lesetisch. Mein

Vater hat Sitara auf dem Schoß, der kleine Arsalan und ich sitzen auf dem Boden; Ara, Javad und Madar auf dem Bett gegenüber, und Omar steht in der Tür. Der Zug hat angehalten, um Proviant für den Speisewagen aufzunehmen, aber niemand rührt sich von der Stelle, weil wir so in die Musik vertieft sind und unserer Mutter zuhören, die uns die Geschichte vom Prinzen Iwan und dem schönen Feuervogel erzählt.

»Prinz Iwan«, beginnt Azita mit ihrer tiefen, melodischen Stimme, »gelangt in das magische Königreich von Koschei, dem Unsterblichen. Sie entdeckt im Garten den wunderschönen Feuervogel und fängt ihn ein. Der Vogel fleht ihn an, er möge ihn freilassen, und verspricht, dem Prinzen zu helfen.«

»Und was dann?«, fragt Sitara und schaut zu Madar. Sie ist vier, die Jüngste der Familie und in einem Alter, in dem sie noch jeden Abend Geschichten erzählt bekommt. Wir tun so, als wäre die Geschichte für sie, obwohl wir uns in Wahrheit alle von der Wärme und dem Kerzenlicht angezogen fühlen und uns von der Stimme meiner Mutter sanft wiegen lassen.

»Der Prinz entdeckt dreizehn Prinzessinnen, schöne Prinzessinnen, und er verliebt sich sehr in eine von ihnen, worauf er beschließt, Koschei um ihre Hand zu bitten.« Meine Mutter lächelt meinen Vater an, als sie diesen Teil erzählt, doch Baba ist ganz weit weg und schaut aus dem Fenster.

»Koschei sagt nein und schickt seine magischen Geschöpfe, um den Prinzen anzugreifen, doch der Feuervogel geht dazwischen, verhext sie und belegt Koschei mit einem Fluch.«

Javad beginnt, im Kerzenlicht über Babas Kopf Schatten des

Vogels mit den Händen an die Wand zu malen. Sitara drängt sich eng an unseren Vater, weil Musik und Schattenspiel sie ängstigen.

»Dann verrät der Feuervogel dem Prinzen das Geheimnis von Koscheis Unsterblichkeit.«

»Was ist Un ... sterblich ... keit, Madar?«, fragt Sitara.

»Die Fähigkeit, ewig zu leben«, sagt Baba.

»Davon träumen nur Narren«, schnaubt Omar verächtlich.

»Der Feuervogel sagt dem Prinzen Iwan, die Seele des bösen Zauberers sei in einem gigantischen Zauber-Ei gefangen«, fährt Madar mit ernster Miene fort. »Also zerstört der Prinz das Ei, der Bann ist gebrochen, und Koschei verschwindet zusammen mit seinem ganzen Palast. Die Prinzessinnen und Iwan bleiben dort. Sie sind endlich erwacht.«

Die Musik schraubt sich weiter und weiter bis zu ihrem triumphalen Schluss, und wir hören, wie das Publikum in wilden Applaus ausbricht. Ich stelle mir den Konzertsaal voller Männer und Frauen vor, die sich aufs schönste herausgeputzt haben, die Tänzer auf der Bühne, das Orchester im Graben – lauter Bilder, die ich von meinem geliebten Tolstoi gelernt habe.

»Baba, sehen wir das auch mal?«, fragt Sitara.

»Eines Tages, eines Tages werden wir so etwas sehen«, antwortet er und umarmt sie ungestüm.

Meine Schwester Ara hat eine wunderschöne Singstimme. Wenn es dämmert und wir uns im Speisewagen zum Abendessen versammeln, singt sie manchmal, meist alte afghanische Weisen oder die Lieder von Farida Mahwash, Exilantin wie wir, eine Nomadin. Ara singt Musik, in der arabische, persische und indische Einflüsse verschmelzen, so wie im Schmelztiegel unseres Landes. Madar weint dann immer. Manchmal hat selbst Baba feuchte Augen, freudig und traurig zugleich. Denn in den Jahren, bevor wir aus unserer Heimat Kabul geflohen sind, war Musik verboten. Können Sie sich das vorstellen? Keine Musik hören, nicht singen, kein Instrument spielen, nicht einmal eine Melodie summen zu dürfen? Was kann es denn schaden? Was kann Singen schon anrichten? Wenn Ara zitternd in der Ecke des Speisewagens steht und ihre eigene Schönheit vergisst, um diese Lieder mit uns zu teilen, fühlen wir uns lebendig und frei. Alle Fahrgäste im Wagen klatschen Beifall. Das sind meine liebsten Augenblicke, wenn wir alle beisammen sind, wenn das Leben schön ist.

Nun aber stecken wir mitten auf der Brücke der Baikalrundbahn fest und blicken an einer Seite auf einen Felshang voller Lärchen, Kiefern und Birken, an der anderen auf die gewaltige Weite des Sees. Nachdem der Zug angehalten hat und wir die Fenster geöffnet haben, sitze ich da und horche auf die Rufe der Buschsänger, die um den See flattern. Wir kennen inzwischen alle Vögel und auch die meisten anderen Tiere unterwegs. Javad und ich können stundenlang dasitzen und Töne, Gefiederfärbung und Zeichnung mit den Bildern und Beschreibungen in der Enzyklopädie abgleichen, oder wir fragen Napoleon, eine unerschöpfliche Wissensquelle für alle Dinge, die mit der Reise verbunden sind. Ansonsten haben wir wenig zu tun, und es hilft, die Zeit zu vertreiben.

»Was ist los? Warum haben wir angehalten?«, fragt meine Mutter Napoleon, der in diesem Augenblick vorbeigeht.

»Auf der Brücke steht ein Hirsch. Wir warten darauf, dass er sich bewegt.«

»Ein Hirsch?«

»Ja. Entweder springt er runter oder schafft es, sich umzudrehen und in den Wald zurückzulaufen. Falls er sich nicht bewegt, muss der Lokführer ... nun ja ...«

Napoleon wirft einen verstohlenen Blick auf uns Kinder. Sitara quellen fast die Augen aus dem Kopf, als sie an den Hirsch denkt, der auf der Bahnstrecke hoch über dem See schwankt (dem tiefsten See der Welt, das nur am Rande).

»Vielleicht könnte ich helfen«, sagt Javad. Er ist von meinen Brüdern am freundlichsten, derjenige, der einen am seltensten an den Haaren zieht oder mit Schimpfwörtern bedenkt, derjenige, der sich stets die meisten Sorgen macht. Javad träumt davon, Tierarzt oder Zoologe zu werden und in London oder Amerika zu leben oder vielleicht in einem Safaripark in Afrika. Einmal haben wir im Zug Südafrikaner kennengelernt, die uns alles über den sogenannten Krüger-Nationalpark erzählt haben, und seitdem träumt Javad von solchen Orten.

»Danke, aber ich glaube nicht ...« Napoleon schüttelt den Kopf. Er ist ein gütiger, freundlicher Mann, der nachts in stille Melancholie verfällt, der uns alle liebgewonnen hat, die seltsame, umherziehende Familie, die scheinbar leidenschaftlich gern und unablässig mit dem Zug reist.

»Lass mich. Bitte«, bettelt Javad.

»Javad …«, ruft Madar ihm nach, doch er ist Napoleon bereits vorausgeeilt und windet sich durch in den nächsten Wagen bis ganz nach vorn, wo der Lokführer sitzt.

Meine Mutter seufzt, aber sie hat inzwischen gelernt, dass Kinder ihr Leben selbst leben müssen, so verlockend es auch sein mag, es für sie zu tun. Und so zuckt sie nur mit den Achseln und wartet ab. Fünf Minuten später ruft Omar, der sich noch immer aus dem Fenster lehnt: »Hey, da ist Javad. Er steht beim Hirsch auf der Brücke.«

»Was macht er denn?«, will Baba wissen.

»Er … redet mit ihm.«

»Ich glaube es nicht – er will den Hirsch verzaubern! Na toll«, spottet Ara, die sich keine Sorgen machen will, aber angestrengt über Omars Schulter blickt.

Wir alle halten die Luft an, sind uns der Dummheit unseres Bruders nur zu bewusst; ein gemeinsames Atemholen, begleitet von stummen Gebeten, und dann, nach einer gefühlten Ewigkeit, erhebt sich im vordersten Wagen Jubelgeschrei.

»Was ist da los?«, fragt Baba.

»Er hat es geschafft. Der Hirsch … Er hat ihn dazu gebracht, zurückzulaufen. Hurra!«, schreit Omar.

Nach ein paar Minuten setzt sich der Zug wieder in Bewegung. Der Lokführer tutet, und alle lachen und jubeln. Javad stürmt zurück in den Wagen, mit glänzenden Augen. Er ist der Held des Tages. Aber nicht das, denke ich, macht ihn so glücklich, und auch nicht das Gefühl, den verängstigten Hirsch gestreichelt und weggelockt zu haben, als er schwankend auf den stählernen Schienen stand. Nein, die frische Luft und seine Füße auf dem Metall und dass er dem Tod von der Schippe gesprungen ist, das macht ihn geradezu schwindlig. Ich bin eifersüchtig, weil er in diesem Augenblick so lebendig aussieht. Er ist kein Fahrgast mehr. Baba holt eine Tüte Zucker heraus. Omar läuft mit der Teekanne zum Samowar, und dann trinken wir mit warmem, gezuckertem Tee auf Javads sichere Rückkehr.

»Auf Javad«, sagt Omar und klopft seinem jüngeren Bruder auf den Rücken.

»Auf Javad.« Ein Lächeln zuckt um Aras Lippen, als sie ihr Glas hebt, um auf seinen Erfolg anzustoßen.

Es tut gut, Omar und Javad miteinander lachen zu sehen. In letzter Zeit haben sie sich oft gestritten – genau wie wir alle. Omar, der kleine Arsalan und ich halten bei diesen Kämpfen gewöhnlich zueinander; Ara und Javad ebenfalls, obwohl sich die Bündnisse über Nacht ändern können, je nachdem, worum es geht und wie viel auf dem Spiel steht. Ara und Javad sind von Natur aus ungestümer, stärker ihren Gefühlen unterworfen, sie neigen zu Konfrontation und Kränkung. Omar und ich hingegen versuchen, mit Schmeichelei zu überreden und Friedensstifter zu spielen – er als der Älteste, ich als das mittlere Kind.

»Wie hat es sich angefühlt?«, fragt der kleine Arsalan und betrachtet Javad mit neuerwachtem Interesse und Respekt. Dieser zuckt mit den Schultern.

»Hast du den Hirsch angefasst?«, fragt Sitara, staunend und

mit großen Augen. »Hast du mit ihm geredet?« Javad nickt. Sie lehnt sich näher heran. Er macht eine Geste, als wollte er ihr ein Geheimnis anvertrauen.

»Er hat gesagt ...« Er flüstert ihr etwas ins Ohr, das wir nicht hören können. Sitara reißt den Mund auf.

»Nun necke sie doch nicht«, sagt Omar rasch.

»Tu ich nicht«, entgegnet Javad kühl und wendet sich zu Baba, der ihn stolz betrachtet, während er noch einmal erzählt, wie er den Hirsch rückwärts über die Brücke und von den Gleisen weg in Sicherheit gelockt hat.

Ich nehme meine alte Ausgabe von *Anna Karenina* – ich lese langsam auf Russisch – und gehe in den Speisewagen, wo ich ungestört am Fenster sitzen und lesen und für kurze Zeit in eine andere Welt entfliehen kann, eine andere Haut als meine eigene. Ich verberge mich hinter meinen Haaren und drehe den Körper zum Fenster. Ich bin so klein, so schmal – ein Schattenmädchen –, dass ich mir ausmale, die anderen Fahrgäste würden mich nicht einmal bemerken.

Ich habe angefangen, im Zug zu lesen. Erstens vertreibt es die Zeit. Zweitens beschwichtigt es meine Mutter, die glaubt, dass ich mich bilde und mir meiner Umwelt bewusst werde (wenn sie wüsste, worum es in meiner geliebten *Anna Karenina* geht, würde sie die Lektüre kaum gutheißen). Drittens, und das ist am wichtigsten, schützt mich das Lesen vor den aufdringlichen Stimmen der Fremden und ihren unablässigen Fragen. Am schlimmsten ist die Frage: »Wohin fahrt ihr?« Manchmal lüge ich und suche mir irgendeinen Haltepunkt auf der Strecke aus – Irkutsk oder Ulan-Ude, manchmal sogar Moskau – und sage: »Dorthin fahren wir.« Und wenn sie fragen: »Und was macht ihr da?«, antworte ich: »Leben, einfach leben.« Ein Bett in einem Zimmer, das sich nachts nicht bewegt. Einen Raum für mich allein – einen Raum, in dem ich still sein und denken und schreiben kann. Einen Garten zum Spielen. Einen Ort, an dem ich etwas wachsen lassen kann. Mehr will ich nicht. Außer Glück. Warum sehnen wir uns danach, glücklich zu sein?

Ich tröste mich mit Tolstois Anna, ihrem Elend und ihrer Traurigkeit, und erkenne in mir denselben drängenden Wunsch nach Frieden. Und so vergrabe ich mich tief in dieser erdichteten Welt, vergesse die Taiga um mich herum, die Wildnis der Wälder, die wir durchqueren. Weiter vorn im Wagen schießen amerikanische und englische Touristen Dutzende verschwommener Landschaftsfotos. Die Amerikaner sind laut in ihrem Lob. Andere verhalten sich besonnener, nehmen die weiten Panoramen in sich auf.

Für mich ist die Welt die von Anna und Wronskij, zumindest eine Stunde lang – ich sehe mich in Sankt Petersburg Schlittschuh laufen, auf Bällen tanzen, mich in einen unpassenden, gutaussehenden, witzigen Mann verlieben.

In meinem Kopf gibt es zwei Russland – dies hier, das wirbelnde, romantische, epische Russland Tolstois; und das andere Russland, das in meine Heimat einmarschiert ist und sie dann im Stich gelassen hat. Dieses Russland kann ich nicht lieben.

3

Ich war fünf Jahre alt, als wir Kabul für immer verließen. Es ist schrecklich, mitten in der Nacht aus dem eigenen Haus fliehen zu müssen, die Angst in den Augen seiner Eltern zu sehen und zu wissen, dass man nie wieder zurückkehren wird. Es ist schrecklich, nirgendwohin zu gehören. Doch wenn man nicht länger lesen, lernen, singen oder auch nur allein in der Sonne spazieren gehen kann, kann man nicht leben. Kann man nicht bleiben. Daher hege ich die guten Erinnerungen, an die ich mich klammern kann, wie einen Garten, denn sie sind es, die mich an die afghanische Erde binden.

In meinen frühesten Erinnerungen sehe ich das Haus in Kabul, in dem wir damals wohnten – das einzige Heim, das ich bis dahin kannte. Es war ein großes, eindrucksvolles Gebäude mit zwei Stockwerken, das blassgelb gestrichen und sehr viel prächtiger war als die niedrigen, schlammfarbenen Häuser, die sich im Schatten der Berge drängten und aus denen die Stadt größtenteils bestand. Es lag in Shahr-e-Naw oberhalb des Parks und war durch einen ummauerten Garten vor dem allgegenwärtigen Staub geschützt, die Vorderseite eingerahmt von hochgewachsenen Koniferen, während an den Seiten Kiefern und Lärchen wuchsen. Vor der Haustür standen große Rhododendren, dazu Rosen und Geißblatt, so dass man den Duft mitnahm, wenn man das Haus betrat.

Ich verbrachte die meiste Zeit im Innenhof des Anwesens. Er war voller Blumen und Bäume – Walnuss, wilder Pfirsich, Wacholder –, und in der Mitte wuchs ein wunderschöner Mandelbaum. Ich saß gern im Schatten der grünen Blätter oder im Frühjahr unter den Blüten und spielte dort nach der Schule mit Javad und Ara oder den Nachbarskindern, die mir vom Alter her näher waren.

Noch vor wenigen Jahren war die Straße, an der das Haus stand, von Bäumen gesäumt gewesen. Das war, bevor die Sowjets begonnen hatten, sie zu fällen (angeblich, um die Scharfschützen der Mudschahedin besser sehen zu können). Die Stadt jenseits des Innenhofes und der Mauern wurde nach und nach zerstört, obwohl mir das damals nicht bewusst war, weil Madar und Baba versuchten, uns vor dem heraufziehenden Chaos zu beschützen.

Vom Dach des Hauses aus konnte man über die Stadt blicken, die von den weißgekrönten Bergen des Hindukusch umgeben war. Ich weiß noch, wie ich einmal mit Javad hinaufschlich und zusah, wie Tausende leuchtend bunter Papierdrachen flatterten, umhersausten und in den Abendhimmel emporstiegen. Heutzutage sieht man in Kabul keine Drachen mehr – wie alles Schöne haben die Taliban auch sie verbannt. Sie fürchten sich vor der Schönheit, vor dem, was in den Herzen der Menschen ist.

Manchmal erzählen uns Madar und Baba abends im Speisewagen, wie die Stadt früher einmal war.

»Es war das Paris Asiens«, seufzt Madar. »Es gab Geschäfte, Kinos, Restaurants ...«

»Und Plattenläden«, fügt Baba hinzu. »Man konnte hingehen und Musik aus aller Welt hören. Duke Ellington war sogar mal in Kabul. Der Jazz kam nach Kabul. 1963. Ghazi-Stadion. Fünftausend Menschen. Stellt euch das vor.«

Es war schwer, diese Stadt voller Farben, Musik und Freiheit mit jener zu verbinden, die wir hinter uns gelassen hatten. Doch wir alle nickten, verloren in der Erinnerung, und sogen die Wehmut unserer Eltern nach einer längst verschwundenen Stadt in uns auf.

»Faiz Khairzada hat es organisiert«, sagt Madar nachdenklich. »Und das Ballett – das Joffrey Ballet – war auch da und Eisenhower, da war ich noch ein Kind. Es war eine andere Zeit.« Sie sieht traurig aus.

Es ist kaum möglich, mir Baba und Madar so vorzustellen – jung, hoffnungsvoll, in einer Welt voller Möglichkeiten, die dann einfach verschwand. Es erscheint mir zu grausam.

Das gelbe Haus gehörte Arsalan, der uns bei sich aufgenommen hatte. Obwohl er der beste Freund meines Vaters war, war er auch mit meiner Mutter befreundet. Sie hatten alle zusammen an der Universität von Kabul studiert, und Baba hatte Madar kurz nach ihrer ersten schicksalhaften kommunistischen Versammlung, lange bevor die Sowjets kamen und alles sich veränderte, mit Arsalan bekannt gemacht. Madar und Baba sprechen oft von dem Abend, an dem sie sich begegnet sind – hoch oben in den Höhlen hinter der Stadt, in einer Gruppe von Studenten, die begierig nach neuen Ideen waren, nach neuen Lebensweisen. Alle waren waghalsig und revolutionär, saßen im flackernden Kerzenschein, Madar und Baba wechselten verstohlene Blicke, es war der Beginn einer echten Romanze, die an der Universität erblühte. Es ist eine Geschichte voller Abenteuer und Heimlichkeiten, die wir immer wieder hören möchten.

Madar studierte Medizin – sie hatte schon immer die Gabe besessen, Menschen zu heilen, Dinge besser zu machen, selbst wenn der Schmerz unerträglich war. Mein Vater wollte Rechtsanwalt werden und in die Politik gehen, das wünschte sich auch sein Vater – ein Leben, das anders war als sein eigenes; ein Leben voller Möglichkeiten.

»In jenen Tagen konnte man alles tun, alles sein, sich alles vorstellen«, sagt Madar lächelnd und nickt.

Mir fällt es schwer, das zu glauben, aber ich höre ihr zu. Ihre Stimme verlockt mich.

Als Junge hatte Vater mit meinem Großvater in den Bergen von Baglan Schafe und Ziegen gehütet. Eines Tages war eine Schlammlawine durch das Tal abgegangen, und er hatte zwei Wanderer tiefer unten gewarnt, worauf diese kehrtmachten und so ihr Leben retten konnten. Wie sich herausstellte, waren diese Wanderer Arsalan – damals noch ein Junge, genau wie mein

Vater – und dessen Vater, die im Frühjahr den Hindukusch besucht hatten. Und so spielten Baba und Arsalan zusammen im Bergdorf meiner Großeltern und wurden enge Freunde, wobei Arsalan für immer in seiner Schuld stand. Arsalans Familie war reich und politisch wie die meiner Mutter, und sie waren es auch, die sich von da an um meinen Vater kümmerten, seine Ausbildung unterstützten, ihm später eine Unterkunft in Kabul besorgten und ihn ermutigten, Rechtsanwalt zu werden, weil Arsalan es so wollte, weil Baba ihm das Leben gerettet hatte. So jedenfalls erzählt Baba die Geschichte.

Und nun wollte Arsalan sich um meinen Vater und dessen wachsende Familie kümmern.

Er selbst war unverheiratet und behandelte meinen Vater wie seinen Bruder, meine Mutter wie seine Schwester und uns so freundlich, als wären wir seine eigenen Kinder. Jene frühen Jahre im gelben Haus waren glücklich. Doch eines Tages, als ich fünf war, veränderte sich alles, und das Glück und die Leichtigkeit verschwanden urplötzlich, die Luft wurde dunkel und drückend. Ich erfuhr nie, was wirklich geschehen war, doch von da an gaben wir den Sowjets die Schuld an allen schlimmen Dingen, die geschahen: den Kämpfen, später den Taliban oder dem Zorn der Männer – und blickten nie in unser eigenes Herz.

Wenn ich mich sehr bemühe, kann ich mich an Bilder, Geräusche, Empfindungen erinnern. Ich war damals so klein und staune daher, dass ich mich überhaupt an etwas erinnern kann. Doch nun, da wir von einem Land ins nächste treiben und nie sesshaft werden, sind mir diese Erinnerungen zunehmend wichtig. Dinge blitzen auf – meine Mutter und Arsalan, die auf der Schwelle zum Innenhof des gelben Hauses miteinander streiten, während sie mich in den Armen hält, wie ihr Herz hämmert, wie er sie Zita nennt. Ich erinnere mich an seinen Geruch, als er sich zu uns beugt, die Hand über der Schulter meiner Mutter gegen den Türrahmen stemmt und sie eindringlich ansieht. Er spricht über meine ältere Schwester Ara und über Omar. Madar weint. Ich weiß noch, dass ich mit meinen dicken Fingerchen ihre salzigen Tränen abwischen wollte.

Das Bild lässt mich nicht los, weil sie selten weinte und es mich daher schockierte. Madar nahm mich an die Hand und ging mit mir zum Mandelbaum, wo sie sich hinkniete, damit sie mir in die Augen schauen konnte, und mich anwies, leise zu spielen, es werde nicht lange dauern. Ich erinnere mich, wie sie mit Arsalan ins Haus ging. Bald war ich damit beschäftigt, glücklich im Schmutz des Innenhofs zu spielen, und bemerkte erst allmählich, dass der Streit verstummt war. Nach einer Weile kam Arsalan wieder in den Hof, schwang mich hoch in die Luft und drehte sich mit mir im Kreis, bevor er davonging. Die Augen meiner Mutter waren rotgeweint, und ich spürte, dass sich etwas verändert hatte.

Danach wurde Madar schwanger und verbrachte die meiste Zeit im Bett, wo sie in der Dunkelheit schluchzte und die Wände anstarrte. Sie machte kein Aufhebens mehr um uns. Sie schimpfte nicht einmal, wenn wir sie provozierten. Es war, als hätte sich das Licht, das gewöhnlich in ihren Augen tanzte, verdüstert, als wäre all ihr Ungestüm vergangen. Von da an war ich nicht länger Mittelpunkt ihrer Welt und musste allein im Schatten des Mandelbaums spielen, während meine Brüder und meine Schwester in der Schule waren.

Arsalan kam immer öfter morgens, wenn Baba gegangen war, ins Haus zurück, und meine Mutter wurde immer blasser und stiller. Sie freute sich nicht mehr, ihn zu sehen.

Am Tag, an dem mein jüngerer Bruder geboren wurde, gab es einen schrecklichen Streit zwischen Baba, Arsalan und Madar. Arsalan war am Vorabend gekommen und hatte einen Arzt mitgebracht. Er wirkte ungewohnt nervös. Meist war er groß und laut, dröhnend geradezu, jemand, der den Raum und die Luft um sich herum ausfüllte. Er schlief in einem Sessel am Fuß des Bettes, in dem meine Mutter lag, und mein Vater lief die ganze Nacht im Zimmer auf und ab, ging in den Hof und kehrte wieder ins Zimmer zurück. Es waren lange, schmerzhafte Wehen, und meine Mutter schrie bis spät in die Nacht hinein.

Meine Schwester Ara kam herunter und zerrte mich aus dem Bett. Sie sagte, ich solle mir die Ohren zustopfen, und dann saßen wir alle bedrückt und unsicher, in Decken gewickelt, auf dem Dach und blickten auf den Nachthimmel über Kabul, horchten auf die Granaten in der Ferne, blendeten die Schreie von unten so gut wie möglich aus, waren verbannt, bis die Erwachsenen ihre Angelegenheiten geklärt hatten.

Der kleine Arsalan (wie das Baby zu Ehren des Freundes

genannt wurde) erblickte in der Morgendämmerung das Licht der Welt und war von Anfang an ein lautes, ungestümes Baby. Kräftige Lungen und winzige, fest geballte Fäuste. Kurz nachdem er auf die Welt gekommen war und sein Namenspatron ihn auf dem Arm gehalten und ihm viel Glück gewünscht hatte, verließ Arsalan das Haus. Es war das letzte Mal, dass wir den Freund meines Vaters lebend sahen.

Das nächste Mal sahen wir Arsalan eine Woche später. Omar fand ihn, er hing am Mandelbaum im Innenhof, alles Leben und Gelächter war aus seinem starken Körper gewichen, seine Augen waren glasig, seine Gliedmaßen schlaff.

Als meine Mutter ihn erblickte, ließ sie beinahe das Baby fallen, und ihre Schreie drangen in die Luft über Kabul. Sie wurde hysterisch. Baba blieb vergleichsweise ruhig und holte Arsalans Messer, das immer auf einem Sims über der Küchentür lag, ging zum Baum und schnitt seinen Freund los, dessen Leiche mit einem dumpfen Aufprall im Staub landete. Baba weinte oder schrie nicht und riss sich auch nicht an den Haaren. Er schien überhaupt nicht überrascht, dass Arsalan, sein lebenslanger Freund, eines so elenden Todes gestorben war. Stattdessen wandte er sich um und bedeutete uns, ruhig zu sein. »Das geschieht, wenn sich der Wind dreht. Bald holen sie uns. Wir müssen weg hier. Dies ist nicht mehr unser Zuhause.«

Madar hörte ihn jedoch nicht, denn sie war auf dem Boden zusammengesunken, in den Armen das Baby, das mit seinen eine Woche alten Lungen aus Leibeskräften schrie.

Am selben kalten Februartag verließen die letzten sowjetischen Truppen das Land. Damals wusste ich natürlich nichts darüber, nichts von der Politik, die uns umgab. Ich hatte keine Ahnung, was diese Veränderung bedeuten würde.

Baba verwendete oft das Wort »deprimierend«, wenn er von den Sowjets oder Russen oder dem Kommunismus sprach, und dann nickten wir höflich und gaben uns wissend, aber natürlich wussten wir nichts, verstanden nichts außer der Tatsache, dass die Sowjets eine fortwährende Enttäuschung im Leben meines Vaters gewesen waren. Er hatte sich mit Marxismus und Leninismus beschäftigt, mit den Idealvorstellungen einer allumfassenden Brüderlichkeit und Gleichheit, hatte bei den früheren Geheimtreffen in den Bergen ernsthaft zugehört und letzten Endes erkannt, dass alles nur Betrug war.

Im Haushalt ging es jetzt seltsam zu. Madar und Baba, die immer beste Freunde gewesen und warm und gütig miteinander umgegangen waren, wirkten kalt und steif. Sie sprachen leise und gedämpft bis spät in die Nacht. Ara und Omar trieben sich an der Tür herum, um zu horchen, und wir trugen die Nachrichten als stille Post weiter. Im Staubbecken von Kabul ging so etwas als Zeitvertreib und Beschaffung wesentlicher Informationen durch.

»Ich glaube, sie wollen mit uns in die Berge«, sagte Omar.

»Wieso?«, fragte Javad.

»Weil Baba von Gorbatschow angewidert ist, er hält ihn für einen schwächlichen Narren ... die Mudschahedin hätten wohl doch recht.«

»Unwahrscheinlich.« Javad schüttelte den Kopf.

»Vielleicht fahren wir zu Madars Eltern«, sagte Ara sehnsüchtig. Sie wollte endlich unsere Großeltern mütterlicherseits kennenlernen, die uns fremd waren und dank Madars großartiger, ehrfurchtgebietender Schilderungen ihrer Herkunft, die sie spätabends am Feuer vortrug, wie Könige erschienen.

Wir wussten nicht, was geschehen würde, doch war uns auf entmutigende Weise klargeworden, dass Madar und Baba, die allen Widrigkeiten gemeinsam getrotzt hatten, sich nun in entgegengesetzte Richtungen bewegten.

Nachdem ich Tolstoi gelesen habe, weiß ich, dass romantische Beziehungen sich gelegentlich solchen Herausforderungen stellen müssen und derartige Probleme überwinden können. Damals jedoch wurden wir alle von einem Gefühl des Unheils und der Panik ergriffen, dem Gefühl, am Rande einer Welt zu stehen, die wir nicht verstanden.

Bevor wir das gelbe Haus für immer verließen, stritten sie sich vor allem um eines: Madars Geld und dass Baba keines besaß. Baba wollte, dass sie Arsalans Geld annahmen, so wie sie das Geld angenommen hatten, das Amira Madar geschenkt hatte. Wie sich herausstellte, war Arsalan ein sehr reicher Mann gewesen. Spätnachts hörten wir unsere Eltern reden.

»Nimm es, Azita ... Er hätte es so gewollt.« Baba schrie beinahe.

»Nein, es ist Blutgeld.« Madar weinte. »Wir werden es nie von unseren Händen waschen können. Es würde alles vergiften und Unglück bringen«, schluchzte sie.

»Denk doch mal praktisch, Azita. Denk an die Kinder – ihre Zukunft.«

Wir hörten, wie Madar die Küchentür hinter sich zuschlug und in den Garten rannte.

Wir wussten nicht, woher Arsalans Geld stammte; wir wussten nicht, was er getan, womit er seine Tage und Nächte verbracht hatte.

»Geschäfte«, hatte er nur gesagt, wenn jemand danach fragte. »Die Geschäfte laufen gut«, oder manchmal, mit gerunzelter Stirn: »Ach, die Geschäfte gehen schleppend.« Und dann brachten sie ihn um.

Vermutlich haben wir es Arsalan und seinem schmutzigen Geld zu verdanken, dass wir jetzt von Ost nach West, von West nach Ost reisen können. Vermutlich hat Arsalans Geld uns geholfen, Afghanistan zu verlassen, und uns damit das Leben gerettet. Und es ist Arsalans Geld, das meine Mutter ausgeben will, indem sie die Reise wieder und wieder unternimmt, während sie und Baba sich streiten, welcher Ort sicher genug sei, um den Namen Zuhause zu verdienen. Wir können nur spekulieren, schnappen Fetzen wütender Gespräche zwischen unseren Eltern auf. Wir sind entkommen. Wir sind am Leben. Sollen wir etwa deswegen unglücklich sein?

Manchmal kommen die Gespräche im Speisewagen auf Politik, aber wir verstehen nicht, was sie bedeuten – Baba scheint die Sowjets gleichzeitig zu lieben und zu hassen. Madar ist stiller; sie sagt nicht, was sie denkt, was sie für richtig hält, was das Beste für unser Land ist. Auch hier ist etwas zwischen ihnen zerbrochen und begraben.

»So etwas geschieht, wenn Männer um Ideen kämpfen«, sagt meine Mutter. Länder werden zerstört, Leben zu Kollateralschäden, und man begreift, dass nichts ewig hält. »Nichts hält ewig« ist eines von Madars Lieblingssprichwörtern. Ich hoffe, sie hat recht, denn sosehr ich Napoleons Geschichten, die Schönheiten der Reise und die Neugier auf unsere Mitreisenden auch genieße und mich auf die kurzen Aufenthalte unterwegs freue, bin ich doch bereit, mir ein neues Zuhause zu suchen. Ich bin bereit, diese Zugfahrt nicht ewig währen zu lassen.

»Denk an Vetter Aatif«, empört sich Madar.

Wir schrumpfen förmlich ein am Tisch, fürchten uns vor dem langen Schatten, den unser geliebter Vetter Aatif wirft.

»Er hätte alles werden können, einfach alles«, sagt sie und schüttelt kummervoll und verwirrt den Kopf.

Auch er war bereit, sich ein neues Zuhause zu suchen.

Ich weiß noch, wie er uns im gelben Haus besuchte. Er war sanft und freundlich und daran interessiert, sich mit mir zu unterhalten, erfreute sich an meinen unablässigen Fragen, meiner fünfjährigen Neugier auf die Welt um mich herum. Sein Lachen klang warm und tief, und Madar war immer glücklich, wenn er zu Besuch kam und ihr Neuigkeiten von zu Hause brachte.

Als er in den Iran ging und wir nichts von ihm hörten, gaben wir zunächst der Post die Schuld, dem Telefonsystem, der Entfernung, dem fremden Land. Doch als das Schweigen anhielt, fürchteten wir allmählich, Aatif könne etwas Furchtbares zugestoßen sein. Er war kein Mensch, der einfach wegging und die Verbindung zu seiner Familie abbrach. Er war nicht stolz wie mein Großvater. Madar und Baba fragten alle, die sie kannten, was aus ihm geworden sei. Wir konnten die Ungewissheit nicht ertragen. Wir konnten die Stille nicht ertragen. Monate vergingen, dann Jahre, und es wurde zu einer weiteren Traurigkeit, die wir in uns trugen. Zu einer Wunde, die nie ganz verheilte.

Geschichten drangen durch von anderen, die dorthin gereist waren. Geschichten, die uns Angst machten. Und als wir schließlich aus Angst um unser eigenes Leben flohen, gingen wir nicht in den Iran. Wir wollten nicht verschwinden wie er.

Ara hat sich von uns abgewandt. Sie fühlt sich unwohl, wenn meine Mutter weint. Ara war schon größer, als Aatif verschwand. Sie war immer sein Liebling gewesen. Da wir uns nach einer großen Familie sehnten, waren wir geradezu begierig auf diesen Vetter, der es wagte, sich mit uns anzufreunden, der bei uns zu Hause aß, mit uns im Hof spielte, mit meinem Vater über Politik redete und mit meiner Mutter über Familie, der Neuigkeiten mitbrachte, die sie ansonsten nie erfahren hätte.

»Er hat es nicht verdient, so zu verschwinden«, sagt Omar. Madar schaut ihren ältesten Sohn dankbar an – weil er so herzlich von Vetter Aatif sprechen kann, weil er dessen Freundlichkeit nicht vergessen hat. Sie scheint dankbar, weil er sich erinnert und Aatif für ihn noch nicht ganz verschwunden ist.

Ara stellt sich weiter hinten in den Wagen und drückt die Wange an die Glasscheibe. Ich frage mich, woran sie denkt – ob sie sich auch an ihn erinnert oder einfach nur vergessen will. Madars Hände zittern, und sie macht sich an Sitaras Haaren zu schaffen, bürstet sie, bis sie glänzen, während Sitara auf ihrem Schoß herumzappelt.

Wir werden still und bedrückt, rücken weg von Madar, die sich in der Vergangenheit vergräbt. Nach einer Weile, wenn wir Aatif wieder vergessen haben, wenn wir uns erinnern, wie man fröhlich ist, spielen wir »Was wäre, wenn …« Es ist eines der vielen Spiele, die wir erfunden haben, um uns die Zeit im Zug zu vertreiben – ein Spiel, in dem wir uns andere Möglichkeiten, andere Wirklichkeiten ausdenken, ein Leben leben, das anders ist als unser eigenes. Letztlich kann man nur eine gewisse Zeit lang die Landschaft betrachten oder an das Vergangene denken, bevor es einen in den Fingern juckt und man aktiv werden möchte. Die Spielregeln sind recht einfach. Eine Person sagt zu den anderen: »Was wäre, wenn du … (und dann überlegen wir uns einen berühmten Namen oder suchen einen aus der Enzyklopädie heraus) … wärst, was würdest du tun?« Beim letzten Mal war Omar beispielsweise Rumi, Ara Marilyn Monroe und Javad Elvis Presley. Ich selbst war Albert Einstein. Nun ja, Sie können sich vorstellen, wie die Unterhaltung zwischen diesen vier Personen ablief.

»Drei Intellektuelle und ein Herzensbrecher.« Das war Madars Witz, den ich nicht verstand.

»Hey, Samar«, sagt Omar, »wieso bin ich Rumi? Und du bist

Einstein? Müsste es nicht andersherum sein?« Ich zucke mit den Schultern und lächle. »So geht es eben.« Omar hat nicht die Seele eines Dichters. Er schneidet Grimassen, will zuerst nicht spielen, gibt dann aber nach, weil unsere Begeisterung ihn mitreißt. So können wir Stunden zubringen, wobei die Charaktere immer haarsträubender und alberner werden. Ara imitiert Marilyns Stimme und wedelt dramatisch mit den Armen – wie eine Schauspielerin, sagt sie –, betrachtet ihr Spiegelbild im Fenster, übt schon für den Ruhm. Javad kichert. Ihm fällt es schwerer, in der Rolle zu bleiben.

Die anderen Fahrgäste – Australier, Amerikaner, ein französisches Paar (lauter richtige Touristen) – beobachten uns bei unseren Spielen, manche gereizt, andere belustigt. Madar muss uns ständig zum Schweigen bringen und beschwichtigend in die Runde lächeln. Javad fängt an, im Gang zu tanzen, und wackelt auf vollkommen alberne Weise mit den Hüften. Er liebt es, ein Publikum zu haben. Ara summt »Blue Suede Shoes« und »Jailhouse Rock« und klatscht in die Hände, während Javad im Wagen auf und ab stolziert. Omar versucht, Rumis Verse zu deklamieren, und ich bemühe mich, überzeugend ein nachdenkliches Genie darzustellen. Ich zerzause mir die Haare und blinzle. Die anderen lachen, sind vorübergehend abgelenkt von Javads Verrenkungen.

Baba ist nicht dabei, daher fühlen wir uns frei, einfach nur zu spielen. Er ist spazieren gegangen. Wir müssen immer über die Vorstellung lachen, dass jemand in einem fahrenden Zug spazieren geht, aber er tut es jeden Morgen. Er nennt es seinen

»Gesundheitsspaziergang«. Im Zug fühlt er sich wie ein Tier im Käfig, und wir sehen die Schwermut in seinen Augen. Er ist kein guter Reisender. Madar braucht ihre ganze Energie, um seine Launen auszugleichen und ihn mit dem Versprechen zu beruhigen, der Zug werde bald anhalten, sie würden sich einigen, wo sie aussteigen und neu beginnen sollen.

Der kleine Arsalan läuft im Wagen auf und ab und folgt den wiegenden Hüften seines Bruders Javad. Der kleine Arsalan ist gar nicht mehr so klein, doch sein Spitzname ist geblieben, und er wird für uns alle immer der kleine Arsalan bleiben. Er hat sich damit abgefunden. Madar erzählt ihm, wie tapfer, gutaussehend und wild Babas Freund war und dass er ihm zu Ehren diesen Namen trägt, was ihn ein wenig besänftigt. Während Javad tanzt, klatscht Sitara mit Aras Hilfe rhythmisch in die Hände und kichert vor sich hin. Madar wiegt sie sanft auf dem Schoß, beobachtet ihre Brut und lächelt über unsere Mätzchen. Sie ist nicht mehr traurig wie vorhin. Das Reisen liegt ihr.

Wir vertreiben uns auch die Zeit damit, in der Enzyklopädie zu lesen und zu testen, wie gut wir uns Fakten merken können – Jahre, Daten, Zeitachsen, Länderlisten, Hauptstädte, Details aus dem Leben berühmter Persönlichkeiten, philosophische Schulen, Listen von Bäumen, Botanik, mathematische Fachbegriffe. Wir sitzen um das Buch gedrängt und schlagen es auf dem kleinen Tisch zwischen unseren Sitzen auf, blättern langsam und betrachten staunend die Welt, die es zu erforschen und kennenzulernen gilt.

»Wie viele Länder gibt es?«, fragt Omar und schützt das Buch vor unseren neugierigen Blicken.

»Hundertzwanzig«, sagt Javad.

»Sechsundsiebzig«, rät der kleine Arsalan und blickt von seiner Zeichnung auf.

»Nicht schon wieder«, seufzt Ara. Sie spielt nur noch zögernd mit uns, betrachtet sich als zu erwachsen, zu intellektuell für unsere kindischen Spiele. Sie achtet auf die anderen Reisenden, gibt viel auf deren Meinung. Manchmal kommt es mir vor, als wären wir ihr peinlich.

»Samar?«, fragt Omar lächelnd. Die anderen blicken auf.

»Etwa hundertneunzig.«

Er lacht. »Gut geraten – schon wieder fast richtig!«

Ich spüre ein stilles Glück, weil ich ihn zum Lachen bringe, die Antworten weiß. Ich merke, dass ich dafür begabt bin, verbringe ich doch von uns allen die meiste Zeit mit Lesen und trage dem Rest der Familie Fakten und verblüffende Tatsachen vor.

Nur Javad ist annähernd so sehr an Büchern interessiert wie ich – aber nur, wenn es um Tiere und ihre Lebensräume geht, die Dinge, die ihn am meisten interessieren.

Baba und Madar versuchen, uns für die Orte zu begeistern, durch die wir fahren: ihre Geschichte, Tatsachen, Sehenswürdigkeiten. Napoleon, der *Provodnik*, wird hinzugerufen, um Vorträge über ihre Geschichte zu halten. Wir sprechen Russisch mit ihm, jene andere Sprache, die von Beginn an mit uns gereist und uns fast so vertraut geworden ist wie unsere eigene.

»Es ist eine Zeit großer Veränderungen für dieses Land«, erzählt er in ahnungsvollem Ton, während wir durch die Taiga fahren (ahnungsvoll ist eins meiner neuen Lieblingswörter – zurzeit ist alles mindestens zwanzigmal am Tag *ahnungsvoll*. Nächste Woche kommt ein neues Wort).

»Wir erleben einen bedeutenden Augenblick in der Geschichte«, sagt er.

Mir kommt es vor, als wäre alles, was uns hierhergeführt hat, ein einziger großer Augenblick in der Geschichte, eine Reihe bedeutsamer Ereignisse. Na und, denke ich, dann leben die Leute hier eben auch im Aufruhr. Ich spüre einen leisen Zorn.

Doch Ara und Omar sind interessiert an der neuen Freiheit, die durch die Sowjetstaaten fegt.

»Weißt du, was das bedeutet, Samar?«, fragt Omar.

»Nein.« Ich tue, als wäre es mir egal.

»Es bedeutet mehr Rock'n'Roll. Mehr Elvis Presley.«

»Elvis ist tot. Zu viele Hamburger.«

Unser Zug ächzt dahin, fährt im Lauf der Jahre hin und her auf seiner Strecke, angetrieben vom Geschick des Lokführers und der Ingenieure. Wir kriechen mit fünfzig Stundenkilometern über diesen Abschnitt, bewegen uns zentimeterweise von Asien nach Europa und zurück, wie es der Zug seit Jahren getan hat, bevor sich die Dinge veränderten. Aber ja, die Dinge verändern sich.

»Der Kommunismus ist tot«, sagt Baba und schaut Madar

mit etwas an, das wir für Wehmut halten. Alles öffnet sich. Das hören wir ständig. Aber was bedeutet es für uns? Nur Madar und Baba können sich an das Afghanistan von früher erinnern. Wir hingegen erinnern uns an Krieg, Zerstörung, Entwurzelung und Verlust. Umso mehr Grund, die neuen Freiheiten in Russland zu begrüßen, behauptet Omar. Ich kann es nicht. Ich beneide sie um ihr neu gefundenes Glück, ihre Aufregung angesichts der Möglichkeit einer neuen Welt. Ich wünsche mir das auch für mein eigenes Land. Ich wünsche mir, ich hätte nicht fliehen und woanders neu beginnen müssen.

»Die Freiheit hat ihren Preis.« Das sagt Madar, und während ich nicht genau verstehe, was sie damit meint, stimme ich ihr darin zu, dass man etwas verlieren muss, um etwas zu gewinnen. So ist es immer.

Napoleon schüttelt den Kopf.

»Na komm schon, Samar, warum so trübsinnig?«

Alle sind glücklich. Weiter hinten im Wagen unterhalten sich die Russen mit skandinavischen Reisenden, alle machen Witze. Gläser klirren aneinander, lautes Gelächter ergießt sich durch den Zug. Ich bin so traurig.

Napoleon spürt es und klopft mir auf die Schulter, als wollte er sagen, alles wird gut.

Er sieht mich auf eine Weise, zu der die anderen nicht fähig sind. Manchmal spüre ich, dass Napoleon mich besser kennt als ich mich selbst. Wer ich bin, wie ich das Geschehene empfinde, wie es sich in mir verschiebt und verändert, bis ich vergesse, was war, ist, sein kann. In jenen Augenblicken ist es Napoleon, der mich zurückholt. Ich spüre, wie seine Hand auf meiner Schulter liegt.

»Schaut nur, Einstein denkt nach«, lacht Omar und reißt mich mit seiner Stimme aus der Träumerei.

»Kommt«, ruft Madar. Baba ist von seinem Gesundheitsspaziergang zurückgekehrt, und es wird Zeit, in den Speisewagen zu gehen. Wir geben unser Spiel auf und machen uns hungrig auf zum Abendessen.

Ara ist davongeglitten. Ich sehe sie am Ende des Wagens stehen, am offenen Fenster, sie wippt auf den Fersen auf und ab, selbstbewusst und wunderschön. Manchmal habe ich Ehrfurcht vor ihr. Sie kommt mir vor wie aus einer anderen Welt, so erwachsen. Ich höre sie lachen und begreife, dass sie sich mit jemandem unterhält. Wer es ist, kann ich nicht sehen. Er sitzt im Abteil gegenüber. Ich habe noch nie gehört, dass Ara so lacht oder so angeregt mit einem Fremden spricht. Am Tisch streiten sich der kleine Arsalan und Sitara um den Salzstreuer, Baba und Madar reden ihnen gut zu und wollen es friedlich beilegen. Ich rutsche vom Sitz und wandere durch den Wagen zu meiner Schwester, die sich zum Fenster dreht, als sie mich kommen sieht, als wäre sie nicht gerade eben noch mit einem Fremden ins Gespräch vertieft gewesen. Als ich sie erreiche, werfe ich einen Blick ins Abteil, und da sitzt ein junger Mann, blond und gebräunt, mit einem breiten, herzlichen Lächeln.

Ich bleibe stehen, will Ara beschützen und ziehe an ihrer Hand.

»Ach … Lass doch, Samar«, sagt sie mit dunkel blitzenden Augen.

»Samar? Was für ein hübscher Name. Hallo«, sagt der Mann und schaut mich an, seine Stimme sehr amerikanisch – glatt und selbstsicher und mit der Welt im Reinen. Ich werde rot und lege meine Hände an die Wangen, um meine Verlegenheit zu verbergen.

»Sprich nicht mit ihr«, fährt Ara ihn an und schiebt mich von der Tür weg, zurück durch den Speisewagen, wobei sie ihre langen Nägel in meinen Nacken bohrt.

»Sag nichts, gar nichts«, befiehlt sie mir, und ich sehe, dass ihre Augen dunkel vor Zorn auf mich sind. Als wir an den Tisch zurückkehren, ist der Friede wiederhergestellt, und alle sind so damit beschäftigt, aus randvollen Schüsseln dampfenden Eintopf zu essen, dass sie kaum bemerken, wie wir unauffällig auf die Sitzplätze am Rand rutschen. Später am Abend singt Ara, doch ich begreife, dass sie nicht für uns singt, sondern für den Fremden, der an der Tür zum Speisewagen steht und sie die ganze Zeit über beobachtet.

Der Zug fährt über weite Strecken durch unwegsames Gelände. Manchmal sieht man tagelang nur die Steppe, die Ebenen oder die Ränder der Wüste Gobi. Ich habe diesen Teil der Reise immer am meisten genossen – durch Gegenden zu fahren, in denen niemand jemals anhalten möchte, die aber dennoch eine eigenartige, furchterregende Schönheit besitzen. Mit dem weit offenen Himmel über mir, durchzogen von schweigenden Sternen und Konstellationen, so unermesslich und schön, erscheint mir unsere Reise nicht ganz so ziellos. Könnte ich nur meinen Verstand lange genug von Gedanken reinigen und auf den Nachthimmel horchen, würde ich hören, was mir das Universum zu sagen hat.

Mein Bruder Javad behauptet, ich besäße eine barocke Empfindsamkeit. Das musste ich nachschlagen.

Barock: ein übertriebener künstlerischer Stil, der Drama, Spannung, Überschwang und Erhabenheit erzeugen will.

Ich glaube nicht, dass man die Erhabenheit des Nachthimmels übertreiben kann, seine Grenzenlosigkeit, und bin daher anderer Meinung als Javad, aber das kommt häufig vor. Wenn man so viel Zeit so eng beieinander verbringt, eingepfercht auf einer niemals endenden Zugreise, können einen selbst wohlwollende Kommentare ärgern. Wir können einander Tage, sogar Wochen anschweigen. Stattdessen kommunizieren wir durch unsere Geschwister, Eltern oder sogar Napoleon.

Tolstoi hat recht, was unglückliche Familien angeht. Sind wir unglücklich? Manchmal. Doch wenn wir alle zusammen sind, kommt es mir bisweilen vor, als wären wir die glücklichste Familie von allen.

Es liegt nur an dieser Zugreise. Sie setzt mir zu, uns allen. Ich will, dass sie aufhört. Es kommt mir vor, als würden wir schon immer davonlaufen. Baba und Madar versuchen, es wie ein Abenteuer aussehen zu lassen, wie etwas, das man eher genießt als nur erträgt. Wir sprechen über unsere Träume von der Zukunft. Omar wird Ingenieur und baut Brücken, die es mit denen der Baikalrundbahn aufnehmen können. Ara sagt, sie wolle Rechtsanwältin werden wie Baba, träumt aber insgeheim davon, eine berühmte Sängerin zu sein. Ich erwische sie dabei, wie sie nachts vor den Fensterscheiben übt. Javad träumt davon, Tierarzt zu werden oder in einem Safaripark zu arbeiten – er ist mit Güte gesegnet und fürchtet sich vor nichts. Der kleine Arsalan ist noch zu jung, doch Madar meint, aus ihm werde ein Künstler. Zumindest hat er das Abteil mit genügend Buntstiftbildern dekoriert, um eine ganze Galerie zu füllen. Madar hat uns alles über Galerien, berühmte Maler und Menschen erzählt, die ihre Zeit damit verbringen, besonders schöne oder provozierende Werke zu erschaffen. Das gefällt mir, obwohl Omar sagt, ich würde Lehrerin werden.

»Ja«, stimmt Baba zu, »den Kopf voller Fakten, eine Begabung fürs Lernen.«

Ich denke darüber nach. Ich bin mir nicht sicher, ob ich eine wirklich gute Lehrerin sein könnte – ich bin nicht sonderlich geduldig, und außerdem, wen sollte ich schon unterrichten? In Afghanistan kann ich nicht unterrichten, ein unmöglicher Traum. Obwohl genau das nötig wäre. Nein, denke ich, ich werde schreiben. Ich habe begonnen, jeden Tag über unsere Reise zu schreiben, unsere Gespräche festzuhalten, unsere Auseinandersetzungen. Ich schreibe nieder, was mit den anderen Reisenden geschieht, mit denen wir den Zug teilen. Ich sitze da und beobachte. Ich versuche, die Berge zu beschreiben, das Grasland, durch das wir fahren, die Farben des Himmels festzuhalten und die Temperatur im Wagen (beständig warm). Ich schreibe meine Gespräche mit Napoleon auf, die Teile seiner

Geschichte, die er mir anvertraut, nun, da er uns, diese heimatlose, umherfahrende Familie, besser kennt.

Der Höhepunkt des Tages kommt, wenn der Zug anhält – manchmal für zehn oder fünfzehn Minuten, manchmal auch länger – und wir aussteigen und uns auf dem Bahnsteig die Beine vertreten, die Sonne auf unsere Gesichter scheinen lassen. Es ist immer ein seltsames Gefühl, wenn der Lokführer den Zug anhält. Der Wagen leert sich schnell, und dann stehen wir alle da, zuerst unsicher, müssen uns daran gewöhnen, nicht mehr in Bewegung zu sein. Omar und Javad rennen gewöhnlich sofort los, so weit, wie Napoleon uns lässt.

»Bleibt in Hörweite«, sagt er. Ein paar Minuten, bevor wir weiterfahren müssen, ruft er und bläst in die Pfeife, um seine Fahrgäste einzusammeln. Er erzählt mir stolz, er habe in zweiunddreißig Jahren nicht einen einzigen verloren.

Das war natürlich, bevor der kleine Arsalan verschwunden ist – was sich zum Glück als vorübergehender Verlust erwies.

Wir hatten in Myssowaja am Baikalsee angehalten, und der kleine Arsalan war in Richtung Wasser gelaufen. Aus irgendeinem Grund – vielleicht, weil Sitara weinte und Madar beschäftigt war, vielleicht war die Ursache auch eine andere – verschwand der Kleine plötzlich. Napoleon stieß seinen üblichen Ruf aus, und wir alle schlenderten zurück zum Zug. Erst als wir drinnen saßen, bemerkten wir, dass er nicht da war.

»Stopp!«, schrie Madar.

»Madam?«, fragte Napoleon, der es nicht gewöhnt war, von meiner eleganten Mutter angeschrien zu werden.

»Das Kind ist nicht da«, sagte sie und schob Baba aus dem Zug. »Mein Sohn, der kleine Arsalan. Helfen Sie uns. Bitte.«

Napoleon erkannte die Tragweite der Situation und eilte nach draußen, um dem Lokführer ein Signal zu geben. Der Zug wartete, während Napoleon und Baba die Böschung hinunterstolperten und nach unserem Bruder riefen. Ihre Stimmen hallten weit, immer und immer wieder. Wir spürten, wie der Lokführer ungeduldig wurde. Unsere Mitreisenden sorgten sich nun auch um das Schicksal des kleinen Jungen, stiegen aus dem Zug und begannen zu rufen. Bald war der Lärm so gewaltig, dass man den kleinen Arsalan gar nicht hätte hören können, selbst wenn er sich gemeldet hätte. Ara wollte auch mitsuchen. Madar verbot es ihr. Sie wollte nicht noch ein Kind verlieren. Schließlich, als wir die Hoffnung schon aufgeben wollten, kehrte Napoleon triumphierend mit dem kleinen Arsalan auf den Schultern zurück.

Er reichte Madar das Kind, und sie wusste nicht, ob sie vor Wut schreien oder vor Glück weinen sollte. Sie drückte meinen kleinen Bruder fest an ihre Brust und boxte ihm sanft auf die Ohren.

»Er wäre beinahe schwimmen gegangen«, sagte Napoleon, der überaus erleichtert aussah. Der Baikalsee ist der tiefste See der Welt und auch einer der größten. Keiner von uns kann schwimmen. Da wussten wir, dass Napoleon den kleinen Arsalan vor dem sicheren Tod gerettet hatte. An diesem Abend trank Baba auf Napoleon, und wir alle feierten die sichere Rückkehr des kleinen Entdeckers. Danach ließ Madar ihn nie wieder alleine aussteigen, wenn der Zug anhielt.

Meist befinden wir uns in diesem Zustand steter Bewegung, doch ohne das Gefühl, ein Ziel zu haben oder auch nur einem Endpunkt näher zu kommen. Madar und Baba streiten nachts im Gang. Wir schnappen Fetzen davon auf. Oft fällt der Name Arsalan. Etwas ist ungeklärt. Ich recke meinen Hals an der dünnen Tür des Abteils, die Madar nur angelehnt hat, und versuche zu horchen. Aber es hat keinen Sinn. Sie teilen nur das mit uns, was sie teilen wollen. Sie glauben, uns damit zu schützen.

Nachts träume ich von Afghanistan, von dem gelben Haus. Nichts kann uns schützen.

Während der endlosen Tage bringen wir Napoleon dazu, uns sein Schachspiel zu leihen oder uns Dame beizubringen. Javad versteht sich am besten auf solche Spiele und stößt Jubelrufe aus, wann immer Napoleon ihn gewinnen lässt. Dann wieder verbringt Madar viele Stunden damit, uns Geschichten aus ihrer Kindheit zu erzählen, ihrer Studentenzeit, wie sie Baba kennengelernt hat, von den Hoffnungen und Träumen für ihre Familie, für uns alle. Sie zeichnet das Bild einer Kindheit in Afghanistan, in der Frauen ebenso arbeiteten wie Männer, in der Marks & Spencer in Kabul ein Bekleidungsgeschäft eröffnete, in welchem man Miniröcke kaufen konnte und vor dem sich Warteschlangen um den ganzen Häuserblock bildeten.

»Ja, kurze Röcke«, sagt Madar, »könnt ihr euch das vorstellen?« Wir schütteln ungläubig den Kopf. Wenn Frauen die Wahl haben, tragen sie in diesen Geschichten keine Burka und sind frei, ihren Geschäften nachzugehen. Wir hören mit großen Augen zu. Sie erzählt vom Zoo und wie sie als junges Mädchen die Tiere betrachtete und weinte, weil sie nicht frei umherlaufen konnten.

»Es kam mir so grausam vor.«

Madar erzählt, wie sie Radio Kabul gehört hat und sie und ihre Schwester Amira zu den neuesten Liedern tanzten und niemand sie deswegen schief angesehen hat.

Wenn wir nach ihren Eltern fragen, den Großeltern, die wir nie kennengelernt haben, wird sie still. »Da gibt es nichts zu sagen. Am Ende wollten sie uns nicht helfen.«

Baba schnaubt. »Am Anfang auch nicht«, sagt er. Wir begreifen, dass wir nicht weiterfragen dürfen. Nicht danach.

»Erzähle noch mal die Geschichte von dir und Baba«, sagt Ara. Seit kurzem interessiert sie sich für Liebesgeschichten.

Madar lächelt und erzählt uns noch einmal, wie sie Medizinstudentin an der Universität von Kabul war.

»Eure Mutter«, sagt Baba, »wäre eine sehr gute Ärztin geworden.« Sie zuckt zusammen.

»Jedenfalls mussten wir sehr viel lernen. Immer über den Büchern. Und es gab viele Demonstrationen, beinahe jeden Tag.«

»Von wem? Wer hat demonstriert?«, fragt Omar.

»Oh, alle möglichen Leute«, antwortet Baba. »Sozialisten, Dichter, Kommunisten. Es war eine andere Stadt. Leben und leben lassen«, seufzt er. »Jedenfalls eine Zeitlang, bevor die Kämpfe wieder begannen.«

»Nun, ja«, fährt Madar fort, »es gab also eine Menge Demonstrationen und Versammlungen ... Die Jungen haben sich immer über irgendetwas empört. Es war ansteckend. Es riss uns einfach mit – das Gefühl, wir könnten das Land so gestalten, wie wir es wollten, das Gefühl, dass unsere Meinung etwas galt. Dann fingen die Versammlungen in den Bergen an. Kleine Gruppen von uns fuhren nachts dort hinauf. Es war lächerlich. Ich meine, wir hätten uns ebenso gut in der Universität oder in einem Café treffen können ...«

»Nein, das ging nicht«, sagt Baba, »wir wussten, es war gefährlich. Wir wussten, es würde missbilligt. Wir wollten wohl lieber eine Art Geheimclub haben.« Er lacht.

»Es war auch geheim«, sagt Madar und lächelt ihm zu.

»Jedenfalls sind wir einander dort begegnet, da ist es passiert.«

»Die Dinge veränderten sich. Bald wurde es auf andere Weise gefährlich. Und danach fingen wir an, uns auf die Bücher zu konzentrieren«, sagt Baba und schaut Madar an, als wollte er ihre Zustimmung einholen. Sie nickt, als wäre sie zufrieden mit seinem Bericht.

Ich versuche, mir vorzustellen, wie sie einander in einer Welt begegnet sind, in der junge Frauen und Männer miteinander Umgang pflegen durften. Wie frei sie sich gefühlt haben müssen.

Und doch fehlt etwas. Ich schaue beide an, wie sie dicht nebeneinandersitzen, die Köpfe gesenkt, Sitara auf Madars Schoß. Ich denke wieder an das gelbe Haus. Erinnere mich an Arsalan, wie er den Arm um Madars Schulter gelegt hatte, an ihr Gesicht. Ich erinnere mich an das Gefühl, dass etwas Unausgesprochenes zwischen ihnen stand. Daher kann ich dieses vollkommene Märchen einer jungen kommunistischen Liebe zwischen Madar und Baba nicht glauben. Aber dies ist die Version, die sie mit uns teilen. Jede Liebe hat ihre Geheimnisse. Das lerne ich allmählich.

Ich verlasse das Abteil der Jungen, das sie sich mit Baba teilen, und folge Ara in unseres gleich nebenan.

Durch das Fenster des Vier-Personen-Schlafabteils kann ich die Ränder der Steppe vorbeieilen sehen – gewaltig, leer, friedlich in der hereinbrechenden Dämmerung. Die Umrisse der Berge sind schwarz, weichen in die Ferne zurück. Dort draußen, wo es beinahe dunkel ist, sitzen burjatische Nomaden vor ihren Jurten am Feuer, die Kamele haben sich nach einer langen Tagesreise hingehockt. Es ist tröstlich, an andere Menschen zu denken, die auch unablässig von einem Ort zum nächsten reisen, als wäre dies normal.

An unserer Reise ist nichts normal.

Wir haben zwei Abteile in der zweiten Klasse, dem sogenannten *Kupe*, die bequemer sind als die engen *Platzkartny*-Schlafwagen weiter hinten im Zug. Unsere Abteile liegen nebeneinander, und in diesem schlafen wir. Zuerst die Kinder, später kommen Madar und Baba dazu und haben ein wachsames Auge auf uns. Anfangs waren wir immer ängstlich im

Zug, achteten darauf, die Tür zweimal abzuschließen, und entwickelten ein aufwendiges System von Klopfzeichen. Mit der Zeit wurden wir selbstsicherer, gelassener – immerhin war dies nun unser Zuhause. Wir wanderten seelenruhig spätabends ans Ende des Wagens, wo der Samowar steht, um noch Teewasser zu kochen, oder lehnten uns aus den offenen Fenstern, um die Umgebung anzuschauen, den Himmel zu betrachten und uns zu fragen, wo wir letztlich landen würden. Es ist erstaunlich, was mit der Zeit zu einem Zuhause werden kann; wie schnell man vergisst. Ich will nicht vergessen.

Ich erinnere mich an kleine Dinge, Geräusche, Gerüche. Gelächter, das sich mit fernen Granateinschlägen vermischte. Wie Baba und sein Freund Arsalan im Innenhof miteinander streiten, leise, damit man sie nicht versteht, aber von Zorn erfüllt ... Da sie die Stimmen gesenkt haben und der Verkehrslärm und die Rufe der Straßenverkäufer jenseits der Mauern hereindringen, kann ich nicht hören, was sie sagen. Irgendetwas über Baba, der droht, wegzugehen ... Arsalan beschwichtigt ihn.

Er sagt: »Es ist nur ein Geschäft, behandle es wie ein Geschäft.« Dann gibt er Baba Geld für etwas. Baba weint. Ich sehe Ara in den Hof laufen und »Baba, Baba« rufen, und beide Männer drehen sich gleichzeitig um. Baba wischt sich mit dem Ärmel über die Augen, versteckt das Geld, hebt Ara hoch, die sich an ihn klammert.

»Schau, Baba.« Sie zeigt ihm etwas. Arsalan beobachtet sie

nur. Dieser Augenblick kehrt nun zurück und beunruhigt mich.

Ich kann uns auch alle im Garten sehen, wir lagen im Gras, Ara las laut aus einem Buch mit russischen Geschichten vor, wobei ihre Stimme bei unbekannten Wörtern stockte und Madar sie ermunterte weiterzulesen. Auf den Blättern der Pflanzen lag eine dünne Staubschicht, die Luft roch nach Sommer, die Stadt war ein Pulverfass, und wir waren selbstvergessen, hielten uns für immun, von den Mauern des Anwesens geschützt. Da war noch etwas ... Eines Tages kamen Männer und klopften an die Tür, riefen nach Arsalan. Madar schwor, sie wisse nicht, wo er sei, dies sei jetzt *unser* Zuhause, nein, er sei schon lange nicht mehr da gewesen und warum, warum sollte sie denn lügen? Ich weiß noch, wie die Männer sich an ihr vorbeischoben und in den Innenhof traten. Einer von ihnen ragte hoch über mir auf, tauchte mich in Schatten. Schaute mich lange an. Madar weinte und sagte, Baba werde sie vertreiben und wie sie es wagen könnten und dass sie weggehen sollten, weg, weg, weg. Daran erinnere ich mich.

Dann war da der Tag, an dem Javad sich den Kopf an dem Stein neben der Hoftür aufschlug, einfach dagegenprallte, worauf sich eine klaffende Wunde auftat. Arsalan war gerade da und schnappte sich Javad, hob ihn einfach auf und eilte mit ihm ins sowjetische Krankenhaus, obwohl Madar ihn anflehte, nicht nach draußen zu gehen.

Und Madar auf den Knien, bevor wir weggingen, wie sie in der Erde unter dem Mandelbaum grub, bis ihre Hände bluteten. Diese Gedanken schlängeln sich durch meine Tagträume, Bruchstücke eines zurückgelassenen Lebens, und ich versuche, einen Sinn darin zu finden, während ich mich in unserem Abteil für die Nacht fertig mache. Ara ist bei mir.

»Samar?«

Ara sitzt auf dem Stockbett über meinem Kopf. Madar ist nebenan und hilft Baba, die Jungen ins Bett zu bringen. Wir alle kämpfen gegen den Schlaf, wollen die Dunkelheit nicht hereinlassen.

»Was ist?«

»Glaubst du an das Glück?«

Ich betrachte die ausgefransten Kanten des Bettlakens, das von oben herabhängt. Der Zug schaukelt langsam, während wir durch die weiten, endlosen Ebenen Sibiriens fahren.

»Und?«

Ara hat einen starken Willen. Sie ist schön wie meine Mutter, mit dunklen, blitzenden Augen und langem, glänzend schwarzem Haar. Sie beugt den Kopf herunter, so dass ich sie verkehrt herum sehe, und ihre Haare reichen fast bis auf den Boden.

»Ara! Du fällst gleich.«

Sie richtet sich auf und klettert zu mir herunter.

»Wenn ich dir etwas erzähle – ein Geheimnis –, kannst du es dann für dich behalten?« Ihre Augen strahlen vor Aufregung.

Ich zucke mit den Schultern. Gewöhnlich versuche ich, mich aus Aras Dramen herauszuhalten. Sie und Madar neigen dazu, sich über alles und jeden zu streiten, wobei Madar seltsamerweise am Ende immer nachgibt. Das ist ungewöhnlich, denn eigentlich erscheint sie uns wild wie eine Löwin, die ihre Jungen beschützt.

»Samar? Versprich es mir.«

Die Aussicht, zu einem Geheimclub zu gehören, gibt den Ausschlag, und ich beuge mich zu meiner älteren Schwester.

»Was ist denn?«

Ara quiekt. »Du darfst es niemandem erzählen.«

»Schon gut, schon gut. Ich hab's kapiert. Es ist ein Geheimnis.« Ich warte.

Sie fängt an, meine Haare zu bürsten.

»Du bist jetzt beinahe hübsch, Samar«, sagt sie leichthin. Es soll ein Kompliment sein, trifft mich aber bis ins Mark. Mir ist klar, dass ich nicht die zarten Knochen und die selbstverständliche Schönheit meiner Schwester besitze und dass auch Sitara in ihrer weichen Sanftheit als schöner gilt. Ich bin die Lesewütige, die mit den Ideen – das sagt Baba immer voller Stolz, weil er nicht begreift, dass alle Mädchen Gefühle und Eitelkeit besitzen.

»Lass das …« Ich stoße sie weg.

»Oh … Samar … ich …«

Wir sitzen schweigend da, die mädchenhafte Vertrautheit ist dahin. Sie versucht es noch einmal, dreht mich zu sich herum. Sie haucht leise: »Ich bin verliebt.«

Da ist es nun, geflüstert, weitergereicht wie ein Paket, das ich auspacken muss. Ara ist verliebt.

»Der Amerikaner?« Ich spüre, wie meine Wangen brennen,

als ich mich an sein Lächeln erinnere und wie er mich mit den Augen geneckt hat.

Sie nickt.

»Ja, Tom.«

Ein dummer Name, denke ich, für einen dummen Jungen. Und er ist Amerikaner. Wie kann sie nur? Mehr kann ich nicht denken.

»Und liebt er dich auch?«

»Ja.«

Ich spüre, wie die Entfernung zwischen uns unermesslich wird. Ara ist nicht mehr nur meine Schwester, sie ist eine erwachsene Frau, die sich verlieben und geliebt werden kann. Plötzlich sehe ich sie so, wie andere sie sehen müssen, und bekomme Angst.

»Du kannst den Amerikaner nicht lieben«, sage ich unsicher.

»Ach ... was verstehst du denn schon? Du bist zu jung, um zu wissen, wie sich Liebe anfühlt.«

Sie stößt mich kurzerhand zurück und steht auf, schaut auf mich herunter. »Ich kann ihn lieben und tue es.«

»Baba wird es nicht erlauben«, entgegne ich.

»Du darfst es Baba nicht sagen. Du darfst es niemandem sagen. Es ist ein Geheimnis. Du hast es mir versprochen.«

Ich schließe die Augen, während der Zug langsam dahinschaukelt. Es ist ein Geheimnis, das ich nicht bewahren möchte. Ich weiß nicht, was ich damit anfangen soll, es steckt in meinem Kopf wie eine Granate, die jederzeit explodieren kann.

»Er wird weggehen«, sage ich. »Früher oder später.« Mir fällt ein, wie er mich angesehen hat, und ich kann nicht glauben, dass er Ara, und nur Ara, wirklich liebt.

»Ich gehe nach Paris. *Wir* gehen nach Paris.« Sie sagt es trotzig und schlägt die Hand vor den Mund, als hätte sie zu viel gesagt.

»Ara, das kannst du nicht machen. Das kannst du einfach nicht machen. Wir ...«

Ich bin wie gelähmt. Wer ist dieses neue »Wir«? Wie kann sie nur daran denken, uns zu verlassen? Nach allem, was wir durchgemacht haben, verlassen wir einander nicht. Das ist undenkbar. Ich spüre, wie mir Panik in die Kehle steigt.

Ara lacht, nervös und unglücklich. Sie streichelt mir über die Haare.

»Eines Tages wirst du es verstehen. Du wirst es begreifen, wenn es dir auch passiert.«

Sie klettert wieder ins obere Bett, und ich sehe die nächtlichen Sterne durchs Fenster pulsieren, bis mich die Bewegung des Zuges in einen tiefen Schlaf wiegt, der die Gedanken an Ara und ihr kompliziertes Liebesleben weit nach hinten drängt, während ich träume.

Am nächsten Morgen flutet Licht ins Abteil.

Der Zug hat angehalten. Ich erwache langsam und zögernd, noch immer wütend auf Ara.

»Samar? Wo ist Ara?«, fragt Javad misstrauisch und schaut in die offene Tür des Abteils. Wir beide sehen zu ihrem Bett hinauf. Es ist leer.

»Keine Ahnung.« Ich gähne, die Augen noch trüb vom Schlaf. Reisende wimmeln draußen umher, hüpfen von einem Fuß auf den anderen, um sich auf dem Bahnsteig warm zu halten. Alle bleiben in der Nähe der Türen, damit man sie nicht in der entlegenen mongolischen Wildnis zurücklässt.

Ich zucke mit den Schultern und drehe mich um, ziehe mir die dünne Decke über den Kopf, um das Frühlicht auszusperren. Javad rüttelt mich hektisch und besorgt.

»Wir müssen sie suchen, Samar.«

»Hast du im Speisewagen nachgesehen? Oder im Bad? Draußen?«, frage ich und hoffe, dass er mich in Frieden lässt. Javad schüttelt mehrfach den Kopf. Seine Augen glitzern wild, als er mir die Decke wegzieht.

»Los, Samar, wir müssen sie suchen.«

Meine Schwester Ara ist fast erwachsen, eigensinnig und mit dem starken Willen meiner Mutter ausgestattet. Wenn sie nicht will, dass Javad sie findet, wird es ihm kaum gelingen. Jedenfalls nicht auf die Schnelle. Ich habe ihr Gerede über Paris nicht ernst genommen. Wir sind weit weg von Paris. Ich habe eine Ahnung, wohin Ara gegangen sein könnte, werde sie aber nicht verraten.

Außerdem ist sie verliebt. Sie hat es mir gesagt, und ich musste schwören, es für mich zu behalten.

Ara hat behauptet, ich würde die Liebe nicht verstehen. Sie tut mich als unwissend und uneingeweiht ab. Es stimmt, dass ich nur das weiß, was ich beobachtet, was ich gelesen habe – dass bei Tolstoi Annas Herz schneller schlägt, wenn sie in

Wronskijs Nähe ist. Wie die Welt für beide verschwindet, wie der geliebte Mensch ihnen zur Welt wird. Zu ihrem alles wird.

Diese Gefühle habe ich in Aras Augen brennen sehen und weiß, dass der Amerikaner ihr Herz erobert hat. Ich bin nicht eifersüchtig, sage ich mir. Letztlich ist es gut, dass es geschehen, dass sie glücklich ist – dass sie liebt und geliebt wird. Letztlich ist es doch das, was wir uns alle wünschen, oder?

Weiter hinten im Wagen singt eine betrunkene Frau auf Französisch.

»›Un an d'amour‹, ein altes Lied von Nino Ferrer«, sagt Madar. Ich verstehe nicht den ganzen Text, und der Gesangsstil der Frau macht es auch nicht leichter, aber ich reime es mir zusammen. Sie nuschelt und beugt sich über den Tisch, zwinkert den russischen Männern zu. Ich wundere mich über die ganzen Lieder von Liebe und Herzweh, die geschrieben werden. Diese Lieder würden doch gar nicht existieren, wenn es keine gebrochenen Herzen gäbe, und dennoch hat der Mensch, der sie singt, die schreckliche Tragödie überstanden und lebt weiter. Er singt neue Lieder – erschafft etwas aus seiner Traurigkeit.

Draußen kommt Unruhe auf. Der Pfiff, der vor der Abfahrt warnt – Rufe auf Russisch, Englisch, Französisch, alle sollen zurück in den Zug. Der Wagen füllt sich wieder. Die Fenster sind von der Kälte draußen und der Hitze drinnen beschlagen. Ich zeichne in meinen Atem auf dem Glas. Immer noch keine Spur von Ara. Omar und Baba reden mit Napoleon, flehen ihn an, aber es lässt sich nicht ändern. Er zuckt mit den Schultern und wendet sich entschuldigend ab. Sie ist verschwunden, und der Zug kann nicht auf sie warten. Sie wird der erste Fahrgast sein, den er verliert.

Mir wird klar, dass ich ihnen von dem Amerikaner erzählen muss. Das macht mir Angst – ich bin eingefroren zwischen der Furcht, wir könnten Ara für immer verloren haben, und der Furcht, ihr Geheimnis preiszugeben. Baba gestikuliert zunehmend wilder. Seine Stimme wird lauter. Javad weint. Ich zeichne ein Herz mit einem Pfeil in den frühen Morgenfrost auf der Scheibe.

Madar wiegt Sitara in den Armen. Seit wir aus Afghanistan geflohen sind, löst schon die leiseste Anspannung oder Angst bei Sitara anhaltende Tränen und Geheule aus. Man kann sie nur beruhigen, indem man sie ständig hin- und herwiegt – im Rhythmus der Zugbewegungen. Weint sie, weil Ara verschwunden ist, oder nur, weil sich der Zug nicht mehr bewegt? Ich kann es nicht erkennen. Sie hat Angst vor Stillstand, vor Mangel an Bewegung, weil es für sie nicht normal ist. Das Einzige, das sie kennt, an das sie sich im Leben erinnert, ist Davonlaufen, ständige Bewegung und nun dieser Zug, der mit seinem unvermeidlichen Hin und Her durch Asien rollt. Doch wir bewegen uns nicht mehr. Sitara schreit, das Gesicht rot und verkniffen. Madar wiegt sie ein bisschen schneller und singt ihr leise etwas vor.

Omar schaut mich an. Ich sehe sein Gesicht näher kommen. Meine Wangen brennen vor Scham. Ich entschuldige mich wieder und wieder bei Ara für das, was ich jetzt tun werde. Ich werde sie betrügen. Ich werde ihr Geheimnis offenbaren, mir bleibt nichts anderes übrig. Ich kann nicht länger schweigen, und so gebe ich klein bei.

»Sie ist verliebt.«

»Was?«, schreit Baba und stürmt durch den Wagen auf mich zu. Ich weiche zurück.

»Ara ist bei dem Amerikaner.« Ich deute ans Ende des Wagens, ohne Paris zu erwähnen. Ich kann Paris nicht erwähnen, weil es beweisen würde, wie verrückt Ara tatsächlich geworden ist und dass ich tiefer in der Sache stecke, als ich zugeben möchte. Außerdem mag Ara zwar verliebt sein, ist aber gewiss nicht dumm, und es wäre ziemlich dumm von ihr, nachts in der sibirischen Steppe den Zug zu verlassen, obwohl sie so weit weg ist von Paris. Nicht ohne Plan. Sie ist nicht dumm. Für den Amerikaner kann ich allerdings nicht garantieren. Oder für die Verrücktheiten der Liebe.

Babas Gesicht färbt sich dunkel. Einen Moment lang rechne ich damit, dass seine Hand mich am Kopf trifft. Er hat mich noch nie geschlagen, ich hätte nicht geglaubt, dass er dazu fähig sein könnte. Ich weiß, dass ich seine Lieblingstochter bin, und doch mache ich mich nach allem, was ich gesehen habe, auf alles gefasst, darauf, dass die letzten Fäden des Vertrauens zerreißen. Ich kenne die Angst, ich habe gesehen, was sie in Männern anrichten kann, und weiche vorsichtshalber zurück. Er bemerkt es, und Schmerz durchzuckt sein Gesicht – er wollte mich nicht erschrecken.

»Wo ist sie?« Er schiebt mich vor sich und Omar. Ich führe beide durch den Wagen. Napoleon folgt uns mit besorgter Miene (er mag keine Skandale in seinem Wagen). Er hofft noch, das sehe ich in seinen Augen (auch er ist ein bisschen in Ara verliebt – das sind wir letztlich wohl alle).

Madar wirft mir im Vorbeigehen einen Blick zu, doch ich kann ihn nicht deuten. Sie wiegt immer noch Sitara, deren Schreie jetzt gedämpfter klingen. Der kleine Arsalan sitzt zu ihren Füßen und spielt Karten. Madar scheint weder überrascht noch wütend, und ich frage mich, ob sie es gewusst hat. Hat sie von dem Amerikaner gewusst? Ist es ihr egal? Ich spüre, wie meine Familie zerfällt, wie sich alle von mir und voneinander entfernen.

Ich klopfe an die Abteiltür des Amerikaners. Baba hämmert dagegen. Omar stößt sie auf. Es ist niemand drin. Ich spüre, wie mir das Entsetzen in alle Poren dringt, während ich an der Tür hinunterrutsche und zu zittern beginne. Ich war mir so sicher, dass wir sie hier finden. Aber sie ist weg. Baba und Omar klappen die Sitze hoch, suchen dort nach ihr – suchen nach irgendeiner Spur. Aber nein, es ist nichts geblieben. Kein Gepäck. Die Amerikaner sind weg und haben Ara mitgenommen. Die Welt um mich herum fällt zusammen.

Napoleon schleicht sich weg. Es ist ihm unangenehm, einen so großen Verlust mitzuerleben. Er kann uns nicht ansehen und eilt davon. Es dauert lange, bis er zurückkommt. Und dann ist sie immer noch verschwunden. Ara kommt nicht mehr zurück.

Das wird mir jetzt klar, und die Erkenntnis trifft mich mit solcher Gewalt, dass ich nicht atmen kann.

Sie ist weg.

Alles zerreißt. Ich versuche, es festzuhalten, das Glück und die Liebe, das Gezänk und die kleinlichen Streitigkeiten. Schwärze wirbelt um mich herum. Mein Kopf tut weh. Im Wagen ist es zu warm. Ich versuche zu atmen, Panik überkommt mich. Ich kann nichts tun.

Man kann die Fehler der Vergangenheit nicht ungeschehen machen. Man lebt einfach mit ihnen, begräbt sie tief in der Hoffnung, dass sie für immer vergangen sind, aber sie sind natürlich da. Früher oder später steigen sie wieder an die Oberfläche. Das wird mir klar, als ich an Ara denke.

Ich schließe die Augen und stelle mir vor, wie sie im Garten des gelben Hauses in Shahr-e-Naw auf mich zukommt, lächelnd, die Sonne im Gesicht. Sie streckt die Hände aus, um mich aufzufangen, falls ich von den Ästen des Mandelbaums herunterfalle, an denen ich schaukle und mit nackten Füßen in der Luft strample. Sie lacht und singt. Sie ist wunderschön. Ich kann mich an alles erinnern.

Ich will sie nicht loslassen, nicht der Wahrheit ins Gesicht sehen. Dafür bin ich noch nicht bereit. Mein Verstand lässt es nicht zu.

Also schreibe ich. Ich sitze in diesem leeren Abteil und fülle ein Notizbuch nach dem anderen. Ich schreibe über meine wunderschöne Familie und unsere verrückte Zugfahrt. Ich beschreibe Missgeschicke und Dramen, Streit, Tränen und gemeinsames Lachen. Ich schreibe über alles, was wir tun werden, wenn wir endlich aufhören zu reisen. Wenn wir zu leben beginnen.

Ich halte mich an der Hoffnung fest. Ich klammere mich an das, was nicht mehr da ist.

Ich denke an Ara und Omar und Javad, an den kleinen Arsalan und Sitara, an Baba und Madar. Ich denke an alles, was ich zurückgelassen habe, was verlorenging. Ich sehe es vorüberflackern, wie durch ein Fenster – als betrachtete ich das Leben eines anderen Menschen, nicht mein eigenes.

Ich kann nicht loslassen. Noch nicht.

Stellt euch vor, was möglich ist, pflegte Madar zu sagen. Alles ist möglich. Ich muss glauben, dass es wahr ist.

2. Teil

Jede Reise, so weit sie auch sein mag, führt uns nach Hause.

4

Nachdem Arsalan gestorben war, wurden wir Nomaden. Baba sagte, wir seien im gelben Haus nicht mehr sicher. Eine Woche lang waren wir wie verloren, ziellos, während Baba und Madar überlegten, was wir jetzt tun sollten. Ich hatte Albträume, in denen Arsalans Gesicht vor mir auftauchte, lachend, das Seil um den Hals geschlungen. Ara beruhigte mich dann, bis ich wieder einschlafen konnte. Auch Madar war in dieser Zeit für uns verloren. Sie wiegte sich hin und her, starrte zum Himmel empor, starrte auf die Bäume im Innenhof, die Lippen aufeinandergepresst vor Zorn, Traurigkeit, Angst oder Schuld. Was davon, war unmöglich zu erkennen.

Die Schüsse und das Granatfeuer in der Stadt wurden vereinzelter, weniger zielgerichtet. Wer die ganze Zeit über in der Stadt geblieben war, spürte die kommende Veränderung. Die Mudschahedin jagten die letzten Sowjets davon, schossen ihre Hubschrauber mit amerikanischen Raketen ab. Und übernahmen die Stadt. Kämpften untereinander, jede Gruppe wollte Sieger sein. Die Taliban würden erst noch kommen. Wieder einmal wechselte Kabul den Besitzer. Inzwischen hatten wir uns an den Krieg gewöhnt. Und dies war nur ein weiterer Krieg. Das dachten wir jedenfalls. Zuerst.

In unserem Land kreuzen sich seit Jahrhunderten die Kriege. Madar hat uns ihre Geschichte gelehrt: die drei angloafghanischen Kriege, die Sowjets, die Mudschadehin und später die Taliban. Wir sind Experten in Sachen Krieg, Kampf, Zerstörung von allem, was kostbar ist. Ich behaupte nicht, wir seien weltweit führend, was Krieg angeht. Es gibt sicher andere Länder, Nationen, Völker, die diesen Titel für sich in Anspruch nehmen können. So gesehen scheinen die meisten Nationen Kämpfe und Schlachten durchzustehen wie die Gezeiten, innerhalb der Grenzen, außerhalb der Grenzen, eine ständige Suche. Reicht es denn nicht, glücklich zu sein? Offensichtlich nicht. Ich habe nichts übrig für Krieg oder Krieger, für jene, die alles zerstören, was gut, was richtig ist. Und dennoch würde ich kämpfen bis zum Tod, um jene zu beschützen, die ich liebe. Vielleicht ist es doch nicht so anders.

Baba sprach über die Kämpfe, vor allem mit Omar und Javad. Ich lauschte hinter der Tür, hörte zu, wie er vom Preis des Krieges sprach, von Ideen, von der Dummheit des Menschen. Dass Ideen an allem schuld seien. Wenn wir doch nur dieselben Ideen teilen könnten ... Aber das wird nicht passieren. Das weiß ich von meinen Brüdern und Schwestern. Wir sind einander so nah, wie Menschen es nur sein können, und doch sind wir selbst in grundlegenden Dingen selten einer Meinung.

Gegen Ende der Woche flohen wir aus dem gelben Haus.

Ich weiß noch, wie Madar aussah, blass, die Augen traurig und geschwollen vom Weinen. Sie hatte das gelbe Haus mehr geliebt als wir alle. Sie hatte die Blumen und Pflanzen gehegt. Sie hatte ein »Zuhause« daraus gemacht.

Wir nahmen nur wenige Habseligkeiten mit: hier ein Tuch, da ein Kleid, ein paar neue Stiefel, die Omar noch nicht eingelaufen hatte; seine alten, zu klein gewordenen, blieben in einer Zimmerecke liegen. Er packte seinen abgetragenen *Patu* ein, der ihn in den kalten Winternächten wärmen sollte. Wir nahmen einen *Pakol* mit – die wollene Mütze, die Javad gerne trug –, Sandalen, warme Pullover, Hosen, Schals, Babas *Patu*, auf dem noch Blutflecken waren, die sich nie ganz herausgewaschen hatten, dazu Decken für den kleinen Arsalan, einige Teppiche, Kissen, Kochtöpfe, das Transistorradio, Dinge, die wir zu brauchen glaubten. Willkürlich zusammengewürfelte Habseligkeiten unterschiedlicher Größe und von unterschiedlichen Besitzern landeten in mehreren großen Koffern und einem lederbezogenen Schrankkoffer. Madar weinte die ganze Zeit. Letztlich musste Baba alles organisieren. Ara war seine Stellvertreterin, während er versuchte, alles zusammenzutragen, was wir mitnehmen wollten und vermissen würden, wenn wir es zurückließen.

Javad wurde mürrisch. Ara wirkte zerstreut, man hatte ihr die Rolle der Helferin aufgezwungen, die umherlief und das Sammelsurium unseres Lebens in die offenen, sich rasch füllenden Koffer warf, während Madar weinend in der Ecke saß. Omar und Baba flüsterten miteinander. Dann war Omar verschwunden, er sollte irgendeine Botschaft überbringen. Niemand von uns fragte, wohin er gegangen war. Wir waren zu sehr damit beschäftigt, uns vor dem Sturm zu retten, der nach Arsalans Tod durch das gelbe Haus fegte.

Baba ging mit uns die staubigen Straßen hinunter, nachdem die letzten sowjetischen Panzer und Lastwagen aus Kabul hinausgerollt waren, den Oxus überquert und das Land verlassen hatten. Die Soldaten hatten ihre Posten aufgegeben, und der alte sowjetische Klammergriff um die afghanische Kehle lockerte sich, als eine neue Welle von Männern mit Waffen und Machtgier in die Stadt schwappte. Auch andere gingen weg – Botschafter, ausländische Arbeiter, »jeder mit gesundem Menschenverstand«, murmelte Madar unter Tränen.

Es blieb keine Zeit, um Arsalan zu trauern. Er war noch am selben Tag, an dem wir ihn am Baum hängend gefunden hatten, begraben worden. Baba und drei Männer, die wir nicht kannten, brachten seine Leiche weg. Wenn ich jetzt an Arsalan denke, erinnere ich mich an einen großen, knurrigen und doch warmherzigen Menschen, der uns alle beschützen und zu seiner Familie schmieden wollte und unsere Mutter doch so traurig gemacht hatte, und ich bin mir nicht sicher, was ich für ihn empfinden soll. Meine Eltern kann ich nicht fragen.

In den ersten Tagen nach Arsalans Tod stritten sie wegen seines Geldes – Geld, das meine Mutter nach seinem Willen bekommen sollte. Was immer sie nach diesen unvermittelten Diskussionen entschieden, für die meine Mutter offensichtlich weder genügend Kraft noch Lust aufbrachte –, jedenfalls war es, als hätten sie geschworen, Arsalan nie wieder zu erwähnen.

Madar pflanzte Safran am Fuß des Mandelbaums. Ich beobachtete sie eines Abends kurz vor unserer Abreise. Die anderen schliefen schon, aber ich stand unbemerkt am Fenster, während sie bis spät in die Dunkelheit in der Erde grub, sie mit bloßen Fingern aufbrach, bis sie bluteten. Sie ging ins Haus und kam mit einer Schachtel voller Blätter zurück. Sie pflanzte sie um den Fuß des Baumes, strich die Erde glatt, schlang die Arme um den Stamm und blieb ganz lange sitzen. Als ich in der Morgendämmerung aufwachte, trat ich neugierig ans Fenster. Madar saß noch immer auf dem Boden, lehnte schlafend am Baum. Ich vermute, dass sie auf diese Weise Abschied nahm; danach wurde er aus unseren Familiengesprächen gestrichen, in die Erinnerung verbannt. Wir begannen von vorn. Liefen wieder davon.

An jenem Morgen kam Omar mit einem großen Lastwagen zum gelben Haus, dessen Plane durchlöchert war und der von einem der Männer gefahren wurde, die Baba geholfen hatten, seinen Freund zu begraben. Wir verbrachten den Tag damit, fertigzupacken – Sachen herausnehmen, Sachen hineintun, Sachen wieder herausnehmen. Es ist schwer zu entscheiden, was bleibt und was mitkommt, wenn man sein altes Leben und alles, was man gekannt hat, zurücklässt. Es ist schwer zu beurteilen, was am nützlichsten sein wird, wenn man nicht begreift, wohin man geht oder warum. Also dauerte das Packen länger als notwendig. Irgendwann waren alle Koffer und Taschen zu. Jetzt konnten wir es uns nicht mehr anders überlegen. Omar wollte sein altes Fahrrad mitnehmen; Baba sagte nein. Dafür sei kein Platz. Omar schmollte. Wir sollten warme, schlichte Kleidung mitnehmen, nur praktische Dinge. Am Boden des Schrankkoffers stapelten sich Bücher: zerlesene russische Reiseführer, französische Grammatikbücher, eine alte Enzyklopädie, Madars Bücher von der Universität, Gedichtbände – darunter einer mit vielen Blumenbildern, den Madar sehr liebte –, die alle mit uns reisen würden. Als die Abenddämmerung hereinbrach, drängten sich Koffer, Taschen, der schwere, lederbezogene Schrankkoffer, wir Kinder und Madar hinten in den wartenden Lastwagen. Baba setzte sich vorn neben den Fahrer, und wir warteten schweigend, in Gedanken vertieft, bis sich die Nacht über die Stadt senkte. Dann fuhren wir los.

Wir sagten niemandem, dass wir weggingen. Baba wollte, dass wir einfach verschwanden. »Es ist besser, es niemandem zu sagen«, sagte er und mahnte Omar, Ara und Javad, den Mund zu halten.

»Wieso, Baba?«, fragte Ara klagend. Er sagte nichts, und sie saßen ernst und zornig da, weil sie sich nicht von ihren Schulfreunden verabschieden konnten. Arsalans Tod hatte uns alle verunsichert, und wir wussten, dass Baba recht hatte, dass er dies auf eine Weise verstand, die wir nicht nachvollziehen konnten. Das Haus war kein Zuhause mehr.

Über uns glitzerten Sterne, als wir durch die Risse in der Plane schauten und einen letzten Blick auf das gelbe Haus warfen, das jetzt in Dunkelheit gehüllt war, und auf die Lichter von Kabul. Madar sammelte uns wie einen Wurf Hundewelpen um sich, und wir versuchten, in dem schaukelnden Lastwagen einzuschlafen, der aus dem Tal hinauf in die kühle Nachtluft des Hindukusch fuhr.

Im Lastwagen war es staubig und schmutzig, alles war mit Öl verschmiert. Ironischerweise war es ein sowjetisches Modell, das die Truppen auf dem hastigen Rückzug dagelassen hatten. Nur deswegen, hatte Omar stolz erklärt, habe er ein so gutes Geschäft gemacht.

Ara verdrehte die Augen. »Ach, natürlich, weil heutzutage nur ein Idiot in einem sowjetischen Lastwagen fahren will. Du hättest ebenso gut eine Zielscheibe aufs Dach malen können.«

Wir drängten uns auf den unbequemen Sitzen aneinander und befanden, dass Ara gar nicht so unrecht hatte. Als der Lastwagen über die Straße holperte, die sich nach oben in die Berge schlängelte, wurde Javad ziemlich blass und war bemüht, sich nicht in alle Richtungen zu übergeben. Den kleinen Arsalan kümmerte es nicht, in welchem Fahrzeug er sich befand, er schlief glücklich und warm eingewickelt an Madars Brust. Ich lehnte mich an ihre Schulter und versuchte zu schlafen, doch die fremdartigen Geräusche, Gerüche und die Bewegung des Lastwagens hielten mich wach, und so kam es, dass Madar und ich als Einzige nicht schliefen, als wir vor einem inoffiziellen Kontrollpunkt der Mudschahedin langsamer wurden. Er war von zwei jungen Männern besetzt, die Gewehre über der Schulter trugen und den Lastwagen herauswinkten.

Sie standen neben einem ausgebrannten sowjetischen Panzer, der am Straßenrand vor sich hin rostete. Es war das erste von vielen Zeichen des Rückzugs, denen wir unterwegs begegneten.

»Kämpfer«, zischte Baba. Madar stellte sich schlafend.

Man hatte uns ermahnt, leise zu sein, falls so etwas passierte. Baba würde mit ihnen sprechen. Wir selbst sollten nichts sagen. Vor allem nicht über Arsalan. Wir durften Arsalan nie wieder erwähnen. Ich spähte durch einen Riss in der Plane und horchte auf die knirschenden Schritte, die am Lastwagen vorbeigingen. Die Männer redeten mit Baba und dem Fahrer. Ich hörte Gelächter, und dann trat einer zurück, einen Stapel Geldscheine in der Hand, und winkte Baba lächelnd weiter. Auf der übrigen Reise gab es keine Schwierigkeiten mehr, und nach stundenlanger knochenrüttelnder Fahrt, die der Fahrer irgendwann unterbrach, damit wir uns ausruhen konnten, erreichten wir am frühen Morgen die Provinz Baglan, fuhren im Dunkeln durch die ersten Städte und ein paar schlafende Dörfer, bis wir die schmale Bergstraße erreichten, die zum Dorf meiner Großeltern, Babas Mutter und Vater, führte, denen wir noch nie begegnet waren und die wir doch aus all den Geschichten zu kennen schienen, die Baba uns erzählt hatte.

Der Fahrer hielt am Straßenrand und hob eine kleine Matte von der Ladefläche, um in der Morgendämmerung zu beten. Wir schlugen die Plane zurück und schauten auf das Tal und die Berge zu beiden Seiten. Ich hatte noch nie den Lärm und das Chaos von Kabul verlassen, hatte immer nur die Stadt gekannt, so dass mich der Raum und die Stille des Tals überwältigten. Ich saß reglos da und wartete, während Javad und Ara miteinander zankten. Baba war aufgewacht, nachdem er ein oder zwei Stunden gedöst hatte. Kurz darauf fuhren wir weiter, rumpelten über den schmalen Weg. Als der Lastwagen wieder bergauf fuhr, hinaus aus der Ebene und höher hinauf in die Berge, wurde Baba fröhlicher, seine Stimmung gelöster, er lächelte und scherzte mit dem Fahrer, einem schmalgesichtigen Tadschiken namens Madschid.

Hoch oben im Dorf musste jemand beobachtet haben, wie sich der Lastwagen über den holprigen Weg schlängelte. Wohl in der Annahme, wir seien Sowjets mit schlechtem Orientierungssinn, hallte ein einsamer Warnschuss durchs Tal und prallte von den Felsen neben dem Lastwagen ab.

»*Bismillah*«, rief Baba, als eine zweite Kugel an uns vorbeipfiff. Statt sich zu ducken oder dem Fahrer zu sagen, er solle zurücksetzen, lehnte er sich aus dem Fenster und stieß einen besonderen wehklagenden Ruf in Richtung des Dorfes aus, der von den Bergen widerhallte. Es gab keine weiteren Schüsse.

Als wir um die letzten Kurven des Bergpfades bogen und bei jeder den Atem anhielten, weil sich der Lastwagen gefährlich der Kante zuneigte und lose Steine unter den Rädern wegspritzten, beugten wir Kinder uns staunend über den Abgrund. Madar betete lautlos. Madschid spürte ihre Angst und rief: »Wir müssen uns keine Sorgen um den Abgrund machen, das Problem sind die Minen, die sie überall zurückgelassen haben.

Als Abschiedsgeschenk!« Er lachte irre und suchte mit den Augen die Straße nach Gefahren ab.

»Möge Allah uns beschützen«, rief Madar und hielt den kleinen Arsalan und mich ganz fest, während sich der Lastwagen durch die Kurven mühte. Schließlich blieb er auf einem staubigen Platz neben einem schattigen Pappelwäldchen stehen. Über dem Platz war das Dorf in den Berghang gehauen; eine Reihe gewundener Stufen führte hinauf, die Häuser waren in Felshöhlen gebaut. Ich konnte Türen und Fenster von einem Dutzend Häuser sehen, die in den Fels gemeißelt waren. Nach Kabul wirkte das Dorf sehr klein. Madschid wischte sich den Schweiß von der Stirn, während die Dorfbewohner rufend die Stufen heruntereilten, uns zu begrüßen. An der Spitze des improvisierten Empfangskomitees stand Amin, ein Kindheitsfreund meines Vaters, der eine alte Schrotflinte in die Luft reckte.

»So begrüßt ihr uns also, Amin«, sagte Baba lachend, während sie einander umarmten. Amin wirkte verlegen und ungläubig, dass sein alter Freund Dil tatsächlich vor ihm stand.

Hinter Amin kam Baba Bozorg angelaufen, mein Großvater. Madar strich uns hektisch die Haare glatt, rückte unsere Kleider zurecht und scheuchte uns von der Ladefläche des Lastwagens, bevor sie wenige Sekunden später anmutig ausstieg, den Kopf sorgsam bedeckt, im Arm den kleinen Arsalan, der immer noch schlief.

Mein Großvater weinte vor Schock und Glück, als er uns alle aus dem merkwürdigen Fahrzeug klettern sah – unversehrt trotz Amin. Mein Großvater legte Baba die Arme um die

Schultern, als wollte er prüfen, ob er nicht eine Illusion oder ein Dschinn aus einer anderen Welt sei, sondern wirklich und wahrhaftig sein Sohn. Die Dorfbewohner, die dem Aufruhr auf den Grund gehen wollten, betrachteten uns neugierig. Auf mich, die Stadtleben und Stadtkinder gewöhnt war, wirkten die Bergkinder mit ihren nackten, staubbedeckten Füßen und der von Sonne und Schlamm gebräunten Haut wild und frei. Es war ein kalter Tag mit Schnee auf den Gipfeln, doch der Himmel spannte sich blau und wolkenlos über uns. Die Luft wirkte so klar und sauber, dass wir sie in tiefen, hungrigen Zügen verschlangen.

Großvater hob uns Kinder nacheinander hoch, umarmte uns, wirbelte uns durch die Luft.

»Und wer ist das?«, fragte er mich. »Und du?« Dies war an Javad gerichtet. Wir lächelten und nannten unsere Namen. »Noch mal«, rief er, »sagt es mir noch einmal.«

Seine Augen lächelten, und er stieß ein tiefes, kehliges Gelächter aus, das uns alle ansteckte, so dass wir kichern mussten – und uns nicht länger gut benahmen. Nach der Panik und dem Chaos der letzten Woche im gelben Haus kam uns der herzliche Empfang wie eine Heimkehr vor. Großvater führte uns die Stufen zu seinem Haus hinauf und redete dabei mit Baba, während Madar und wir Kinder ihnen folgten.

»Na los, Javad«, schalt Madar, als er zurückblieb und alle anstarrte. Hinter uns folgten die versammelten Dorfbewohner, Kinder rannten zwischen uns umher und zupften neugierig an unserer Stadtkleidung, sogen unsere Fremdheit förmlich in sich auf. Auch der Fahrer kam dazu, steif und müde nach der langen Reise über die Bergstraßen. Er betrachtete Amin argwöhnisch, der das noch warme Gewehr über der Schulter trug. Ein paar ältere Jungen schleppten das Gepäck und zogen den schweren Schrankkoffer rumpelnd die steinernen Stufen bis zum Haus hinauf.

Auf der Schwelle wartete unsere Großmutter Maman Bozorg, das Gesicht faltig von der Sonne, die uns alle mit einer Tränenflut und Gläsern warmen Chais willkommen hieß, die sie aus einem Kessel einschenkte, der an einer Feuerstelle vor dem Haus hing. Obwohl ich meine Großeltern noch nie gesehen hatte, war es, als würde ich sie schon kennen und sie mich, und wir fanden bald zu einer mühelosen Wärme und Nähe. Ich jedenfalls. Javad auch. Selbst Omar, obwohl er sich sehr bemühte, erwachsen und distanziert zu wirken. Ara hingegen nicht. Sie wirkte niedergeschmettert im flackernden Licht der dunklen Wohnhöhle und zog sich still und nachdenklich in sich zurück.

Das Haus meiner Großeltern war in die felsige Oberfläche des Berghangs gebaut. Das ganze Dorf bestand aus einer Reihe irdener und steinerner Wohnhöhlen, die sich an die Hügelflanke drängten. Die Innenwände waren weißgetüncht und wölbten sich über dem Kopf. Ohne die Frauen, die von Haus zu Haus eilten, ohne die frühmorgendlichen Rauchsäulen, die von den Feuern aufstiegen, ohne die Männer, die auf den Äckern weiter unten arbeiteten, und ohne die Kinder, die sich auf dem staubigen, improvisierten Dorfplatz unterhalb der braunen Klippen versammelten, hätte man glauben können, es gäbe gar kein Dorf. Weiter oben grasten Ziegen und Schafe frei auf der mit Gestrüpp bewachsenen Hügelflanke, über ihnen die schneebestäubten Gipfel der Berge und der Ausblick auf gewaltige Bergwände und dahinter andere Länder am Rande von Afghanistan. Andere Welten. Es war so anders als Kabul, und ich stand da und nahm alles in mich auf.

Im Haus kümmerten sich Maman Bozorg und meine Mutter um das Baby, das Maman Bozorg auf dem Arm hielt und unter dem Kinn kitzelte, wobei der kleine Arsalan pflichtschuldig vor sich hin gurgelte.

Baba und Großvater bereiteten unsere Unterkunft vor. An einer Seite gab es ein Vorratslager mit Kartoffeln und Säcken voller Mehl und Reis. Der Herd stand an der Tür, und der kleine Raum war mit einem Kissenstapel und Matten eingerichtet. Die Kerosinlampe flackerte und beleuchtete die dunklen Ecken hinten in der Wohnhöhle. Es war nicht, was wir gewöhnt waren, und Madar verzog das Gesicht.

»Ihr müsst bei uns bleiben, wir haben genug Platz, und so sollte es in einer Familie sein«, beharrte Großvater und deutete auf die dürftigen Kammern, die weiter hinten von der Haupthöhle abzweigten. Madar dankte ihm und Maman Bozorg, und damit galt es als beschlossen – dies war unser neues Zuhause.

Ara stand am Eingang und blickte hinunter ins Tal. Sie begann lautlos und mit bebenden Schultern zu weinen, so, dass meine Großeltern ihre Tränen nicht sehen konnten. Über uns kreiste ein Adler, die braun-weißen Schwingen weit ausgebreitet. Ara sah zu, wie er kreiste und dann seine Beute erspähte und aus dem Blau herabstieß. Ihre Schultern bebten nur noch stärker. Ich ging zu ihr, und ohne zu wissen, warum, legte ich meine Hand in ihre, und wir standen zusammen da und suchten nach dem Adler, der nicht mehr zu sehen war.

Madar wirkte verloren und unsicher, und obwohl sie lächelte und mit Maman Bozorg lachte, als wären sie alte Freundinnen, war mir klar, dass auch sie das gelbe Haus vermisste und das Leben, aus dem wir geflohen waren.

Später versammelten wir uns zum Abendessen ums Feuer, wo wir *Kofta* und *Pulao* aßen. Der Reis war süß und klebrig, eine liebevoll zubereitete Mahlzeit. Die Dorfbewohner waren aufgeregt und machten Aufhebens um unsere Ankunft, weil sich alle freuten, Baba wiederzusehen, und gleichzeitig von seiner schönen, eleganten Frau eingeschüchtert waren. Nach dem Essen im Haus unserer Großeltern, bei dem die Frauen drinnen und die Männer draußen aßen, wurde gesungen und getanzt, und die Flammen spuckten uns fröhlich entgegen. Mir wurde klar, dass ich zum ersten Mal, seit ich denken konnte, nachts keine Schüsse hörte. Die Nacht hier oben in den Bergen war so viel dunkler, kälter und stiller als in Kabul. Wir standen alle zusammen vor der Wohnhöhle, schauten zum Nachthimmel empor und weit über das Land. Unser Land. Eine Sternschnuppe schoss über den Himmel. Als Madar sie sah, rief sie »Arsalan!« und ging, erschrocken über ihr Benehmen, nach drinnen, um nach dem Baby zu sehen.

In jener Nacht schliefen wir dicht aneinandergedrängt, wie wir es im gelben Haus nie getan hatten. Wir schliefen wie Tote in der kühlen Bergluft, wobei der Friede, der sich über uns gesenkt hatte, nur gelegentlich vom Heulen eines Dorfhundes gestört wurde. Selbst Ara und Madar, die von unseren neuen Wohnverhältnissen verunsichert waren, schliefen, und das war, wie Baba Bozorg gesagt hatte, wie es sein sollte.

Schließlich war dies nun unser Zuhause.

5

Zuhause.

Baba Bozorgs Stimme kehrt zu mir zurück, als ich im Eisenbahnwagen sitze und sehe, wie das Tageslicht verblasst.

Ich lehne mich ans Fenster, allein, die Beine auf dem Sitz überkreuzt, und wiege mich vor und zurück.

Ich betrachte die Spiegelbilder, während die Landschaft verschwommen vorbeizieht. Manchmal ist es, als wäre ich dort, als wäre ich das Mädchen, das im Glas gefangen ist.

Sie bewegt sich, beugt sich vor, schiebt die Haare aus dem Gesicht. Neben ihrem Auge der Schatten eines blauen Flecks.

Eine Sekunde lang halte ich sie für Ara.

Mein Verstand wandert zunehmend umher. Er will mich führen … leiten … aber wohin? Was ist es, das ich hören soll?

Ich drücke die Finger ans Glas. Die Räder des Zuges klacken und dröhnen.

Ich schließe die Augen und höre, wie Ara zu mir sagt: »Gib auf dich acht, Samar.«

Das Mädchen im Fenster schaut mich an. Ihre Lippen bewegen sich.

Sie sagt wieder und wieder das Gleiche. Ich beuge mich näher heran, damit ich sie hören kann.

Ein Wort.

Zuhause.

6

Die Berge, die Wohnhöhle, mit Baba und Maman Bozorg zusammenleben – so sah unser neues Zuhause aus.

Wir lebten uns im Dorf am Berghang ein, wo die Gespräche immer um die gleichen Themen kreisten – das Wohlergehen der Schafe und Ziegen, was am allerwichtigsten war, und später dann geflüsterte Gerüchte – auf dem Dorfplatz, am Brunnen –, die von Haus zu Haus wanderten und von den wütenden jungen Männern berichteten, die eine neue Ordnung über das Land bringen wollten. Die Leute sagten, die Mudschahedin gingen zu weit, das Land werde korrupt. Nun, da die Sowjets weg waren, mussten sie jemand anderem die Schuld geben. Man hörte Geflüster über neue Ideen, junge Männer, die in den Islamschulen, den *Madrasas,* von Pakistan und entlang der Grenze studierten und neue Gedanken mitbrachten, neue Wege, um Frieden und Sicherheit wiederherzustellen.

Im Dorf gingen die Meinungen auseinander; die einen begrüßten die Veränderung, die anderen ahnten, dass sie nur weiteres Unglück bringen werde.

Wann immer Baba diese jungen Männer, die sogenannten Taliban, und ihre Ideen erwähnte, verdrehte Madar die Augen. »Was wissen die denn schon, ein Haufen ungebildeter Schuljungen mit Kalaschnikows?«, pflegte sie zu sagen. Zuerst lachte sie, wurde mit der Zeit aber vorsichtiger, als erahnte sie die losen Zungen um sich herum. Madar und Baba erwähnten die Sowjets und ihre junge kommunistische Liebe nicht mehr. All das hatten sie mit dem gelben Haus aufgegeben, hatten ihre Hoffnungen zurückgelassen wie die Sowjets ihre rostenden, umgestürzten Lastwagen und Panzer, die die Bergpässe säumten. Hier im Tal hatten die Sowjets wohl mehr Unterstützung und weniger Widerstand als anderswo erfahren. Das entnahm ich den Gesprächen der Männer auf dem Dorfplatz, die sich fragten, welche Veränderungen die Taliban bringen würden. Doch es war am besten, gar nichts zu sagen, so zu tun, als könnten uns diese Angelegenheiten nicht berühren.

Zuerst kümmerte mich das alles auch nicht sehr. Ich war zu jung, um es als etwas zu begreifen, das mein eigenes Leben verändern würde. Und warum sollte ich mich darum kümmern, wenn es viel mehr Spaß machte, die Ziegen zu jagen, die blökend den steinigen Berghang hinabhüpften, darauf bedacht, mir möglichst rasch zu entkommen? Ich lag stundenlang im Gras und schaute zu, wie sich die Wolken über mir zu Mustern formten. Ich spielte mit den gleichaltrigen Mädchen aus dem Dorf, und wir liefen durch die Rinnen am Berghang auf und ab, riefen einander, ließen unsere Stimmen durch das Tal hallen. Ich war zu jung, um Kabul so zu vermissen, wie Ara es tat.

»Komm spielen«, rief ich ihr zu, bevor ich davonlief. Sie stand nur da, rieb ihre Wange und schaute zu, wie ich mich in einen fernen Fleck am Hang verwandelte. »Siehst du nicht, dass ich zu tun habe?«, rief sie mir nach. Es stimmte. Ich sah, dass sie mit ihrem eigenen Unglück zu tun hatte, und so ließ ich sie in Ruhe. In jenen frühen Tagen war sie meist eine verlorene, einsame Gestalt, die zögerte, Freundschaften zu schließen, die nicht zugeben wollte, dass dies jetzt ihr Zuhause war, sondern lieber isoliert blieb, alleine dasaß und an ihre alten Schulfreundinnen und ihr altes Leben dachte.

»Warum ist deine Schwester so stolz?«, fragte ein Mädchen. Sie war größer als die anderen und hatte ein boshaftes Glitzern in den Augen. Ich wusste nicht, was ich sagen sollte. Gewiss war Stolz eine Sünde. Ich zuckte mit den Schultern, und das Mädchen lächelte triumphierend. Indem ich nichts gesagt hatte, hatte ich ihr zugestimmt. Ara – deren Schönheit die Jungen und Männer im Dorf aufschreckte und in den Herzen der Mädchen Neid säte – musste sich um den kleinen Arsalan kümmern und wurde von unseren Spielen am Berghang ausgeschlossen.

Wir verfielen in eine gewisse Routine. Nach dem unablässigen Granatfeuer und den Schüssen in Kabul konnten wir im Dorf friedlich durchschlafen. Nachts hörte man nur die Tiere. Javad versuchte, mir mit Geschichten über Wölfe, Schneeleoparden und hungrige Bären Angst einzujagen, aber ich hörte keine Kampfgeräusche mehr und glaubte seine hochtrabenden Geschichten nicht, weshalb ich mich allmählich wieder sicher fühlte. Ich achtete nicht auf die hitzigen Diskussionen, die meine Eltern oder Baba und Baba Bozorg miteinander führten. Es war leicht, die Gerüchte auszublenden, die vom Markt heraufdrangen. Stattdessen erlaubte ich mir, glücklich zu sein.

Der Winterschnee schmolz. Die Hügelflanken tanzten vor lauter Wildblumen, und der Gesang der nach Norden ziehenden Pirole erfüllte den ganzen Himmel. Baba Bozorg führte Javad und mich die Bergpfade hinauf, wo er uns Vögel und Blumen zeigte und uns über die Pflanzen und Jahreszeiten belehrte und Geschichten von der schweren Feldarbeit auf dem Land erzählte, das hart und trocken war, weil die Dürre jedes Jahr länger dauerte. »Noch ist es gut«, sagte er, wenn wir große Augen machten. »Wir sind ja immer noch hier.«

Doch die friedliche, ungetrübte Zeit sollte nicht lange währen.

In den kommenden Monaten drangen Nachrichten von schweren Kämpfen zwischen den Mudschahedin und den neuen Kämpfern ins Dorf, Neuigkeiten aus dem Süden, der sich unter der Herrschaft der Taliban befand und in dem die neuen Gesetze und Erlasse bereits galten und das Leben der Menschen veränderten. Die Taliban waren gut gerüstet, gut ausgebildet, zielgerichtet. Sie wussten, was sie erreichen wollten, wie sie das Land unter ihre Kontrolle bringen und die Ordnung wiederherstellen würden.

Im Rückblick kommt es mir vor, als wäre die Veränderung über Nacht gekommen, doch in Wahrheit vollzog sie sich die ganze Zeit um uns herum, und wir waren nur zu beschäftigt oder zu blind, um sie zu erkennen, oder taten, als gäbe es sie nicht, weil wir genug von solchen Dingen hatten. Baba und Omar redeten leise miteinander und wandten sich ab, wenn Javad und ich an den strahlenden Sommermorgen mit Baba Bozorg losgingen, um die Schafe zu hüten. Auch Madar blieb wachsam und wartete ab. Ara beschäftigte sich mit dem kleinen Arsalan und half Maman Bozorg, weil ihr die Dunkelheit der Höhle lieber war als die glotzenden Augen der Dorfbewohner.

»Wer sind diese Taliban?«, fragte Javad Baba Bozorg eines Tages, als wir auf Felsblöcken hoch oben in den Bergen saßen. Wir betrachteten die Schafe, die auf der Suche nach Nahrung über den trockenen Felshang wanderten. Baba Bozorg klopfte mit einem Weidenzweig, mit dem er die Schafe hinunterzuscheuchen pflegte, auf die Erde.

»Das geht dich nichts an«, sagte er, die Augen fest auf Javad gerichtet. »Sie haben nichts, also wollen sie alles. Ihr Weg ist nicht der deine. Schau ...« Er streckte seine Arme über das Tal aus. »Du hast alles. Alles ist genau hier.« Baba Bozorg legte die Hand aufs Herz. Javad sagte nichts und blieb den Rest des Morgens still.

Aber Baba Bozorg hatte unrecht, und bald sollte es uns alle etwas angehen.

Zuerst schien es, als wollten nur einige unzufriedene junge Männer etwas verändern; es war der Übereifer der Jungen, die kurz vor dem Erwachsenwerden standen. Die meisten Leute glaubten, er werde verfliegen. Doch das tat er nicht. Sie wurden mehr, und mit ihnen kam eine neue Welle von Kämpfen, und mit diesen Kämpfen kamen neue schreckliche Strafen: das Abschneiden von Gliedmaßen, Hinrichtungen, öffentliches Anprangern. Männer ließen sich Bärte wachsen; Frauen fingen an, sich von Kopf bis Fuß zu verschleiern, himmelblaue Burkas wie Tupfen in der Landschaft. Als sich die neuen Gesetze ausbreiteten, wuchs die Panik, bis ganz Afghanistan, Männer, Frauen und Kinder – Familien wie unsere – vor den Kämpfen und dem, was kommen würde, davonliefen. Hoffnung war zu Angst geworden und Angst zu tiefem Schrecken.

Viele Menschen wollten so verzweifelt entkommen, dass sie lieber ihr Hab und Gut und ihr Zuhause hinter sich ließen und eine unsichere Existenz in einem Flüchtlingslager an der Grenze führten, als sich diesen jungen Männern und ihrem Zorn auszusetzen. Baba und Baba Bozorg sprachen darüber, dass ein Exodus begonnen habe, dass neue Flüchtlinge jenen folgten, die vor den Sowjets davongelaufen waren. Wieder verließen Menschen ihre Heimat.

Auch wir hörten abends davon, wenn wir vor Babas Transistorradio saßen und ausländischen Stimmen lauschten, die in der Luft knisterten, die uns berichteten, was in unserem Land geschah. Madar übersetzte, und wir saßen im flackernden Licht der Kerosinlampe und staunten über unser Glück, so weit von den Kämpfen entfernt zu sein, sicher in den Bergen auf dem Dach der Welt.

Ich war froh, dass wir nicht so leben mussten. Wir waren zusammen, selbst wenn wir vor den Kämpfen aus der Großstadt in die Berge geflohen waren, selbst wenn es bedeutete, dass wir in Höhlen leben mussten, doch waren wir hier immerhin frei und sicher.

»Warum kämpfen wir nicht gegen sie?«, fragte Omar.

Die Männer zuckten mit den Schultern und verdrückten sich verlegen. Omar ging jetzt immer zur täglichen Versammlung aller Dorfmänner, die im Haus eines Ältesten stattfand, und kam voller Ideen und mit feurigen Worten zurück. Baba betrachtete seinen kriegerischen Sohn voller Stolz.

»Was macht man, wenn man angegriffen wird? Man ergibt sich oder verteidigt sich. Wir müssen uns verteidigen. Wir dürfen nicht vor dem Problem davonlaufen.« So argumentierte Omar, und Baba nickte zustimmend und deutete dann auf uns alle.

»Und niemanden in Gefahr bringen.«

Mehr sagte er nicht zu Omars Protesten, und die beiden entfremdeten sich. Omar verbrachte mehr und mehr Zeit außerhalb des Hauses und redete mit den Männern, seinen neuen Freunden. Er hatte nicht mehr so viel Zeit, um bei mir zu sitzen und mit mir oder den anderen zu spielen. Früher hatten wir uns gemeinsam die Bücher angesehen, die Madar und Baba aus der Stadt mitgebracht hatten. Ich mochte das über Blumen und Pflanzen. Omar interessierte sich mehr für das Russlandbuch.

»Schau, Samar«, er zeigte mir Bilder eines Zuges, der auf einer hohen Brücke einen See überquerte. »Stell dir vor, so etwas zu bauen!«

Er war fasziniert von Brücken und Ingenieurwesen – die Welt so funktionieren zu lassen, wie man es wollte. »Eines Tages gehe ich mit dir auf diese Reise – wir fahren alle zusammen mit der Transsibirischen Eisenbahn.«

Seine Augen leuchteten, und ich hatte gelächelt und gedacht, welch ein Träumer mein Bruder doch war – was für ein Gedanke, sich so weit von zu Hause zu entfernen. Er fuhr mit den Fingern die eingezeichnete Zugstrecke nach und fragte Ara – die müheloser als wir anderen Russisch las –, wie die Haltestellen unterwegs hießen. Ulan-Ude, Irkutsk, Krasnojarsk, Nowosibirsk, Jekaterinburg. Wir staunten über die Orte. Omar schmiedete Pläne für eine neue Welt. Eine, die er mit uns allen teilen wollte.

Doch nun, als immer mehr über die Kämpfe geredet wurde, beschäftigte er sich mit neuen Plänen und Träumen – nur teilte er sie nicht mehr mit uns.

Am Markttag stand er rauchend auf dem Platz, wenn Baba nicht hinsah. Er war verbittert über die Ungerechtigkeit der Welt. Er und Javad stritten häufiger als sonst, bis Madar beschloss, dass es Zeit für die Schule sei.

»Halt still, Samar.« Sie zupfte an meinen Kleidern und schob mir die Haare aus dem Gesicht. »Hör auf den Lehrer. Kümmer dich nicht um die Jungen, wenn sie dich ärgern. Lerne, Samar.« Sie schaute mich streng an. Am ersten Unterrichtstag gab ich ihr einen Abschiedskuss, bevor ich zum Platz hinunterging. Als ich mich umdrehte, stand sie noch am Berghang und schaute mir nach.

Unsere Tage nahmen eine andere Form an. Statt im Hof des gelben Hauses zu spielen, erwartete man jetzt, dass ich mit den älteren Kindern die Schule besuchte.

Eigentlich war es kaum mehr als eine Versammlung der Dorfkinder, all jener, die nicht unten im Tal oder am Berghang arbeiteten, mehr Jungen als Mädchen, und alle reckten den Kopf, um den Lehrer zu beobachten – Nadschib, ein angenehmer junger Mann in einem weißen *Salwar Kamiz*, dem traditionellen Zweiteiler mit langem Hemd –, der jeden Tag mehrere Stunden lang an die staubige Tafel schrieb. Wir saßen auf Matten, die Jüngsten und Kleinsten vorn, die älteren Kinder weiter hinten. Er unterrichtete uns in Lesen und Schreiben, Mathematik, Geschichte und Sprachen. Er hatte wie Baba und Madar an der Universität von Kabul studiert und wusste viele Dinge.

Nadschib machte es Freude, Kinder zu unterrichten und Wissen zu vermitteln, er beobachtete uns beim Lernen und war stolz auf seine Arbeit. Er glaubte nicht, dass wir keine Bildung erhalten sollten, nur weil wir in den Bergen lebten, weit weg vom Stadtleben. Mir eröffneten sich ganz neue Welten, und ich hatte Freude daran, die neuerlernte Schrift mit einem Stock in den Staub zu kratzen und wie verzaubert den Schwüngen der Zeichen zu folgen. Jedenfalls bis Javad oder ein anderer Junge aus dem Dorf herüberkam und die Erde aufwühlte und damit die Wörter auslöschte, die ich so mühsam auf den Boden gezeichnet hatte. Dann fing ich wieder von vorn an, begierig aufs Lernen. Wieder traten die Jungen die Zeichen weg und lachten mich aus, wenn ich den schweren Stock durch die Erde zog. Einer stieß mich im Vorbeilaufen um.

»Lasst sie in Ruhe!« Ich blickte aus der Staubwolke auf. Ein Mädchen, das neu im Dorf war und jetzt neben uns wohnte, stand da, die Arme verschränkt, und funkelte die Jungen an. »Haut ab!«, rief sie, und die Jungen rannten davon und lachten über das wilde junge Mädchen mit den dunklen Augen. »Naseebah«, sagte sie und zog mich vom Boden hoch.

Ich wischte mir den Staub von den Kleidern. »Samar.«

»Das ist meine Schwester Robina.« Ein hübsches Mädchen stand lächelnd hinter ihr. »Wir haben da unten gelebt«, Naseebah deutete ins Tal, »aber meine Mutter ist im Dorf aufgewachsen, und wir wohnen jetzt hier.« Ich fragte nicht nach dem Grund.

Und so fand ich zwei neue Freundinnen – Naseebah und Robina, Zwillinge, genauso alt wie ich, die in der Höhle neben Maman Bozorgs Haus wohnten, die zuvor leer gestanden hatte. Naseebah hatte dunkle Haare und Augen und braune Haut wie wir, wir alle färbten uns an den klaren Tagen in den Bergen dunkler. Ihre Schwester Robina war seltsam blass, ein grünäugiges Mädchen mit flaumigem blondem Haar. Sie nahmen mich unter ihre Fittiche und machten es sich zur Aufgabe, mir etwas über das Leben in den Bergen beizubringen. Nas war die Ernste; Robina fröhlicher und lauter. Irgendwie gelang es mir, das auszugleichen. Sie hatten eine ältere Schwester namens Masha, ein sehr schönes Mädchen, genauso alt wie Ara. Und während ich mich mit den Zwillingen anfreundete, fand Ara zu

Masha, die ihre einzige Freundin werden sollte. Ara war zu alt, um im Dreck zu spielen, aber noch nicht alt genug, um ins Haus gesperrt zu werden, wodurch sie eine einsame Gestalt war, ihrer eleganten Freundinnen aus Kabul beraubt.

Ara und Madar unterhielten sich stundenlang miteinander und klammerten sich aneinander fest. Obwohl Madar immer ein müdes Lächeln im Gesicht trug, fiel ihr das raue Leben in den Bergen schwer, das so fern war von allem, das sie gewöhnt war. Was zu ihren Studentenzeiten charmant und faszinierend gewirkt hatte, voller Glanz und Freiheit, war jetzt einfach nur ein schweres Leben, der Überlebenskampf gegen die Jahreszeiten. Zuerst hatten die Frauen aus dem Dorf versucht, sie in ihre Plaudereien und Arbeit einzubinden, und Maman Bozorg hatte sie dazu ermutigt, doch bald begriffen alle, dass Madars Kopf und Herz woanders waren. Hier konnten sie und Baba nicht miteinander streiten – es gab weder genügend Platz noch Privatsphäre –, und so lebten sie oft tagelang nebeneinanderher, ohne viel zu sagen. Sie äußerten Gemeinplätze und taten, als wäre zwischen ihnen alles gut, obwohl es nicht stimmte, denn nach dem, was im gelben Haus geschehen war, konnte es nie wieder gut werden. Wir Kinder taten die Atmosphäre der Verzweiflung achselzuckend ab – wir hatten uns zu sehr an sie gewöhnt, um sie als unnormal zu empfinden.

Genau wie ich fand auch Javad bald Gefallen an der frischen Bergluft, den neuen Freiheiten, dem weiten Raum, dem gewaltigen Himmel, barfuß hinter Baba Bozorgs Ziegen und Schafen herzulaufen. Hierher waren die Sowjets mit ihren Panzern und Minen nicht gekommen. Die Einheimischen hatten ihnen geholfen, wie sie auch den Mudschahedin halfen, und daher bestand keine Gefahr durch Minen, wie sie unten im Tal überall verstreut lagen. Hier waren die Häuser nicht zerstört worden; man hatte die Menschen in Frieden gelassen, sie waren zu weit weg, als dass sich die Soldaten für sie interessiert hätten. Hier, den Wolken nah, geschützt von Allah, fühlten wir uns sicher. Und Javad lief frei umher wie alle Jungen.

Dank seines ansteckenden Lachens und der ständigen Scherze war Javad bei den Dorfkindern beliebt und fügte sich rasch ins Leben am Berghang ein, als wäre er schon immer dort zu Hause gewesen. Er hatte keinen Sinn für Omars Klagen über die Taliban. Ganz im Gegenteil. Nun, da die Sowjets weg waren, glaubte er, den Taliban für sein neues, glücklicheres Leben danken zu müssen. Er konnte diese Vorstellung nicht überwinden, und daher stritten meine Brüder häufig, bis Omar in die Berge verschwand – oft für Stunden. Wir fragten ihn nie, wohin er ging oder was er machte. Es reichte, dass ein paar Stunden lang Frieden in der Familie herrschte. Wir alle sehnten uns nach Frieden.

Meine liebste Zeit war der Markttag, den Nas, Robina und ich damit verbrachten, uns zwischen den Karren hindurchzuquetschen, die mit Orangen, Walnüssen, Reis, Melonen, Getreide, Pistazien, Granatäpfeln und Tabletts voller Trauben beladen waren. Die Frauen aus dem Dorf handelten und feilschten und tauschten so viel wie möglich mit den einheimischen

Bauern. Die Leute kamen von unten über die Straße zum Dorf herauf. Der gewöhnlich schläfrige Platz erwachte zu neuem Leben.

Wir nahmen unsere Beute mit und setzten uns in den Schatten eines Wäldchens aus Pappeln und Weiden, die am Dorfrand wuchsen und die ein alter Mann gepflanzt hatte, den man als *Malang* bezeichnete. Er kümmerte sich nicht um Krieg oder Kämpfe, sondern machte sich jedes Jahr daran, neue Obstgärten oder Wäldchen anzulegen – aus Pflaumen, Weiden, Maulbeeren, Pappeln oder Kirschen, was immer er finden konnte. Er grub Kanäle, damit das Wasser die Wurzeln erreichte, und pflegte die Bäume, nur weil er Freude daran hatte, kleine Nischen aus Schönheit und Schatten zu erschaffen. Wir saßen dort und teilten die Früchte miteinander.

»Was wollt ihr werden, wenn ihr älter seid?«, fragte ich Naseebah und Robina.

»Ärztin«, beschloss Nas. »Dann kann ich Menschen heilen.« Ich dachte darüber nach. Es schien eine gute Idee zu sein.

»Robina?«

Sie schaute uns an und wurde rot. »Ich hätte gern einen guten Ehemann und eine Familie.«

»Ja, sicher, aber was willst du werden? Was willst du machen?«, fragte ich sie noch einmal. Sie dachte nach.

»Wieso, ich wäre dann eine Ehefrau und Mutter.«

Nas und ich schüttelten den Kopf. Das Thema war erledigt. Ich konnte mir nicht vorstellen, dass ich jemals einen der Jungen aus dem Dorf heiraten wollte oder überhaupt irgendeinen

Jungen. Aber ich hatte Glück. Madar und Baba ließen uns selbst entscheiden. Das hatten sie doch immer getan, oder? Die Dorfbewohner hatten wegen ihrer Liebesehe die Stirn gerunzelt, aber Baba und Madar hatten die Missbilligung einfach ignoriert. Stattdessen wollte Madar, dass wir lernten, dass wir studierten, damit wir etwas aus unserem Leben machen konnten. Aber das konnte ich Robina nicht so erklären, dass es für sie einen Sinn ergab. In diesem Augenblick spürte ich, wie unterschiedlich unser Leben verlaufen würde, selbst wenn wir weiter beieinander wohnten.

Wenn wir uns mit Obst und Nüssen vollgestopft hatten, verabschiedete ich mich von den Zwillingen und ging zu den anderen Jungen und Mädchen an der Ecke des Marktplatzes, um *Buzul-babi* zu spielen, wobei die Schafsknöchelchen im Sonnenlicht umherkullerten und Rufe und Gelächter durchs Tal hallten. Am Nachmittag spielten Javad und Omar mit den anderen Jungen auf einem improvisierten, mit Kreide gezeichneten Platz Volleyball. Zum Abendessen gab es *Chainaki*, eine Suppe, die in Teekannen über dem Feuer gekocht wurde, und manchmal auch *Dopiaza*, geschmortes Lammfleisch mit Zwiebeln und Tomatensauce. Danach saßen wir ums Feuer herum und hörten BBC World Service im Transistorradio – es mitzunehmen war eine von Babas klügeren Entscheidungen gewesen, als wir in aller Eile gepackt und das gelbe Haus verlassen hatten. Das Radio verband uns mit der übrigen Welt, verlieh uns ein Gefühl der Freiheit. Manchmal kamen auch Nas und Robina dazu.

Ich versuchte, ihre Freundlichkeit zu erwidern, indem ich ihnen von Kabul und dem gelben Haus erzählte. Ich beschrieb die Pflanzen im Garten, die Drachen am Abendhimmel, den Blick vom Dach auf die schneegekrönten Bergketten, die die Stadt umgaben. Ich teilte die Geschichten über die Stadt mit ihnen, Geschichten, die Madar in unser Gedächtnis eingestickt, die sie wieder und wieder erzählt hatte, damit wir sie nicht vergaßen.

»Ich winkte den Bergen zu«, erzählte ich Nas und Robina. »Damals wusste ich es nicht, aber ich habe euch zugewinkt.« Wir lachten, als wir uns vorstellten, dass wir so weit voneinander entfernt so unterschiedlich aufgewachsen waren und dennoch hier zusammengefunden hatten, in derselben Klasse bei Nadschib saßen – und auch noch Nachbarinnen waren! Es erschien geradezu unglaublich. Nas drückte mich an sich und nannte mich »Schwester«, während Robina kicherte und mich »Stadtmädchen« nannte. Ich war mir nicht sicher, ob es als Beleidigung oder Kompliment oder beides gemeint war.

Robina folgte Javad wie ein Hündchen, während Nas und ich miteinander spielten, uns daran erfreuten, Phantasiewelten zu erschaffen, und uns mit dem vergnügten, was alles möglich wäre. In der Schule lernte ich gut, hatte eine rasche Auffassungsgabe und verstaute das Gelernte wie einen Schatz, den ich bisweilen Madar und Baba oder meinen Großeltern zeigte, indem ich meine Kenntnisse wie schimmernde Juwelen ans Licht hielt. Madar war besorgt, dass die Dorfschule zu anspruchslos sei, und ergänzte unseren Unterricht, indem sie uns

Englisch, Russisch und sogar ein bisschen Französisch beibrachte; indem sie las, schrieb und alles, was sie wusste, mit uns teilte. Sie ließ uns alles aufschreiben und lobte unsere Schrift, wenn sie gut gelungen war. Gespräche im Haus wechselten zwischen verschiedenen Sprachen, bis es uns ganz selbstverständlich erschien. »Lerne, Samar«, sagte sie zu mir. »Lerne, damit du die Welt verstehen kannst.«

Das beständige Lernen verschaffte uns natürlich einen weiten Vorsprung gegenüber den anderen Kindern in der Klasse, und Nas und Robina verdrehten die Augen, wenn Nadschib wieder einmal eine unlösbare Frage stellte, die ich dann – korrekt – beantwortete. Nach und nach brachte ich meine eigenen Fragen für Nadschib mit in die Schule, »Wie funktioniert Elektrizität?« und »Wie oft könnte man Afghanistan um die Welt wickeln?« (Ich hatte kürzlich gelernt, dass die Erde rund war, und hatte mehrere Monate lang versucht, ihren Umfang zu berechnen.) Unser Lehrer nahm die Fragen wohlwollend auf, gab sie an alle weiter und ermutigte uns, eigenständig zu denken.

Eines Tages kam Javad zu mir. Er nahm mich beiseite und sagte: »Sie soll aufhören.« Ich starrte ihn ausdruckslos an. »Sie ... Robina ... sie ist ... unmöglich.« Dann machte er abrupt kehrt.

Die arme Robina war in ihn verliebt, doch Javad war noch nicht bereit für Romantik. Ich versuchte sanft, ihr meinen Bruder auszureden. Sie tat, als hätte ich unrecht, als wäre allein die Idee schon lächerlich. Ich zuckte mit den Schultern. Ich hatte keine Erfahrung damit, junge Herzen anzuleiten. Außerdem erschien es mir ganz und gar unglaublich, dass jemand

Javad lieben sollte. Jedenfalls nicht so. Ich fragte Ara um Rat. Sie dachte darüber nach und sagte, sie wolle mit Masha reden und das Problem mit ihr gemeinsam lösen. Ich seufzte, war ungeheuer erleichtert. Die Katastrophe war abgewendet, und ich kehrte zu Javad zurück, um ihm die gute Nachricht zu überbringen. Er war außer sich vor Wut.

»Du hast es Ara erzählt?«, brüllte er, das Gesicht purpurrot vor Zorn. »Was hast du dir nur dabei gedacht, Samar? Jetzt wird sie sich bis in alle Ewigkeit über mich lustig machen.« Er schlich missmutig und untröstlich davon. Ich saß am Brunnen, fragte mich, wie ich nur in dieses Durcheinander hineingeraten war, und befand schließlich, dass er seine Kämpfe lieber selbst austragen sollte, statt mich darin zu verwickeln. Nas entdeckte mich dort. Ich wischte mir die Tränen ab, bevor sie sie bemerkte.

»Robina ist wütend auf dich.«

Wir saßen schweigend beieinander. Ich wusste nicht, was ich sagen sollte. Nas umarmte mich, und ich fühlte mich besser, war aber entschlossen, mich nie wieder in die romantischen Verwirrungen anderer Menschen einzumischen. Ich fand nie heraus, was Masha zu Robina gesagt hatte – doch da ich Ara kannte, ging ich davon aus, dass sie Javad in irgendeiner Weise schlechtgemacht und Masha ihre Schwester daraufhin ermutigt hatte, sich jemand anderem zuzuwenden. Was, wie sich letztlich herausstellte, ein guter Rat war, und die kindliche Schwärmerei erstarb, bevor sie richtig begonnen hatte.

»Ihr seid zu jung für solchen Unsinn«, schalt uns Ara.

Masha und Ara wirkten viel erwachsener als wir. Wir betrachteten sie als Vorbilder. Nas und Robina kamen gern zu uns nach Hause. Ihre Mutter Nazarine war jetzt allein, nachdem der Vater im Kampf getötet worden war. Wir wussten nicht, für was oder gegen wen er gekämpft hatte, nur dass sie traurig war und viel weinte. Daher war sie als Mutter nicht gut zu gebrauchen, und Masha kümmerte sich um ihre Schwestern, während die Mutter drinnen schlief.

»Ihr Herz ist gebrochen«, sagte Masha eines Tages zu Ara.

»Oh. Ist es ernst?«

»Tödlich.«

Ich hatte noch nie von solch einer Krankheit gehört und ging Nazarine von da an aus dem Weg, obwohl sie, wenn sie nicht gerade schlief oder weinte, eine freundliche Frau mit einem gütigen, traurigen Lächeln war. Madar war oft bei ihr, und sie redeten miteinander.

»Frauenangelegenheiten«, sagte Ara, als wüsste sie, worüber geredet wurde. Wir alle wurden älter, und ich hatte mich an das neue Leben in den Bergen gewöhnt. Von mir aus hätte es immer so weitergehen können.

7

Ich sitze still neben Napoleons Kammer am Ende des Wagens. Draußen bricht die Nacht herein, und die Lampen gehen flackernd an. Hier bin ich ungestört und hole wieder mein Buch heraus.

Anna Karenina ist entschlossen, ihren Mann zu verlassen, und schickt sich an, mit dem Abendzug nach Moskau zu fliehen, wohin sie ihren Sohn mitnehmen will. Ich bin schockiert. Diese Frau, die sich von ihrem Herzen leiten lässt, die mit dem bricht, was man von ihr erwartet. Sie muss diesen Wronskij wirklich lieben, um ihren Sohn vom Vater zu trennen. Ich bin wütend auf sie und doch ... sie folgt ihrem Herzen. Sie bleibt sich treu.

Ich kämpfe mit einigen Wörtern, die sie im Brief an ihren Mann verwendet – sie spricht von *Großmut*. Ich kenne das Wort nicht und habe weder Madar noch Napoleon bei mir, die ich fragen könnte. Stattdessen drehe ich das Wort auf der Zunge hin und her. Es muss irgendwie wichtig sein.

Erst verwendet sie das unbekannte Wort in ihrem Brief.

Dann schreibt sie ihn ohne das Wort neu. Es ist besonders wichtig. Ich lote das Wort noch einmal aus. Der Klang liefert mir keine Hinweise. Und dann setzt sie sich hin, um Wronskij zu schreiben und – zerreißt auch diesen Brief. Anna ist entzweigebrochen, ihr Herz galoppiert vor ihr her.

Allmählich beginne ich, die Bande der Liebe zu verstehen, ihre Erwartungen und Forderungen. Ich lese die Passagen wieder und wieder und suche nach Antworten, nach Zeichen. Und erlebe, wie sie die Worte nicht mehr zurückrufen kann, nachdem der Brief abgeschickt ist und die Worte aus ihr hinausgeflogen sind.

Ich denke an Ara – wie sie im Speisewagen gesungen hat. Ich singe dieselben Worte leise, im Flüsterton, kann Ara aber nicht heraufbeschwören. Heute Abend singt sie nicht für mich.

Ich schaue auf mein Notizbuch.

Kann ich, falls ich die richtigen Worte einfangen und zurück zu Ara und ihrem Gesang finden kann, die unerwünschten Geräusche und Bilder aus meinem Kopf vertreiben?

Im Wagen ist es stickig. Er ist erfüllt von den Gerüchen ungegessenen Essens, warmer Körper und geschlossener Fenster. Ich klappe mein Buch zu, die Augen schwer, das Denken endlich stumpf, und der Zug wiegt mich in den Schlaf, während mich die Träume zurück in die Berge führen. Das Buch rutscht mir aus der Hand, doch niemand sieht es fallen.

8

Im April unseres fünften Jahres im Dorf verschwand Omar. Es gab Gerüchte, die Taliban hätten ihn geholt oder die Kämpfer der Nordallianz. Einige der fremden jungen Männer, die am Markttag ins Dorf gekommen waren und mit allen älteren Jungen gesprochen hatten, waren angeblich Massouds Leute, Freiheitskämpfer oder Spione der Taliban. Wer sie wirklich waren und was davon stimmte, wusste niemand. Baba Bozorg befürchtete, Omar habe sich in den Bergen verlaufen, doch Baba stellte fest, dass ein Teil seiner Kleider und seine Stiefel verschwunden waren. Also glaubten wir allmählich dem Gerücht, er sei losgezogen, um gegen die Taliban zu kämpfen, die jeden Tag näher zu rücken schienen – selbst hier, auf dem Dach der Welt, fernab von allem. Die andere Möglichkeit wollten wir uns nicht eingestehen: dass sie ihn als Unruhestifter mitgenommen hatten, dass er irgendwo in einer Gefängniszelle schmachtete oder verprügelt, verletzt, vielleicht sogar getötet worden war. Wir durften nicht zulassen, dass eine dieser Möglichkeiten wahr wäre.

In den Tagen und Wochen nach seinem Verschwinden warteten wir, rechneten damit, er werde jeden Augenblick zurückkehren. Sein *Patu* lag verlassen im Schrankkoffer, der hinten in der Wohnhöhle stand, und ich wickelte mich darin ein und stellte mir vor, er käme nach Hause und brüllte mich an, ich solle ihn zurücklegen.

»Ihr werdet schon sehen, er ist bald wieder da.« Maman Bozorg versuchte, Ara und mich zu beschwichtigen. »Er ist ein guter Junge, ein vernünftiger Junge, er kommt wieder.«

Madar sprach in jenen Tagen wenig. Falls sie den plötzlichen Verlust ihres ältesten Kindes betrauerte, zeigte sie es nicht – mehr noch, es war, als wüsste sie, wohin er gegangen war, und wollte uns nur keine Angst einjagen, indem sie darüber sprach. Baba schien überrascht und unsicher, ob er stolz oder besorgt sein sollte. Baba Bozorg war melancholisch. Nur den kleinen Arsalan schien das alles nicht zu kümmern.

»Ihr hättet ihn zwingen sollen hierzubleiben.« Javad stand schmollend am Höhleneingang. Ohne seinen älteren Bruder zog er sich zunehmend zurück, war zornig, schnauzte uns alle an. »Er wird sich umbringen lassen und wofür?« Niemand konnte die Frage beantworten oder ihn beschwichtigen.

»Kommt Omar je zurück?«, fragte ich Ara eines Tages, als wir draußen saßen und über das Tal blickten.

»Ich weiß es nicht.« Sie drückte meine Hand. Ich konnte mir unser Leben ohne Omar nicht vorstellen. Von allen meinen Geschwistern hatte er mich am meisten ermutigt und dabei unterstützt, so viel wie möglich über die Welt zu lernen. Seine

Hoffnungen und Träume – ein großer Ingenieur zu werden, wunderbare Brücken zu bauen, seinen Weg in der Welt zu machen – hatten auf mich abgefärbt, auf uns alle. Und nun war er nicht mehr da. Die Traurigkeit steckte uns an, aber da wir nicht wussten, nicht wissen konnten, was mit ihm geschehen war, bewahrten wir Omars Verlust still in unseren Herzen, aus Angst, er könne sonst für immer verschwinden.

Es war leichter, sich vorzustellen, dass er nur vorübergehend weg sei, und so sprachen wir auch von ihm: »Wenn Omar wieder da ist«, pflegten wir zu sagen, fest entschlossen, dass er eines Tages wieder da sein würde. Alle fürchteten sich vor Spionen, hatten Angst, von ihren Nachbarn bei den Taliban angezeigt zu werden. Jede kleine Streitigkeit bekam eine ganz neue Bedeutung. Wer die Mudschahedin unterstützt hatte, sprach nicht mehr öffentlich von Widerstand. Es hieß, Massoud könne nicht mehr gewinnen, und seine Männer hätten sich zurückgezogen.

Die Taliban kontrollierten inzwischen große Teile des Landes und standen kurz davor, Kabul zu erobern. Manche sagten, sie hätten die Stadt bereits eingenommen, und es sei nur eine Frage der Zeit, bis sich das ganze Land der Scharia unterwerfen müsse. All das erfuhr ich von Baba Bozorg. Gerüchte kursierten, was man noch sagen könne und was nicht, wie man sich verhalten solle, was erlaubt und anständig sei und Allah zur Ehre gereiche und was Schande über einen bringe. Baba räumte das Radio weg. Es war die Rede von Mordkommandos, Banden, die über die öffentliche Ordnung wachten und Züchtigungen beaufsichtigten, und von Amputationen wegen angeblichen Diebstahls. Es kam zu Steinigungen. Leute verschwanden. Menschen, die man liebte, waren plötzlich weg. Man sagte uns, es fördere die Tugend. Die Menschen müssten kontrolliert werden. Dies sei die neue Ordnung. Die älteren Mädchen und Frauen fingen an, die Burka zu tragen. Sie durften nicht länger ohne ihren Ehemann oder Vater ausgehen. Die neuen Erlasse drangen bis ins Dorf vor, doch wir wussten nicht, was stimmte und was nur ein Gerücht war. Selbst hier oben, wo es doch eigentlich gar keine Rolle spielte, mussten diese Regeln eingehalten werden. Madar fing an, sich um unser Aussehen zu sorgen. Man brachte uns bei, was wir in der Schule sagen durften und was nicht und wie wir uns zu benehmen hatten.

Hier oben in den Bergen, abgeschnitten von den Kämpfen, war uns das Chaos im übrigen Land sehr fern erschienen. Wir hatten nicht geglaubt, es könnte uns bis hierher folgen. An den Markttagen erfuhren wir, welche Gruppen welche Teile von Kabul eingenommen hatten, wie die Widerstandskämpfer vorrückten, dass es nun die Taliban waren, die gewannen. Das Granatfeuer schien sich zu verstärken. Menschen kamen bei den Unruhen um, und viele verließen die Stadt, rannten davon vor der neuen Ordnung und allem, was sie mit sich brachte. Frauen durften nicht mehr arbeiten oder studieren, ältere Mädchen nicht die Schule besuchen. Diese Neuigkeiten erschienen uns unglaublich, aber auch sehr weit weg. Es betraf weder uns noch unseren Lehrer Nadschib, der davon überzeugt war, dass alle – Mädchen wie Jungen – eine vernünftige Schulbildung erhalten und etwas aus ihrem Leben machen sollten, um ihrem Land zu helfen. Das wiederholte er ständig, während wir mit Multiplikation und Verbkonjugationen kämpften und uns abmühten, die Geschichten anderer Völker auswendig zu lernen.

Eines Tages versammelte Nadschib alle Mädchen bis auf die allerjüngsten und erklärte bedauernd, dass wir von nun an nicht mehr in die Schule kommen dürften, dass es nicht sicher sei und dass wir, falls wir weiter lernen wollten (wobei er traurig lächelte), dies zu Hause tun müssten. Er hoffe aufrichtig, dass dieser beklagenswerte Zustand nur von kurzer Dauer sei und wir bald wieder gemeinsam mit der Klasse lernen könnten.

Das alles ergab keinen Sinn für mich. Was sollten wir denn nun den ganzen Tag machen? Wie sollten wir Anwältinnen oder Ärztinnen oder Schriftstellerinnen werden, wozu Madar und Baba uns immer ermutigt hatten, wenn wir nicht lernen durften? Das konnte nur ein lächerlicher Irrtum sein.

»Ha«, sagte Robina. Sie hatte nie viel von der Schule gehalten, obwohl sie die Gesellschaft der anderen Kinder genoss. Nas war ebenso niedergeschlagen wie ich, bis Nazarine sich daranmachte, die Dorfmädchen zu unterrichten, verborgen vor den wachsamen Augen des neuen Lehrers. Masha und Ara sagten nichts, wirkten aber mit jedem Tag ängstlicher, denn sie ließen die Kindheit hinter sich und wurden Frauen in einem Land, wo Frausein sich wie ein Verbrechen anfühlte.

Javad ging weiter jeden Morgen in die Schule. Er schaute über die Schulter zu Ara und mir – zuerst schuldbewusst, später triumphierend. Nadschib war durch einen mürrischen alten Mann aus dem Nachbardorf ersetzt worden, der im Stil der *Madrasas* – der Islamschulen – unterrichtete und andere Ideen verbreitete, die Ideen des neuen Regimes. Javad begann, andere Dinge zu lernen. Statt Erdkunde und Mathematik kam er nach Hause und redete nur noch von religiösen Studien, von den neuen Regeln. Er hielt uns Vorträge und sagte seufzend, wir würden es ohnehin nie verstehen, weil wir nur Mädchen seien und er nun dafür verantwortlich sei, uns zu führen und in dem anzuleiten, was richtig sei. Ara lachte aus vollem Hals über seinen Hochmut, worauf Javad sie hasserfüllt und selbstsicher anfunkelte. Der sanfte Junge, den wir alle so geliebt hatten und der so freundlich und vergnügt gewesen war, veränderte sich vor unseren Augen. Alles veränderte sich.

Selbst die Dorfspiele am Abend veränderten sich. Die Kinder schlichen davon, wollten nicht zu fröhlich, zu laut oder zu aktiv erscheinen. Radfahren und Drachensteigen hörten ganz auf. Der Volleyballplatz wurde immer leerer. Die Mädchen blieben meistens drinnen. Wir begannen, prüfend die Schatten zu betrachten. Wir hörten Horrorgeschichten aus anderen Dörfern im Tal, wo die Vollstrecker der Taliban in Häuser eindrangen und die Leute aus den Betten zerrten. Es gab Geschichten von Menschen, die verschwanden, die man mitnahm und vor die neuen örtlichen Gerichte stellte, denen sie Sünden gestehen mussten, an die sie sich überhaupt nicht erinnerten. Die Grenzen zwischen Richtig und Falsch verschwammen, so dass wir uns unserer selbst nicht mehr sicher waren.

Die Dorfältesten redeten bis spät in die Nacht und überlegten, was zu tun sei. Baba, der wohl nicht wieder auf der falschen Seite stehen wollte, verhielt sich still, während andere Pläne schmiedeten und ihre Söhne losschickten, um gegen den unsichtbaren Feind zu kämpfen – die Angst. Eine tiefsitzende Angst, die sich förmlich in unsere Seelen grub und im Wasser zu schmecken war, das wir tranken.

Für Baba war es besonders schlimm. Die Dorfleute flüsterten hinter seinem Rücken, dass er früher die Sowjets unterstützt habe und ein revolutionärer Eiferer sei.

»Kein Wunder, dass der Junge so missraten ist«, sagten sie über Omars Verschwinden.

Auf Madar ruhte derselbe Verdacht. Niemand fragte sie direkt danach – zumindest damals nicht. Man glaubte, sie sei nicht fähig, eigene Ansichten zu haben. Frauen wurden zu Schatten; Schatten, die nicht sprechen konnten oder wollten. Genau wie alle Übrigen wurde auch Madar nachdenklich und still und blass vor Zorn über das, was mit ihrem Land geschah.

Nur Ara zeigte keine Angst. Sie rannte in die Berge und schrie aus voller Kehle »Barbaren!«, dass es durchs ganze Tal hallte. Sie trug keine Burka. Sie ließ sich nicht zum Schweigen bringen.

»All das«, sagte sie wieder und wieder und spie ihren Ekel in den Schmutz, »all diese Dummheit!« Ihre Augen blitzten vor Zorn. Madar versuchte, sie zu beruhigen, sie wenigstens ins

Haus zu holen, mit Nähen oder Lesen zu beschäftigen (fernab der Tür, im schwachen Schein einer flackernden Kerze). Vergeblich. Aras Wille war ungebrochen. Ich schaute zu, unsicher, auf wessen Seite ich mich stellen sollte, und spürte eine schleichende Gefahr, die immer näher rückte.

Javads Äußerungen wurden immer fanatischer. Der Junge, der früher gescherzt und gelacht hatte, der Zeit für alle Menschen und Geschöpfe hatte, der Junge, der Tierarzt hatte werden wollen, der kaputte Dinge reparieren konnte, sprach nur noch über Religion und Pflicht. Er wurde hart und voreingenommen. Er war zornig, weil er Omar verloren hatte – wollte es sich aber nicht eingestehen. Wir alle waren zornig und traurig, aber Javad gab nicht den Taliban und ihren zahllosen Regeln, Gesetzen und ihrer Grausamkeit die Schuld an seinem Verlust, sondern Baba und Madar, die Omar hatten gehen lassen. Er gab uns allen die Schuld, weil wir Omar nicht Grund genug zum Bleiben gegeben hatten.

Wenn Javad in die Schule ging, setzte sich Madar mit Ara und mir nach hinten in die Höhle, wo sie uns alles beibrachte, was sie wusste und woran sie sich aus ihrer eigenen Schulzeit und dem Studium erinnerte. Wir wurden im Flüsterton unterrichtet. Allerdings konnten wir nichts aufschreiben und mussten alles im Kopf behalten. Sicherheitshalber.

Im Dorf wuchs das Misstrauen. Wir lernten, vorsichtig zu sein.

Eines Tages kamen die Taliban – junge Männer mit langen Bärten, die Toyota-Pick-ups mit getönten Scheiben fuhren, an denen weiße Fahnen im Wind flatterten – in unser Bergdorf. Amin hatte es Baba schon vor einigen Tagen angekündigt. Er habe den Besuch arrangiert. Wir alle fragten uns, warum. Amin war eine merkwürdige, einsame Gestalt. Er hatte nie geheiratet. Vielleicht fand ihn keine der Frauen im Dorf attraktiv genug. Er war nicht richtig hässlich, neigte aber zu Wutausbrüchen und seltsamen Trotzanfällen, die es Frauen vielleicht schwermachten, ihn zu lieben. Und dann war da noch die Waffe, die er ständig über der Schulter trug.

»Erst schießen, dann fragen, was?«, scherzte Baba gerne. Wir kicherten. In letzter Zeit hatte Amin Baba öfter besucht. Sie saßen draußen und redeten stundenlang miteinander, und Amin beobachtete genau, wer in den Nachbarhäusern ein und aus ging. Es hieß, er spioniere für die Taliban. Ich weiß nicht, wie die Gerüchte aufkamen, erinnere mich aber, dass Ara und Masha einmal darüber flüsterten und Nazarine sie zum Schweigen brachte. »Er ist eine traurige Seele. Nur ein Spinner.«

Und nun hatte dieser Spinner die Taliban ins Herz unseres Dorfes eingeladen.

Baba wusste nicht, was er zu Amin sagen sollte. Er mochte seinen alten Freund, der ihm als Kind ein treuer Gefährte gewesen war, ihn gegen die älteren Kinder verteidigt und sich in der Not auf seine Seite gestellt hatte. Nun jedoch wurde deutlich, dass sie unterschiedliche Wege eingeschlagen hatten. Bisweilen erwischte ich Amin dabei, wie er Madar bei der Hausarbeit anstarrte. Es überraschte mich nicht, denn sie war sehr schön, aber es galt als unanständig, und er gab acht, es nicht zu tun, wenn Baba oder Baba Bozorg dabei waren. Wenn er nicht gerade Javad in den Bergen das Schießen beibrachte oder mit Baba redete und ins Dorf hinabblickte, half er Nazarine gelegentlich, Wasser vom Brunnen zu holen. Einige Dorfbewohner runzelten deswegen die Stirn – was hatte er mit ihr zu schaffen? Es wurde getratscht, wie es die Leute eben tun, doch in Wahrheit gab es nichts, das verurteilenswert gewesen wäre. Immerhin litt Nazarine an einem gebrochenen Herzen. Sie hatte offensichtlich überhaupt kein Interesse an Amin und duldete sein Benehmen, ohne ihn zu ermutigen.

In den Tagen vor dem Besuch versammelten sich die Männer, um zu bestimmen, wer die Taliban willkommen heißen und wie man sie empfangen sollte. Eine Mahlzeit wurde organisiert. Aber die Atmosphäre war angespannt und unangenehm; niemand wollte sie dort haben – außer Amin natürlich –, und doch musste man ihnen gastfreundlich begegnen. Baba Bozorg, ein angesehener Ältester, würde die Gruppe anführen. Baba und Amin sollten ihn begleiten. Einige andere Männer waren bereit, sich dem Empfangskomitee anzuschließen. Jemand hielt an der Straße Ausschau, damit die Dorfbewohner sich auf die Ankunft vorbereiten konnten.

»Bringen wir es hinter uns«, sagte Baba Bozorg am Vorabend des Besuchs zu meinem Vater. »Was immer er ihnen zu bieten hat ... es wird nichts Gutes bedeuten.«

Obwohl kein Name genannt wurde, war es klar, dass sie Amin meinten. Ich bekam Angst um Baba und Madar und fragte mich, was Amin den zornigen Männern wohl zu bieten hatte, die über uns herrschen wollten, weshalb er uns diesem Schrecken aussetzte. In dieser Nacht schlief wohl nur Amin gut.

Früh am Tag schlängelten sich die Pick-ups aus dem Tal herauf. Männer mit Gewehren standen auf der Ladefläche, blickten hinauf in die Berge, brachten den Krieg mit.

»Sie kommen!« Als der Ruf erscholl, verbargen sich Frauen und Kinder in den Häusern. Die Männer des Dorfes formierten sich zu einem recht abweisenden Empfangskomitee und warteten auf dem Dorfplatz. Die Stimmung war düster, und wir alle spähten ängstlich durch die Lumpenvorhänge an den Türen.

Die Männer hielten sich lange mit der Begrüßung auf, den Vorstellungen, tauschten Höflichkeitsfloskeln und Informationen. Es hieß, der Feldzug der Taliban verlaufe gut.

Es war klar, dass die Besucher uns nicht trauten, doch die Gastfreundschaft musste gewährt werden. »Vergießt kein Blut«, hatte Baba Bozorg gewarnt.

Man hatte eine Mahlzeit vorbereitet, und die Taliban saßen alle beieinander und kauten ihr Naan-Brot. Nach einer Weile gingen einige Männer, angeführt von einem hämisch grinsenden Amin, durchs Dorf. Wir hörten, wie sie den Hang heraufkamen und vor dem Nachbarhaus stehen blieben. Ich dachte an Naseebah und Robina, die verängstigt dort drinnen saßen, an Masha und Nazarine, die sie nicht beschützen konnten. Wir hörten laute Stimmen, Nazarine weinte. Madar sah aus, als könnte sie nicht atmen, als würde sie jeden Moment vor Entsetzen ohnmächtig. Das Weinen hielt an, ging in Schreien über. Wir hörten noch, wie ein Mann, wohl mein Großvater, zu verhandeln versuchte, bevor sie Masha und ihre Mutter aus dem Haus zerrten und Nazarine unter den wachsamen Augen der Dorfbewohner zum Platz hinunterführten. Baba kam herein und bedeutete uns, leise zu sein.

»Sie werden uns verraten«, zischte Madar und lief auf und ab wie ein Bergtiger im Käfig. Baba schüttelte den Kopf, wollte sie beruhigen.

»Alles wird gut. Was immer geschieht, halte die Kinder im Haus.«

Sie nickte, starr vor Angst. Javad lächelte glasig. Der kleine Arsalan lief in der Höhle im Kreis, er war ärgerlich, weil er nicht hinausdurfte. Maman Bozorg war nach nebenan gegangen, um die Zwillinge zu trösten. Ara und ich schauten nur auf den Lehmboden, dachten an Masha und ihre Mutter und kauten nervös auf den Nägeln.

Wie konnten diese Fremden so große Kontrolle über unser Leben ausüben? Es war unwirklich. Dann hörten wir Masha auf dem Platz unten schreien.

»Sie steinigen Nazarine«, sagte Javad und fügte hinzu: »Sie hat es verdient. Sagt Amin.«

Madar riss unvermittelt den Arm zurück und schlug Javad mit aller Kraft ins Gesicht. Baba griff nach ihrem Handgelenk, erhob aber nicht die Stimme, sondern führte sie beiseite und legte ihr den Arm um die Schultern, während sie vor sich hin schluchzte.

Javad rieb sich die gerötete Wange, schien aber weder zornig noch eingeschüchtert zu sein.

»Du kannst nicht gegen das Gesetz angehen, es bestimmt, was richtig ist«, sagte er und verließ das Haus. Ich schaute ihm nach, dem Bruder, den ich nicht mehr erkannte, der so erfüllt war von Hass und Rachedurst.

»Er ist jung«, sagte Baba beschämt zu Madar. »Er weiß es nicht besser, er kennt nur den Unsinn, den sie ihm eingetrichtert haben.« Dann eilte er ihm nach, um sich zu vergewissern, dass Javad nichts Übereiltes sagte oder tat.

Man hörte Spatenstiche. Sie gruben ein Loch für Nazarine. Sie würden sie lebendig begraben. Wir sahen ihre blaue Burka im Wind flattern, als die Männer sie zu dem Loch zerrten. Zwei Männer standen neben Masha, die ungläubig schluchzte und schrie, sie sollten ihre Mutter freilassen. Eine Gruppe von Männern versammelte sich, angelockt von dem Spektakel.

Die Schreie wurden wieder lauter, und wir schauten zum Platz hinunter. Sie hatten Mashas Mutter an einen Pfosten gebunden, der tief in die Erde gehämmert war – sie konnte unmöglich entkommen. Sie verspotteten sie, sagten, sie könne jederzeit gehen, was unmöglich war. Es würde keine Gnade geben. Einer der Männer verlas eine Reihe von Vorwürfen und Verstößen gegen den Anstand. Man bezeichnete sie als Ehebrecherin und Schlimmeres. Amin stand grinsend neben den Fremden. Masha liefen Tränen über die Wangen; ich konnte sehen, wie zwei Männer sie festhielten. Doch Nazarine, die junge Witwe, die zu zerbrechlich war, um laut zu schreien, senkte nicht den Blick und flehte nicht um Gnade. Sie hatte nichts Unrechtes getan. Es waren diese Männer, die im Unrecht waren. Sie waren es, über die man richten sollte, und doch hinderte sie niemand an ihrem Tun. Ich konnte nicht verstehen, wieso niemand einschritt. Es war, als wäre das ganze Dorf in einem Bann erstarrt. Die Männer hatten angefangen, Nazarines Kopf mit Steinen zu bewerfen. Wir hörten, wie sie Masha anbrüllten. Man befahl ihr, ebenfalls Steine zu werfen, es sei Allahs Wille, sonst werde sie die Sünden ihrer Mutter tragen. Masha weigerte sich. Man hörte nur ihre Schreie und den dumpfen Aufprall der Steine. Plötzlich riss Masha sich los und rannte zu ihrer Mutter, um sich schützend über sie zu werfen. Ich sah, wie sie die Arme um Nazarines Kopf schlang, von dem das Blut tropfte, ihre Augen waren ganz dumpf. Mashas Schreie erfüllten die Luft. Amin hob den Arm. Die anderen hatten innegehalten. Ich sah, wie er den Arm hochreckte, etwas Glitzerndes in der Hand. Ein Stein wurde durch die Luft geschleudert, ein großer, gezackter; er traf Masha am Hinterkopf, und sie sackte neben ihrer Mutter zusammen. Es ging sehr schnell. Die kleine Menge schrak zurück. Amin richtete sich auf, ein widerliches, leicht überraschtes Lächeln im Gesicht.

Mutter und Tochter waren nicht mehr zu retten. Die Taliban waren noch jung, aber schon an solche Szenen gewöhnt. Sie standen einfach da und lachten, scherzten miteinander, beobachteten die Dorfbewohner. Niemand rührte sich. Schließlich zogen sich die Männer zurück, einer klopfte Amin im Gehen auf die Schulter, bevor sie in ihre Pick-ups kletterten und im Davonfahren in die Luft schossen. Alle standen schweigend da, schockiert über das Geschehene.

Nazarine war noch an den Pfosten gebunden, ihre blutgetränkte Burka flatterte im Wind. Masha lag neben ihr auf der Erde, das Kopftuch lose um die Schultern, die Arme noch um ihre Mutter geschlungen.

Nebenan hörten wir die Zwillinge heulen. Ich sehnte mich danach, zu Nas und Robina zu gehen und sie zu umarmen. Ich wusste, dass meine Großmutter bei ihnen war. Sie hatten es nicht gesehen – man würde sie auch nichts sehen lassen –, wohl aber alles mitangehört. Auch ich hätte es nicht sehen sollen, hatte aber durch den Vorhang gespäht ... und wusste jetzt Bescheid. Ich wusste, welche Welt wir betraten. Also klammerte ich mich an Ara. Sie war blass und still. Sie sagte nichts. Ich konnte sehen, dass etwas in ihr zerbrochen war. Sie hatte ihre einzige Freundin verloren. Sie hatte die Hoffnung aufgegeben. Es schien, als wäre die Zeit um uns herum stehengeblieben, und ich hörte nur das Blut in meinen Ohren rauschen.

Ich verstand nichts. Ich konnte mir nicht vorstellen, was Nazarine getan haben sollte, welches Verbrechen einen solch mörderischen Tod verdiente. War es ihre Schönheit? Konnten sie ihre Weiblichkeit nicht ertragen? Ihre Jugend? Lag es daran, dass sie die Mädchen heimlich unterrichtet hatte, nachdem man ihnen das Lernen verboten hatte? Lag es daran, dass sie nicht an ihre Welt und ihre Lügen glaubte? Lag es daran, dass sie Amin nicht lieben konnte? Dass sie ihn zurückgewiesen hatte? Tief im Herzen wusste ich, dass es stimmte.

Meine Mutter stieg die Stufen zum Platz hinunter. Sie war als erste Frau da; einige Männer standen noch beschämt herum und wussten nicht, was sie tun sollten. Madar ging zu Nazarine und zerrte an dem Seil, mit dem sie gefesselt war. Ich hörte sie um Hilfe rufen. Niemand wollte ihr helfen. Dann trat Baba vor und bettete mit ihr zusammen die zerschmetterten Körper auf den Boden. Mein Großvater rief die anderen zur Hilfe auf. Jetzt machten sich die Leute ans Werk; man fand etwas, um die Leichen einzuwickeln. Eine Frau wusch Mashas Gesicht. Blut war über ihren Kopf gelaufen, nachdem der Stein ihr den Schädel zerschmettert hatte. Ara und ich standen zitternd an der Tür und schauten hinunter. Ich spürte, wie Ara in die Knie ging und einen Schrei ausstieß, nur einen, bevor sie sich hineinschleppte und neben den kleinen Arsalan kauerte, der auf dem Lehmboden seine Kreise zog.

3. Teil

Von Ost nach West, von West nach Ost

9

Ich habe Napoleon die Geschichte unseres Lebens im Hindukusch schon ein Dutzend Mal erzählt. Er sieht mich dann immer mit traurigen Augen an. Wir sprechen oft über den Krieg und die Dummheit der Männer. Napoleon und ich teilen unsere Geschichten miteinander; spätabends, wenn alle schlafen, lässt er mich in seinen Dienstraum am Ende des Wagens, der sein Zuhause ist. Dort spielen wir Karten, meist *Durak*, und reden über Politik und das Leben. Er spielt besser Karten als ich und hat mehr Übung darin, lässt mich aber manchmal gewinnen. Alle schlafen. Niemand stört uns. Er findet mich nicht zu jung für solche Gespräche, weil ich schon so viel erlebt habe. Er behandelt mich nicht von oben herab, hört einfach zu und gelegentlich, wenn er ein paar Gläser Wodka zu viel hat, erzählt er mir mit dem gleichen traurigen Blick seine eigene Geschichte und wie er *Provodnik* in der Transsibirischen Eisenbahn geworden ist. Seine Geschichte ist auch kompliziert, und er muss sie erzählen, er braucht jemanden, der ihm zuhört. An diesen Abenden höre ich also zu, so gut ich kann, horche auf die

Worte und lese zwischen ihnen, bis ich Napoleon als jungen Mann oder als Kind vor mir sehe und begreife, dass auch er eine Vergangenheit hat, die er lieber verbirgt. Das tun wir füreinander, wir bewahren unsere Geheimnisse auf. Wir hören einander zu.

»Ich wurde vor langer Zeit im Winter in Sibirien geboren, in den Wäldern, der Taiga. Kannst du dir vorstellen, dass dieser runzlige alte Mann einmal ein Kind war?«, fragt er lachend.

Er beginnt seine Geschichte immer gleich. Jedes Mal fügt er weitere Details hinzu; neue Erinnerungen fließen mit ein, andere werden ausgelassen – wonach ihm gerade ist. Ich habe ihm auch nicht meine ganze Geschichte erzählt – nur so viel, wie ich zurzeit erzählen kann, so viel, wie mein Verstand zulässt. Und so reden wir über diese furchtbaren Erinnerungen und hoffen, dass, wenn wir unsere Geschichten oft genug miteinander teilen, sie uns aus ihrem Klammergriff entlassen und wir uns wieder dem Leben zuwenden können.

»Wo bist du aufgewachsen?«, frage ich, obwohl ich die Antwort kenne, weil ich die Geschichte schon mehrfach gehört habe.

»In einem von Stalins Arbeitslagern, einem Ort, an den sie die sogenannten Staatsfeinde schickten. Kein angenehmer Geburtsort. Ich war ein sonderbares, wildes kleines Kind, halb verhungert, halb erfroren. Aber ich habe überlebt.« Er lacht, als überraschte und erfreute ihn die Tatsache noch immer. Seine Augen funkeln warm, die Falten malen Zickzacklinien ins Gesicht.

»Sie haben ganze Familien dorthin geschickt, sie aus ihrem

normalen Leben gerissen, ihnen eine halbe Stunde Zeit gegeben, um ein paar Habseligkeiten zu packen, und sie dann in lange Züge gepfercht; ich frage mich oft, ob daher meine Neigung zu Zugreisen stammt. Meine Mutter muss mich während einer solchen Reise im Bauch getragen haben.«

Ich weiß nicht, ob das ein Witz ist. Napoleon macht oft Witze über seine Vergangenheit.

»Sinn für Humor hilft vielleicht«, sagt er, wenn ich erschöpft und den Tränen nahe bin. »Das und die Entfernung.«

»Wohin sind die Züge gefahren?«

»Die Züge ... Es waren meist Viehwaggons, keine Züge wie dieser hier – kein Luxus, weißt du.« Er schaut sich im Wagen um und deutet stolz auf den glänzenden Samowar. »Sie wurden an die Ränder des Landes gebracht, nach Sibirien, wo sie keine Unruhe stiften konnten, wo man die Gefangenen zerstören und vergessen konnte, ohne dass es jemanden kümmerte. Wo ich geboren wurde, fällte man Bäume – Waldarbeit bei eisiger Kälte. Die Menschen waren immer kurz vor dem Verhungern. Es zerstörte sie, man konnte sehen, wie sie dahinschwanden. Ich war das einzige Baby, das dort geboren wurde und überlebte. Kannst du dir das vorstellen? Ein Kind inmitten von alldem.« Er seufzt. »Es war kein Ort, um Kind zu sein.«

Napoleon wendet sich ab, wenn er seine Geschichte erzählt.

Ich versuche, mir diesen erwachsenen Mann mit all seinen Falten und der sonnengegerbten Haut als neugeborenes Baby vorzustellen, das in Schnee und Eis und Wind an seine Mutter geschnürt ist, das kurzerhand an einen so entlegenen Ort geschleudert wurde, fern von allem Leben. Die Wälder sausen vorbei, als wir wieder den See passieren, und ich frage mich, was er empfindet, wenn wir durch Sibirien reisen, und wie nahe wir wohl dem Ort kommen, von dem er mir erzählt.

»Es hat meine Mutter umgebracht«, sagt er, schüttelt den Kopf und bleibt lange still. Er trinkt seinen Wodka und füllt das kleine Glas noch einmal nach.

»Nein, das war ich«, sagt er schließlich, ohne zu zögern. »Es war meine Schuld. Mich am Leben zu erhalten hat sie umgebracht. Weil es unmöglich war. Mein Vater hat angeboten, doppelt so schwer zu arbeiten – sie haben ihn ausgelacht. Er wollte nicht, dass sie Bäume fällen und schleppen musste, diese ganze zermürbende Arbeit. Sie haben einfach nur vor Lachen gegrölt. Es war ihnen egal, dass sie schwanger war. Sie wollten einfach nur, dass wir sterben.«

Er lässt den Kopf hängen und starrt auf seine halb leere Wodkaflasche.

»Sie war sehr hübsch, meine Mutter, zwanzig Jahre alt. Mein Vater war verrückt nach ihr. Sie dachte, sie hätte eine gute Partie gemacht. Was wusste sie denn schon?« Er lächelt traurig.

»Er war beim NKWD, dem Volkskommissariat für innere Angelegenheiten, einer von Stalins Handlangern. Er muss schreckliche Dinge getan haben.«

»Warum sollten sie ihn dann wegbringen? Wenn er einer von ihnen war?« Ich kann nicht verstehen, wie man auf der richtigen Seite stehen und dennoch alles verlieren kann.

»Paranoia. Stalin hat so viele Menschen töten lassen. Die Handlungen eines Verrückten lassen sich nicht vernünftig erklären. Mein Vater dachte, er sei sicher, er sei einer von ihnen. Er war ein Narr.«

Napoleon schaut auf seine Karten und legt sie auf den Tisch. »*Durak.*«

Diesen Teil der Geschichte, die Sache mit dem NKWD, habe ich noch nicht gehört. Ich dachte, seine Eltern seien vielleicht Unruhestifter gewesen, aber nicht das – nicht welche von ihnen. Dann denke ich an Javad und wie rasch er kalt und grausam wurde und begreife, dass so etwas passieren kann.

Napoleon rutscht auf seinem Sitz herum. Er wischt sich die Augen.

»Sie waren erst ein Jahr verheiratet, als man sie wegbrachte – in einem Viehwaggon. Die Zugfahrt muss entsetzlich gewesen sein.« Ihn überläuft ein Schauer. »Keine Fenster, keine Luft, kein Essen. Und wenn sie anhielten, zog man die Toten heraus. An jedem Bahnhof.«

Ich schiebe meine kleine Hand in seine, die zittert – ob es am Trinken liegt oder den unwürdigen Erinnerungen, weiß ich nicht. Er schüttelt meine Hand sanft ab.

Ich denke an all die verängstigten Körper, die sich zusammendrängten, eingeschlossen in den hohen Waggons, nicht wissend, wohin sie fuhren oder was sie dort erwartete. Und ich sehe mich im Wagen um und verspüre nicht zum ersten Mal ein ungeheures Glücksgefühl, weil er geräumig ist und warm und weil ich die Landschaft vorüberziehen sehe. Ich fühle mich nicht so gefangen. Ich fühle mich beinahe sicher, zumindest sicherer als in den Jahren, nachdem Omar verschwand und alles bergab ging.

»Wie haben sie überlebt?« Obwohl ich die Antwort kenne, weiß ich, dass er sie mir noch einmal erzählen muss.

Napoleon wendet sich ab, als wollte er aus dem Fenster schauen, aber ich bemerke, dass er mich in der Scheibe betrachtet und sich vergewissert, dass ich zuhöre. Ich drehe die Karten in den Händen. Er senkt die Stimme.

»Sie ... sie hat sich den Soldaten hingegeben, den Aufsehern. Sie gaben ihr etwas zu essen und ließen mich drinnen am Feuer spielen, während sie ... Mein Vater konnte es nicht ertragen. Er hat sich das Leben genommen. Sie sagten, es sei ein Unfall gewesen. Es war kein Unfall. Nichts davon.« Er weint ein bisschen und wischt sich die Tränen rasch mit dem Handrücken ab, und ich sitze einfach neben ihm.

»Die anderen im Lager haben sie verachtet. Sie spuckten sie an. Mich auch.« Napoleon schaut weg, sein Blick bleibt an den Schatten der Kiefern hängen, als wir durch den Wald fahren. Ich begreife, dass er sich jedes Mal fürchtet, wenn der Zug durch die Taiga fährt; dann kommt das alles wieder hoch. Ich versuche, ihn mir als kleinen Jungen vorzustellen – ähnlich dem kleinen Arsalan in der Berghöhle –, der umherkroch und nichts verstand.

»Einer der Aufseher fand richtig Gefallen an ihr. Er war ein ziemliches Schwein, aber sie hat mitgemacht. Hat ihn letztlich dazu gebracht, uns von dort wegzubringen. Das hat mir das Leben gerettet, ganz sicher. Ihr Herz war gebrochen, sie weinte die ganze Zeit um meinen Vater, um ihr Leben. Aber ich weiß auch, wie sie manchmal lächelte, wenn sie mich im Arm hielt und in den Schlaf wiegte, obwohl sie innerlich verrückt geworden sein muss. Daran erinnere ich mich.«

Ich nicke und klopfe ihm auf die Schulter, als ich mich zum Gehen anschicke. Ich weiß nicht, was ich sonst machen soll.

»Schreibst du das in dein Buch?«, fragt er.

Er hat mich ermutigt, alles aufzuschreiben, damit ich mir über die Dinge klarwerden kann. Ich nicke.

»Es ist eine lange Reise«, sagt er, »was willst du denn sonst tun?« Er versorgt mich mit Stiften und Notizbüchern, die er unterwegs kauft, und lässt mich in den leeren Wagen sitzen, damit ich in Ruhe lesen oder schreiben kann.

Ich denke an Napoleon, der meist so fröhlich ist, immer lächelt, im Wagen auf und ab läuft oder den Samowar poliert, Fahrkarten kontrolliert, mit den Fahrgästen plaudert. Ich denke an den freundlichen Mann mit den zwinkernden Augen und dem offenen Lächeln. Dann schaue ich denselben Mann an, wie er hier sitzt, gebrochen, in seinen Wodka weint, sich in seine Bestandteile auflöst, wenn ihn die Vergangenheit überflutet, und begreife, dass ich alles zusammenhalten muss. Für meine Familie, für mich, für das, was als Nächstes kommt – ich kann nicht zulassen, dass alles zerfällt.

Ich umarme Napoleon und lasse ihn still mit seinem Wodka zurück. Dann gehe ich in unser Abteil, klettere ins Stockbett und ziehe die Decke über mich, leise, um niemanden zu wecken.

Ich weiß, dass hinter seiner Geschichte noch viel mehr steckt, doch heute Abend bin ich müde. Ich habe nicht die Energie, um ihm so zuzuhören, wie es nötig ist – um die Traurigkeit eines anderen ganz in mich aufzunehmen. Normalerweise würde es mich trösten, jemandem zu helfen, doch heute Abend bedrängen mich meine eigenen Erinnerungen, und Mashas Schreie hallen mir in den Ohren. Ich sehe sie und Nazarine, sehe Javad lachen. Ihre Gesichter verschwimmen. Ich bete um Schlaf. Ich bete ums Vergessen.

In der Nacht träume ich von Ara. Sie steht vor mir und rüttelt mich wach. Ich bin schlaftrunken und kann nicht aufwachen. Ihre Augen blicken verzweifelt. Sie will mir etwas sagen, aber ich kann die Worte nicht verstehen. Sie versucht mir zu sagen, wo sie ist. Ich erwache, kalter Schweiß läuft mir über den Rücken, und ich sehe mich um. Sie ist natürlich nicht da. Ich bilde es mir nur ein. Wie soll ich Madar und Baba erklären, dass Ara nicht mehr da ist? Und dann begreife ich, dass sie bereits weg ist. Es gibt nichts zu erklären. Zum ersten Mal seit Monaten schluchze ich. Ich lasse die Tränen einfach laufen. Ich schiebe mir die Faust in den Mund, um die anderen nicht zu wecken. Noch immer laufen mir salzige Tränen über die Wangen. »Es ist nicht deine Schuld«, sage ich mir. Aber das stimmt nicht. Es ist meine Schuld. Alles ist meine Schuld, und ich kann es nicht mehr ändern. Ich bleibe wach, bis die Sonne aufgeht.

Der Zug hat angehalten, um Proviant aufzunehmen. Wir

fahren wieder nach Westen. Wir hatten gehofft, dass Ara in Ulan-Ude in den Zug steigen würde, dass sie wieder zu Verstand gekommen wäre. Aber sie war nicht da, und der Zug fuhr weiter. Nun sind wir in Irkutsk angekommen – das früher mal das Paris Sibiriens genannt wurde. Ich denke an Ara und ihren Wunsch, nach Paris zu gehen. Vielleicht ist sie hier, denke ich. Vom Wagen aus kann ich den überfüllten Bahnsteig sehen. Napoleon hat gesagt, dreißig Minuten, mehr nicht. Ich stehe rasch auf, nehme Papiere und Geld und schlüpfe aus dem Wagen, um mich umzusehen, bevor der Zug weiterfährt. Mich überkommt Übermut. Ich könnte hier neu beginnen. Dies könnte der richtige Ort für mich sein. Ich könnte einfach weggehen. Die Freiheit lässt mich schweben, die Vorfreude macht mich schwindlig. Die Sonne hämmert schon herunter, schneidet den Tag entzwei, und ich halte mir die Hand vor die Augen. Ich bin es nicht gewohnt, festen Boden unter den Füßen zu haben, und schwanke ein wenig, um das Gleichgewicht zu halten, so sehr habe ich mich an die ständige Bewegung des Zuges gewöhnt.

Ich bekomme nur selten die Gelegenheit, neuen Boden zu betreten, etwas zu entdecken. Oft will ich gar nicht aussteigen, weil ich Angst habe, man könnte mich zurücklassen, doch wie kann man zurückgelassen werden, wenn man gar kein Ziel hat? Und so hüpfe ich praktisch aus dem Bahnhof von Irkutsk, auf der Suche nach – wonach eigentlich? – Frieden vielleicht oder irgendwo hinzugehören. Es fällt mir mittlerweise schwer, andere gernzuhaben. Irgendwohin zu gehören ist auch schwer. Ich versuche, meine Traurigkeit abzuschütteln.

Ich eile zu der Brücke über den Angara-Fluss im Osten der Stadt. Ich stelle mir vor, ich wäre eine Touristin – eine Phantasie, die mich häufiger überkommt. Ich mache, was Touristen in Irkutsk eben so machen. Ich sehe mir die Architektur an. Ich stelle mich auf die Brücke, blicke nachdenklich und überlege, ob mich vielleicht ein Passant fotografiert. Nicht absichtlich, aber wenn die Leute nach Hause kommen und sich ihre Fotos anschauen, werden sie mich am Rand eines Bildes sehen, ein Mädchen, das aufs Wasser blickt. Ich bilde einen Rahmen mit den Fingern, einen Sucher, durch den ich nach Spuren der Dekabristen Ausschau halte – Napoleon hat mir von ihnen erzählt, das waren gebildete adlige Revolutionäre, die man vor langer Zeit in die Stadt verbannt hatte, die ihr Wissen und ihre Ideen mitbrachten und den Einheimischen das Lesen beibrachten. Er kann sich vorstellen, dass ich Lehrerin werde, wenn ich erwachsen bin.

»Aber fürs Erste sei einfach du selbst, Samar.«

Ich habe vergessen, wie man für die Zukunft lebt. Ich kann nur im Jetzt gegenwärtig sein und mich nicht von der Vergangenheit einholen lassen. Ich laufe durch die Straßen – da ist eine Kirche, dort drüben ein Denkmal für die Erbauer der Eisenbahn, hier ein Postamt. Ich würde gerne einen Brief schreiben, eine Postkarte, aber wem sollte ich sie schicken?

Ich gehe zurück zum Bahnhof und dem Zug, der mit oder ohne mich abfährt. Ich muss wieder einsteigen. Ich muss alles zusammenhalten. Napoleon steht an der Tür und hält besorgt nach mir Ausschau.

»Beeil dich, Samar!«, ruft er und wedelt hektisch mit den Armen, damit ich hineinspringe, denn es geht schon wieder los.

10

Nach Nazarines Tod lief es besser zwischen Madar und Baba. Sie hörten auf zu streiten und gingen lange in den Bergen spazieren wie ein junges Liebespaar. Es war, als planten sie ihre und damit auch unsere Zukunft. Selbst Omars Verschwinden konnte nicht das Glück überschatten, das zwischen ihnen aufwallte. Was immer mit Arsalan im gelben Haus geschehen war, war vergeben und vergessen. Sie hatten es in der Vergangenheit zurückgelassen, Azita und Dil waren wieder ein Team. Ich wusste nicht, ob mich dieser neue Wahnsinn ängstigen oder glücklich machen sollte. Ich wusste nicht, wie etwas so Trauriges sie so lebendig machen konnte. Ich begriff nicht, wie der Tod sie daran erinnern konnte, dass das Leben lebenswert war. Wie konnten sie die Zukunft planen, wenn die Taliban sich überall hineinschlichen und einem die letzte Hoffnung stahlen?

Ara war gebrochen. Sie saß da, trauerte um ihre wunderschöne Freundin Masha und weigerte sich, die Wohnhöhle zu verlassen. Selbst Maman Bozorg konnte sie nicht hervorlocken. Ara wurde blass und dünn; sie hörte auf zu essen und zu schlafen. Nachts erwachte ich oft und sah sie an der Tür sitzen, wie sie zu Mashas Haus hinüberschaute und lautlos weinte.

Madar und Baba hatten die Zwillinge in ihre Obhut genommen. Wer sonst sollte sich um sie kümmern? Ihnen war keine Familie geblieben. Es war, als hätten wir zwei neue Schwestern bekommen. Doch die Mädchen standen noch unter Schock und spielten nicht mehr mit mir wie früher. Meist saßen sie still da und ließen sich von Ara die Haare flechten oder etwas vorsingen – leise Wiegenlieder im Flüsterton, denn selbst das Singen war verboten. Manchmal versammelten wir uns alle um Madar, die Gedichte aufsagte oder hoffnungsvolle Geschichten von anderen Orten und Menschen erzählte, von fremden Ländern berichtete, von Wissenschaftlern und Musikern und Tänzern, und unsere Phantasie flog mit ihr hoch in den Himmel. Dies war etwas, das sie uns nicht nehmen konnten – die Freiheit, uns Dinge vorzustellen, neue Welten innerhalb dieser zu erschaffen.

Schatten flackerten an den Wänden der Höhle.

»*Migozarad*, das wird vorübergehen«, sagte Maman Bozorg wieder und wieder zu niemand Bestimmtem, während sie Gläser mit dickem, süßem Chai herumreichte und Ara die Hand auf die Schulter legte, um sie daran zu erinnern, dass das Leben weiterging, auch wenn ihre Freundin nicht mehr da war.

Im Dorf klaffte eine Wunde, die sich infiziert hatte – es war gespalten in jene, die die Handlungen der Taliban rechtfertigten, und jene, die sich schuldig fühlten, weil sie nichts getan hatten, um die abscheuliche Tat zu verhindern. Die entsetzt waren über sich selbst, weil sie es zugelassen, weil sie sich von der Angst hatten lähmen lassen. Diese Scham verwirrte uns alle.

Um diese Zeit wurde Madar mit Sitara schwanger. Während die Schwangerschaft mit dem kleinen Arsalan schwierig und kummervoll gewesen war, schien diese freudiger zu sein. Madar bewegte sich wie eine glückliche Frau. Baba war noch aufmerksamer als früher. Und wir fingen an, uns auf das neue Familienmitglied vorzubereiten.

In jenem Jahr gab es noch weitere Feiern.

Ich wurde elf, und Madar schlug vor, meine allererste Geburtstagsparty zu feiern. »Warum nicht?« Sie erzählte uns von amerikanischen Mädchen, Freunden ihrer Familie, die sie als Kind in Kabul kennengelernt hatte. Sie hatten Madar und Amira zu einer Party eingeladen und mit einem Kuchen, Kerzen und Gesang gefeiert. Das erschien mir unglaublich exotisch.

Also bereiteten wir ein Picknick vor und trugen alles, in Decken gewickelt, ins Gebirge. Baba stopfte das Transistorradio unten in das Bündel, und wir kletterten hoch hinauf, damit wir vor neugierigen Augen und Ohren geschützt waren, damit wir tanzen und singen und frei sein konnten. Nur Javad kam nicht mit, und Maman Bozorg – sie sagte, der Aufstieg sei zu steil, aber ich glaubte ihr nicht. Sie mochte alt sein, war aber flink wie eine Bergziege und völlig trittsicher. Ich wusste, sie wollte Javad im Auge behalten, weil wir ihm nicht trauen konnten. Sie wollte ihn zur Vernunft bringen, ihm den Wahnsinn ausreden, der über ihn gekommen war. Ich begriff, dass er ihr Liebling war, und ihn so kalt zu sehen, muss sie bis ins Mark erschüttert haben.

Wir ließen sie zurück, winkten noch im Gehen. Javad zuckte nur mit den Schultern und ging nach drinnen, um sich seinen Studien zu widmen. Nun hatte er noch etwas, das er uns vorhalten konnte. Ständig von ihm verurteilt zu werden war schwer zu ertragen. Es machte mich traurig. Manche Dinge muss man einfach loslassen. Wenn man sie aufgegeben hat, können sie einen nicht mehr kontrollieren. So dachte ich allmählich auch über Javad.

Im Grunde hatte sich nichts verbessert. Wir konnten immer noch nicht zur Schule gehen. Es kamen weiterhin neue Erlasse und Vorschriften, die sich von Dorf zu Dorf verbreiteten und aus den Städten im Tal unter uns kamen – wobei man unmöglich erkennen konnte, was nur Gerüchte waren und was stimmte. Es schien sicherer, alle Vorschriften zu befolgen. Also keine Musik, kein Tanz, kein Gesang, kein Nagellack, kein Schweinefleisch, keine Satellitenschüsseln (in den Bergen, schön wär's), kein Kino, kein Schach, keine Masken, kein Alkohol, kein Fernsehen, keine Statuen, keine Computer, keine Nähkataloge, keine Bilder, kein Feuerwerk. Wir erfuhren später, dass sie sogar Drachen verboten hatten, und das machte mich traurig, weil ich mich daran erinnerte, wie ich auf das

Dach des gelben Hauses gestiegen war und den Himmel über Kabul voller bunter Drachen gesehen hatte, die dort oben schwebten, am Boden verankert und doch frei, während sie im warmen Licht tanzten.

Obgleich die Liste verbotener Dinge und verbotener Verhaltensweisen länger und lächerlicher wurde, fanden wir irgendwie einen Weg, um mit den neuen Einschränkungen zu leben. Wir umgingen sie. Wir waren frei.

Als wir nun vom Dorf hinaufstiegen, während die Sonne auf uns schien und der Blick sich weitete, war ich sorglos und glücklich.

Mit Omar wäre der Tag vollkommen gewesen. Wir glaubten nicht mehr, dass er nach Hause käme, hatten aber auch keine Nachricht von seinem Tod erhalten, und so mussten wir einfach hoffen, dass er noch am Leben war. Madar und Baba erwähnten ihn nur selten – zuerst hatten wir sehr oft über unseren Bruder gesprochen, als könne es ihn uns näherbringen. Doch das hatte sich im Laufe der Monate verändert. Die Traurigkeit war zu groß, um sie an die Oberfläche zu lassen, und so trugen wir ihn in unseren Gedanken, still und voller Sehnsucht, wünschten, er möge sicher zu uns zurückkehren. Während ich meine Familie anschaute, stellte ich mir vor, wie Omar neben Baba Bozorg ging, mit Ara lachte, das Essen trug, wie Madar sich auf seinen Arm stützte. Ich konnte mir sein Gesicht nicht mehr vorstellen, und dass er jetzt größer und älter wäre, und schob die Gedanken weg.

Wir schlugen unser improvisiertes Lager bei den Wacholdersträuchern auf, die auf den höheren Berghängen wuchsen. Baba schwang den kleinen Arsalan von seinen Schultern und setzte ihn mitten auf die Decken, wo er sofort anfing, Madars liebevoll eingewickeltes Essen auszupacken.

»Du bist nicht mehr lange das Baby, was?«, sagte Ara lachend, hob ihn hoch und drehte ihn im Kreis, bis sie ihn wieder auf die Decke plumpsen ließ und er empört rief: »Ich bin kein Baby! Nenn mich nicht so.«

Wir lachten alle, weil es stimmte. Der kleine Arsalan war gar nicht mehr so klein und würde bald nicht mehr das Baby der Familie sein.

Madar setzte sich in den Schatten der Sträucher, die sich in der trockenen Erde festklammerten. Ihr Bauch war schon ziemlich dick, und sie konnte dem kleinen Arsalan, der immer furchtloser wurde und neue Freiheiten und Gefahren ausprobierte, nicht mehr mühelos hinterherlaufen. Robina und Naseebah waren auch da, sie gehörten jetzt zur Familie. Wir drei jüngeren Mädchen begannen zu singen, zuerst leise – wir horchten auf das Echo unserer Stimmen in den Bergen –, dann lauter, angetrieben von Ara, die das Tempo vorgab und uns dirigierte. Baba Bozorg, Madar und Baba schauten zu, zuerst argwöhnisch, dann entspannten sie sich allmählich, als ihnen klar wurde, wie weit wir vom Dorf entfernt waren.

Inzwischen hatte ich mein halbes Leben in den Bergen verbracht, und es fiel mir immer schwerer, mich an Kabul und das gelbe Haus zu erinnern, zumal wir nie mehr darüber sprachen. Früher hatte Madar uns daran erinnert, wie es gewesen war. Sie hatte uns von den Pflanzen, den Blumen, dem Park erzählt. Wie wir dort gelebt hatten. Jetzt nicht mehr. Dieses Leben war für immer vorbei. Hier besaßen wir nicht viel, aber was wir hatten, wurde geteilt, und wir hatten einander. Früher hatten wir uns nicht so sehr als Familie gefühlt, weil Baba arbeitete oder studierte oder womit er auch immer seine Tage in Kabul verbrachte. Mit unseren Großeltern, Nas und Robina bildeten wir eine Familie, selbst ohne Omar (den wir fortwährend und still betrauerten).

Madar hatte Trauben und Pflaumen, Shish Kebab, Möhren, Tomaten, Ashak – Teigtaschen mit Lauch –, Kartoffelsalat, große, flache Naan-Brote und mein Lieblingsessen, Bichak – köstliche Blätterteigtaschen mit einer süßen Füllung –, mitgebracht. Es war ein Geburtstagsfestmahl. Nachdem wir viel gesungen und getanzt hatten und umhergerannt waren, ließen wir uns alle zusammen auf die Decken fallen und aßen, kicherten und lachten, geradezu schwindlig vor so viel Freiheit. Selbst Ara lachte – das hatte sie lange nicht getan.

Baba bedeutete uns, leise zu sein, und wechselte einen Blick mit Baba Bozorg.

Er stand auf, ein Glas Chai in der Hand, fuhr mir lachend durch die Haare und sagte dann: »Meine liebe Samar – du bist so ein ernstes Kind, denkst immer nach, schaust dir alles genau an. Glaub mir, wir merken das.«

Alle lachten und sahen, wie ich mich wand, weil es mir unangenehm war, im Mittelpunkt zu stehen.

»Eines Tages wirst du eine gute Ärztin oder Wissenschaftlerin werden – vielleicht auch eine Ingenieurin. Oder eine Lehrerin. Oder sogar eine Schriftstellerin.«

Ich lächelte, stellte mir eine Sekunde lang diese exotischen Möglichkeiten vor, und dann verdüsterte sich alles, weil ich dachte, niemals, sie werden das niemals erlauben, nicht hier.

Madar streckte die Hände aus und zog uns alle an sich.

»Wir wollen euch etwas sagen. Wir können es niemandem sonst anvertrauen. Es ist ein Geheimnis.« Baba schaute Madar verschwörerisch an, als er das sagte.

»Habt ihr verstanden? Alle? Versprecht es.«

Es war keine Frage, eher ein Befehl.

Wir rückten zusammen, ein bisschen erschrocken.

»Sobald das Baby geboren und stark genug ist …« Er hielt inne. »… gehen wir weg. Wir fangen ein neues Leben an. Außerhalb von Afghanistan.« Er präsentierte uns diese Idee, als wäre sie ein in glänzendes Papier gewickeltes Geschenk, ein perfekter Tagtraum, den es auszupacken galt.

Ich wusste nicht, was ich denken sollte. In meinem Kopf herrschte Nebel. Ich sah nur meinen vermissten Bruder vor mir.

»Aber wie soll Omar uns dann finden?«, platzte ich heraus, wütend, weil sie meinen besonderen Tag benutzt hatten, um uns erneut ins Ungewisse zu stürzen.

Baba runzelte die Stirn. »Samar, dein Bruder hat seine eigenen Entscheidungen getroffen.«

Madar fügte sanfter hinzu: »Er wird uns finden. Wenn er bereit ist, wird er zu uns kommen. *Inschallah*.«

Da begriff ich, dass ich meinen Bruder nie wiedersehen würde. Wir wären weg, wenn er zurückkäme – wie sollte er uns finden?

»Und Baba und Maman Bozorg?«, fragte Ara, die dunklen Augen feucht in der Hitze.

»Nein.« Baba sah seinen Vater kopfschüttelnd an, der daraufhin den Blick senkte. »Sie wollen nicht weg.«

»Ich will auch nicht weg!«

Das schrie ich laut heraus, und dann stand ich auf und rannte davon, erschrocken über mich selbst. Ich rannte die Klippen hinauf, weg von den Sträuchern und Bäumen. Ich rannte, um die Gefühle nicht zu spüren, die mein Herz zu erdrücken drohten. Dies war mein Land. Dies war meine Heimat. Wohin sollten wir gehen? Wohin?

Ich kletterte höher, lose Steine rutschten unter meinen Füßen weg, bis ich bei den Höhlen knapp unterhalb des Gipfels Zuflucht fand. Ich saß im kühlen Schatten und schaute auf meine Familie hinunter, die immer noch auf den Decken saß und zu mir heraufschaute. Sie sahen von hier oben winzig aus. Ich kam wieder zu Atem und schaute über die Berggipfel. Ich sah nur zerklüftete Bergspitzen, die sich ins Unendliche erstreckten. Wollten sie dorthin mit uns gehen? Ich zitterte vor Entsetzen, dachte an Vetter Aatif, der vor Jahren verschwunden war.

»Ich gehe nicht. Nein.«

Ich drückte die Fersen gegen den glatten Fels und kämpfte mit den Tränen.

Da hörte ich, wie sich etwas hinter mir in der Höhle regte. Erschrocken drehte ich mich um. Wir alle hatten von Bären gehört, und die Angst zupfte an meiner Brust, als mir klarwurde, wie lange es dauern würde, bis ich wieder bei den anderen war. Dann hustete jemand – leise, kurz, aber unmissverständlich. Noch schlimmer. Ein Bär konnte mich zerreißen, doch ein Mensch, der uns beim Tanzen und Singen und Radiohören beobachtet hatte, konnte uns alle vernichten. Die Angst lähmte mich, ich wusste nicht, ob ich zu dem Geräusch hin oder davor weglaufen sollte. Ich konnte nichts tun, also stand ich nur da und hielt die Luft an. Da war es wieder, ein leises, gedämpftes Husten. Ich konnte nicht länger an mich halten, nahm einen Stein und warf ihn in die Höhle. Er prallte von der Wand ab. Ich nahm noch einen, dann eine ganze Hand voll Steinchen und warf sie nacheinander hinein.

»Hey«, rief eine Männerstimme. »Hör auf.« Sie klang gebrochen, heiser und rasselnd.

Ich hielt inne und wartete. Unten sah ich Ara winken, sie rief nach mir. Baba stand mit dem Rücken zu mir, vielleicht wütend. Das konnte ich aus der Entfernung nicht erkennen.

»Hey, komm mal her«, sagte die Stimme. Wieder der Husten, diesmal lauter.

Ich wusste, dass es dumm war, aber die Neugier trieb mich hinein. Meine Augen mussten sich an das Dämmerlicht gewöhnen. Es roch nach etwas Verdorbenem, und ich musste ein Würgen unterdrücken. Dann blitzte eine Bewegung auf. Ich bewegte mich langsam vorwärts.

»Wer bist du? Was machst du hier?«

Der Mann begann zu lachen, ein keuchendes, unbehagliches Lachen.

Ich ging auf das Atemgeräusch zu, bis ich gegen einen Körper stieß, der auf dem Höhlenboden lag. Der Gestank war jetzt viel stärker, und ich hätte beinahe auf dem Absatz kehrt gemacht, doch eine Hand schloss sich um meinen Knöchel.

»Ich brauche Hilfe.«

Ich konnte jetzt erkennen, dass er verletzt war und vor Schmerz zusammenzuckte. Ich entspannte mich ein wenig, als mir klarwurde, dass er uns nicht tanzen gesehen hatte. Ich nickte sogar, obwohl er das in der Dunkelheit nicht sehen konnte.

»Ich kann Hilfe holen«, sagte ich und wich zurück, doch seine Hand hielt meinen Knöchel fest.

»Wen? Niemand weiß, dass ich hier bin.«

Seine Stimme klang jetzt schwach, nicht wie die eines erwachsenen Mannes. Er war wohl ein Junge – siebzehn oder achtzehn, kaum älter als Omar. Und darum wollte ich ihm helfen.

»Meine Mutter ist dort unten, sie ist ... war Ärztin ... sie hat studiert ... sie ... sie kann dir helfen.« Sicher war ich mir nicht, aber ich sagte es dennoch und meinte es ehrlich, und das reichte dem Fremden, denn er lockerte seinen Griff.

»Warte hier«, sagte ich gedankenlos. Wohin hätte er auch gehen sollen? Er konnte sich doch nicht bewegen. Ich schätzte ab, wie lange ich brauchen würde, um hinunterzuklettern und Madar Bescheid zu sagen. Sie wird es verstehen, sie wird ihm helfen, dachte ich. In diesem Augenblick war ich sehr stolz auf meine Mutter und vergaß, dass ich mit meinen Eltern gestritten hatte. Ich vergaß ihre Drohung, das Land zu verlassen. Ich konzentrierte mich ganz darauf, dem Fremden zu helfen, dem Jungen in der Höhle.

Die anderen sahen mir entgegen, als ich stolpernd den Berg hinunterrutschte. Ich mied Babas neugierigen Blick und ging stattdessen zu Madar, zupfte an ihrer Kleidung, während die Worte nur so aus mir heraussprudelten.

»In der Höhle ... da ist ein Junge ... er ist krank ... wir müssen ihm helfen.«

Ich redete wirr, zog die ganze Zeit an ihrem Tschador. Sie schaute mich verwundert an, las die Panik in meinen Augen und stand auf, wobei sie ihr Kopftuch zurechtrückte. Die anderen folgten uns.

»Nein, wartet«, sagte Baba zu Ara und Baba Bozorg. »Ihr bleibt bei den Mädchen und dem kleinen Arsalan.«

Sie nickten, worauf Baba, Madar und ich zu den Höhlen hinaufstiegen. Wir nahmen Wasser und Babas *Patu* aus schlammfarbener Wolle mit.

Wir brauchten nicht lange – zehn oder fünfzehn Minuten, vielleicht auch weniger –, doch es fühlte sich an wie eine Ewigkeit, weil Madar unterwegs stehen bleiben und wieder zu Atem kommen musste. Ich zeigte ihnen die Öffnung der Höhle. Madar ging als Erste hinein, furchtlos. Baba vergewisserte sich, dass es keine Falle war und wir nicht in Gefahr schwebten. Der Junge war noch da. Sein Gesicht war vor

Schmerz verzerrt. Der Geruch stieg wieder auf, und ich hielt mir das Tuch vor Mund und Nase. Baba sagte, ich solle seine Füße anheben, und wir zogen ihn zum Eingang der Höhle, damit Madar ihn richtig sehen konnte. Er zitterte vor Schreck, und ich wandte mich ab, nachdem ich gesehen hatte, dass sein Bein zerfressen war, ganze Fleischstücke hatten sich vom Knochen gelöst. Seine Haut war trocken, von schmerzhaften Wunden und Schwielen bedeckt. Er war zu schwach, um vor Schmerz zu schreien, als wir ihn über Steine und Erde zogen. Er war schwer verletzt, hatte sich das Bein an Stacheldraht oder etwas Ähnlichem aufgerissen, das erschaffen war, um zu verwunden und zu verstümmeln.

Madar sprach leise und beruhigend auf ihn ein. Sie wusch seine Wunden, riss Streifen von ihrem Tschador und verband sie damit. Dann gab sie ihm schluckweise Wasser zu trinken.

»Er steht unter Schock«, flüsterte sie Baba zu.

»Wird er …?« Er vollendete den Satz nicht. Sie schüttelte den Kopf

»Und wenn wir ihn ins Dorf bringen …?« Er hatte noch Hoffnung.

Madar schaute den Jungen noch einmal an und zuckte mit den Schultern. Sie konnte nichts mehr für ihn tun. Wir waren zu spät gekommen.

Mir war schlecht, und ich trat aus der Höhle, um tief durchzuatmen. Sie konnte ihn nicht retten. Ich war mir so sicher gewesen, dass sie ihm helfen konnte. Ich hatte geglaubt, sie würde ihn retten. Ich wusste nicht, was ich denken sollte.

Als ich wieder hinschaute, hielt Baba die Hand des Jungen. Er stellte ihm viele Fragen, wer er sei, aus welcher Familie er stamme, wo sie lebe, was er hier oben mache, ob noch andere außer ihm hier seien, ob er einen Junge namens Omar kenne. Die Fragen fielen wie sanfter Regen auf den sterbenden Jungen. Er gehörte zur Nordallianz – zu Massouds Männern. So viel konnte Baba in Erfahrung bringen.

Ich hatte andere über Massoud sprechen hören, als wäre er ein bedeutender Krieger, ein großer Held – der Löwe von Pandschschir. Jemand, der bereit war, gegen die Taliban zu kämpfen. War Omar dort hingegangen? Lag auch er irgendwo im Staub und verblutete? Der Gedanke sog mir die Luft aus den Lungen.

Madar tat, was sie konnte. Ihre Hände zitterten. Ich hatte sie noch nie so zittern sehen. Ich wusste, sie dachte an Omar oder die Mutter des Jungen. Vielleicht ging es darum: dass er irgendwo unten im Tal eine Familie hatte. Es tat mir weh, daran zu denken. Es tat mir weh, dass wir so wenig für ihn tun konnten. Nachdem sie ihr Bestes gegeben hatte, saß sie da und betete. Ich neigte den Kopf und betete auch. Ich wusste nicht, was ich sonst machen sollte.

Die Sonne ging unter. Wenn wir nicht bald aufbrachen, müssten wir die Nacht auf dem Berg verbringen. Baba gab Madar ein Zeichen, sie solle gehen. Er schob mich zu ihr.

»Ich bleibe hier«, sagte er.

Wir gingen zögernd davon und schauten noch einmal über die Schulter, bevor wir den steilen Hang hinunterkletterterten. Von Zeit zu Zeit stützte sich Madar auf mich, damit sie nicht ausrutschte und das Baby gefährdete. Ich fragte mich, ob sie mehr für den Jungen getan hätte, wenn sie nicht schwanger gewesen wäre, schob den Gedanken aber beiseite.

Als wir unten waren, klammerte sich der kleine Arsalan an Madars zerrissenen Tschador und quiekte vor Freude, dass sie wieder da war. Baba Bozorg hob eine Augenbraue, stellte aber keine Fragen. Er wollte Nas und Robina nicht erschrecken. Sie hatten genug Verlust und Tod erlebt. Sie schauten mich verwundert an, bemerkten dann aber Madars strenge Miene und halfen Ara wortlos, alles zusammenzupacken. Wir gingen schweigend ins Dorf hinunter, diesmal ohne Freude und Gesang. Das Dämmerlicht jagte uns die Bergpfade bis zur Wohnhöhle hinunter. Die Feier war vorüber.

Als Baba am Morgen mit seinem blutgetränkten *Patu* zurückkehrte, war er aschgrau im Gesicht und vollkommen durchgefroren. Madar schlang die Arme um ihn, und er weinte wie ein Kind in ihrer Umarmung. Ich sah meinen Vater zum ersten Mal weinen und wusste, dass der Junge tot war.

Dies war mein elfter Geburtstag.

11

Der Zug fährt weiter in Richtung Moskau. Ich will nur noch, dass die Reise endet, will an einem sicheren Ort neu beginnen, das Geschehene hinter mir lassen und den Weg nach Hause finden.

Nach Hause. Ich weiß gar nicht mehr, was das bedeutet.

Ich denke an Napoleon und die Geschichte seiner Eltern, ihre Zugreise nach Sibirien. Und bin dankbar. Ich lache, ein seltsam hohles Lachen, das ich nicht wiedererkenne. Ich bin dankbar. Nach allem, was geschehen ist, bin ich noch hier. Was Napoleon zugestoßen ist, ist nicht mir zugestoßen. Andere Dinge – schon. Aber ich schiebe die Gedanken weg.

Denn ich bin noch hier.

Napoleon und ich sind uns ziemlich ähnlich. Wir sind beide Überlebende.

12

Die Tage vergingen, die Jahreszeiten wechselten, und bald war es Zeit für die Ankunft des Babys. Madar begann, die Wohnhöhle gehörig zu schrubben. Wir alle wurden in einen Wirbel aus Aktivität und Vorbereitung hineingezogen. Ara und ich halfen, die Teppiche auszuklopfen, dass der Staub nur so durch die Luft wirbelte, wuschen Kleidung, putzten, wuschen weiter, räumten um – schafften so viel Platz wie möglich. Großvater und Baba hatten einen Durchbruch zum Haus nebenan gemacht, das seit der Steinigung leer stand. Dennoch drängten wir uns oft dicht zusammen, weil sich niemand gern in Mashas altem Heim aufhielt – außer Javad, dem es nichts auszumachen schien und der möglichst auf Abstand von uns blieb. Er verbrachte immer weniger Zeit mit der Familie und immer mehr mit dem Mullah, der jetzt die Jungen unterrichtete. Javad wollte sich Babas Missbilligung möglichst entziehen.

Bis er eines Tages gar nicht mehr da war. Er ging weg, um in einer *Madrasa* nahe der Grenze zu studieren. Baba und er hatten erbittert gestritten, bevor Madar letztlich sagte: »Lass ihn gehen. Soll er doch selbst sehen, was für Narren das sind.«

Sie sah ihm nach, als er in einem offenen Pick-up mit drei Taliban, die kaum älter waren als er, über den Bergpfad davonfuhr, bis er nur noch ein Punkt in der Ferne war und Madar ungläubig und entsetzt zurückblieb. Sie hatte zwei Söhne an verschiedene Welten verloren. Sie legte die Hand auf ihren wachsenden Bauch, wandte sich ab und trat ins Haus.

Ich war froh, als Javad wegging, und machte mir gleichzeitig Vorwürfe, weil ich nicht traurig war. Sicher, wir hatten uns oft gestritten, aber er war ein Teil von mir, ein Teil meines Lebens gewesen. Nun jedoch ... es war unmöglich mit ihm geworden, er hatte uns unablässig mit funkelnden Blicken bedacht, uns kritisiert und belehrt. Er war nur wenige Jahre älter als ich und übernahm die Ideen von Männern, die er bewunderte, ohne zu verstehen, was er sagte. Baba schüttelte kummervoll den Kopf. Weder Omar noch Javad würden aus ihren Fehlern lernen.

Abends saßen wir ums Feuer. Madar las aus dem *Königsbuch* vor und erzählte uns Geschichten – Geschichten für das Baby, wie sie sagte – von Prinzen, Prinzessinnen, Geistern und sonderbaren Ereignissen, und wir versammelten uns zu ihren Füßen, wenn sie in der Nachtluft ihren Zauber webte.

»Das *Schahnameh* – also das Königsbuch – umfasst Geschichten, in denen die Geheimnisse des menschlichen Herzens verborgen liegen«, pflegte sie zu sagen. »All seine Gier, sein Heldentum, seine Hoffnungen.« Sie rezitierte die Geschichte von

Vater Zeit mit ihrer Traurigkeit über Tod und Verlust und wie die Sonne dennoch immer wieder aufging. Ihre Stimme hob und senkte sich, traurig und glücklich zugleich, die Welt gefangen in ihren Worten, und ich saß hingerissen da und malte mir Leben aus, die anders verliefen als meines.

Dies waren meine glücklichsten Momente. Ich erinnere mich jetzt an sie, und es ist, als säße jemand anders im schwachen Licht der Kerosinlampe, während die Flammen des Feuers am Nachthimmel tanzen, als sähe ich ein Mädchen, das sich mit geneigtem Kopf an Nas' Schulter lehnt und spürt, wie schön die Stimme ihrer Mutter ist und die Bilder, die sie heraufbeschwört.

Im Rückblick weiß ich nicht mehr, wer das Mädchen war.

Das Baby wurde nachts geboren. Madars Atem ging schwer, ein tierischer, knurrender Laut, der gedämpft in der Dunkelheit klang, während Baba sie festhielt. Maman Bozorg rüttelte mich wach und schickte mich los, um im Dorf Hilfe zu holen. Dann musste ich Wasser schleppen. Das Feuer wurde angefacht, und wir schauten ehrfürchtig und entsetzt zu, wie sich das neue Leben in die Welt schob und heulte. Als sie schließlich geboren wurde, wurde sie in ein gewärmtes Tuch gewickelt und an Madar und Baba weitergereicht, deren Augen vor Glück und Hoffnung glänzten.

»Sitara«, nannte Madar das quiekende Bündel in ihren Armen. »Sitara.«

»Unser kleiner Stern Sitara«, stimmte Baba zu.

Wir hatten eine neue Schwester. Das Dorf feierte mit uns. Vierzig Tage lang würde gefeiert und geschossen, dass es durchs Tal hallte. Ein Besucherstrom ergoss sich in die Höhle, um sich gurrend über das Baby zu beugen, Essen zu bringen, Hilfe anzubieten. Unsere Familie schien den ganzen Berghang zu umfassen. Es gab keine Musik oder Gesang oder Tanz, aber es wurde gelacht, und alle hießen den neuen Menschen in ihrer Mitte freudig willkommen.

Für mich war Sitaras Geburt bittersüß. Einerseits liebte ich dieses dunkelhäutige Baby, das heulte und gluckste und einen so unverwandt und selbstsicher anschaute. Doch sie wurde jeden Tag stärker, Madar gelangte wieder zu Kräften, und ich wusste, dass uns das dem Abschied näher brachte. Baba hatte seit dem Picknick weder die Flucht noch meinen Ausbruch erwähnt, doch der Plan galt als beschlossen. Ich fing an, das Glück meiner Eltern mit anderen Augen zu betrachten. Sie waren glücklich, weil wir weggingen. Sie hatten sich nie wirklich für das Leben bei unseren Großeltern entschieden. Es war immer nur ein Zwischenstopp für sie gewesen.

Ich war wie besessen von den Nachrichten über den Widerstand. Ich sammelte alle Informationen, die ich aus Gesprächen am Brunnen, auf dem Dorfplatz, auf dem Markt aufschnappen konnte. Ich hörte zu, unablässig. Ich lauschte, wenn Baba und Baba Bozorg sich spät am Abend unterhielten. Die Männer waren in den Hügeln … Sie drängten die Taliban an mehreren Fronten zurück. Die Welt wurde auf unsere Probleme aufmerksam.

Baba Bozorg teilte alles, was er in Erfahrung bringen konnte, mit mir, da er mein Interesse spürte. Er wusste, dass es wegen Omar war, und so versuchte er, mich mit heroischen Geschichten und Optimismus zu beruhigen.

Nachts träumte ich von Omar. Ich stellte mir vor, wie er tief in den Bergen lebte, umgeben von Jungen und Männern, die so waren wie er: erschöpft vom Kampf, die Schultern schwer, weil sie ständig ihr Gewehr tragen mussten. So stellte ich es mir vor. Ich hörte, wie er mich rief, »Samar!« Er schien so nah, als müsste ich nur die Hand ausstrecken, um ihn zu berühren. Doch er war gar nicht nah, und wenn ich aufwachte, verschwanden seine Stimme und sein Gesicht. Ich weiß nicht, ob Ara oder Madar oder Baba ebensolche Träume hatten; ob wir alle nachts dalagen und in die Schatten hinein mit Omar sprachen, dessen Abwesenheit wie ein Knoten in meinem Herzen wuchs.

Im Sommer kam Javad aus der *Madrasa* zurück. Er kleidete sich anders und wirkte zielstrebig, war aber immer noch ein kleiner Junge, der die Kleider eines Mannes trug. Er gratulierte Madar zu Sitaras Geburt, setzte sich auf den Boden und spielte ein wenig mit ihr und dem kleinen Arsalan, der sich an die Beine des heimgekehrten Bruders klammerte. In jenen Augenblicken konnte ich Javad den Hass verzeihen, den ich in seiner Stimme gehört hatte, als Masha getötet worden war. Ich konnte mich daran erinnern, wie wir in Kabul die Drachen beobachtet hatten. In jenen Augenblicken war Javad immer noch mein heimgekehrter Bruder.

Aber er war auch ein Spion. Das machte Baba uns allen klar. Wir durften Javad nicht trauen. Ich spürte, wie weh es ihm tat, dies sagen zu müssen. Und so führten wir ein Doppelleben und erwähnten unserem Bruder gegenüber nie den Plan, von hier fortzugehen.

»Ihr könnt ihm das nicht sagen«, mahnte Baba.

Wir brauchten nicht nach dem Grund zu fragen. Robina und Nas gehörten inzwischen zur Familie. Wir spielten miteinander, teilten alles miteinander, stritten miteinander.

»Werden wir sie mitnehmen?«, fragte ich Madar, die lautlos nickte.

»Wir lassen sie nicht zurück.« Ich glaubte ihr. Ich glaubte ihr immer. Warum auch nicht?

13

Der Zug fährt weiter nach Taischet und von dort nach Krasnojarsk. Wir haben den Baikalsee, das »blaue Auge Sibiriens«, und Irkutsk hinter uns gelassen (und nein, ich habe Ara dort nicht gefunden). Der Zug ist durch wunderschöne Landschaften gefahren – die hohen Hügel und zerklüfteten Ufer am Fluss Jenissei ließen die Kameras der Fahrgäste, die sich weit aus den Fenstern lehnten, wild klicken.

Baba ist zu seinem täglichen Spaziergang durch den Zug aufgebrochen. Javad begleitet ihn. Madar unterhält sich mit einem Paar, das weiter hinten im Wagen sitzt. Sie wirkt anmutig, die Sonne schimmert auf ihren langen dunklen Haaren. Sie wirkt so selbstbeherrscht, so königlich. Ich betrachte sie hinter meinen Buchseiten, während sie gestikuliert und lacht, und kann sehen, wie sehr sie diese Reisenden verzaubert, wie exotisch sie ihnen erscheinen muss, die langweilige europäische Jeans und T-Shirts tragen. Sie ahnen nicht, wie wir sie sehen: mit ihren Sommersprossen auf der sonnenverbrannten Haut und ihren lauten Stimmen, ihrer Selbstgerechtigkeit und der

Überzeugung, dass die Welt nur dazu da ist, um von ihnen bereist und erforscht zu werden. Sie sind frei zu gehen, wohin sie wollen. Sie laufen nicht weg. Wenn die Reise in Moskau endet, fahren sie zu ihrem nächsten Reiseziel und von da aus nach Hause, mit Fotografien und Geschichten ihres großen Abenteuers. Sie haben keine Sorgen, müssen nicht entscheiden, wohin sie gehen, wo sie leben wollen. Und ich sitze hier und frage mich, wer uns aufnehmen soll. Wie wir noch einmal von vorn anfangen sollen.

Während ich Madar betrachte, ihre feinknochigen Hände, die Kreise in der Luft beschreiben, ihr ungezwungenes Lächeln und wie sie ihren strahlenden Blick auf die Touristen richtet, wird mir klar, dass ich meine Mutter nicht sonderlich gut kenne. Sie hat mir nur das erzählt, was sie mit mir teilen wollte, vieles bleibt ungesagt. Sie ist mir fremd. Sieht Baba sie auch so, hat sein Freund Arsalan sie so gesehen? Ich stolpere über den Gedanken. Frage mich immer öfter, welche Rolle Arsalan in unserem Leben gespielt hat.

Ich erinnere mich, wie er ins gelbe Haus kam. Wie er Madar ständig mit Blicken folgte. Wie sie miteinander sprachen. Ich frage mich, weshalb er uns unbedingt helfen wollte. Ich weiß, was man uns gesagt hat: dass er in Babas Schuld stand, dass Baba ihn gerettet hat. Und dennoch ... es muss einen weiteren Grund gegeben haben. Da bin ich mir sicher. Was waren wir für ihn? Ich habe keine Antworten, nur Fragen und Zweifel.

Manche Leute glauben, man werde in seine Familie hineingeboren und hätte sie dann – ob gut oder schlecht – eben am Hals. Andere erschaffen sich ihre Familie selbst. Napoleon ist so jemand, er hat uns adoptiert, mich unter seine Fittiche genommen. Hat Arsalan uns auch so empfunden? Als Familie, die er adoptiert hatte, weil er keine eigene haben konnte? Ich beobachte Madar, und es ist, als bliebe ein großer Teil von ihr mir und allen anderen verborgen.

Dennoch tröstet es mich, sie hier zu sehen, zumal jetzt die Erinnerungen hereinströmen; es hilft mir, die Bewegungen des Zuges zu spüren und mir vorzustellen, wie Madar mit diesen Fremden spricht, Informationen über das Leben sammelt, das uns erwartet, im Ausland, an einem neuen Ort, wo man uns aufnimmt. Sie sammelt unterwegs Freunde, um uns zu helfen. Das hat sie mir beigebracht: zu wissen, wie man um Hilfe bittet und sie annimmt.

Ich lese wieder Tolstoi. Anna hat ihrem Ehemann Alexej Alexandrowitsch gestanden, dass sie Wronskij liebt und ihr gemeinsames Leben vorbei ist; alles ist eine Lüge, und sie kann nicht länger eine Lüge leben. Ich bin völlig vereinnahmt von diesem Gespräch, in dem sie ihr ganzes Leben zertreten, von dieser Menge unerschütterlicher Wahrheiten, die niemals zurückgenommen werden können.

Als ich innehalte und wieder aufblicke, ist Madar nicht mehr da. Nur das Paar, sie schauen aus dem Fenster auf die vorbeiziehenden Hügel. Ich sehe mich nach Madar um. Sie ist weg. Die Frau hebt den Arm und lächelt mich an. Ich winke zurück und widme mich wieder meinem Buch. Obwohl ich weiß, was geschehen wird, obwohl ich es eine Million Mal gelesen habe, entdecke ich jedes Mal wieder etwas Unerwartetes darin.

Ich mache weiter, schreibe alles auf, getrieben von Napoleons unermüdlicher Begeisterung und seinem Segen für das Projekt. Er bringt mir alle paar Tage neue Stifte und Papier. Er schenkt mir auch die Enzyklopädie, eine alte, zerlesene Ausgabe, die ein bisschen überholt ist. Er hat sich auf den langen Reisen die Zeit damit vertrieben und gibt sie jetzt an mich weiter. Ich weiß nicht, wie ich ihm danken soll. Es ist lange her, dass mir jemand so freundlich begegnet ist, ohne etwas dafür zu verlangen. Er zuckt nur mit den Schultern.

»Schreib einfach weiter«, sagt er lachend.

Wir sprechen nicht über das, was ich schreibe; es reicht, dass ich schreibe. Ich erzähle ihm, was ich erzählen kann, was ich laut aussprechen muss.

Ich kann Arsalan und Sitara in unserem Abteil hören. Sie streiten sich um das Radio – drehen wild an den Knöpfen. Bald wird Madar einschreiten, sie trennen und mit Liebe und Tadel überschütten. Baba und Javad kehren mit warmem Chai vom Samowar zurück. Die Geräusche verklingen, und ich widme mich wieder meinem Gekritzel, die Gedanken kommen schneller, seit Ara verschwunden ist.

Es aufzuschreiben hilft mir, an der Vergangenheit festzuhalten, sie zu verstehen. Obwohl manche Dinge gar nicht zu verstehen sind. Für sie gibt es keinen Grund, keine Rechtfertigung, keine Erklärung. Diese Dinge muss man einfach ertragen.

14

In der Wohnhöhle waren die Vorbereitungen für die »große Flucht« im Gange, wie Ara es scherzhaft nannte. Ihr Blick verriet mir, dass sie bereit war, das Gebirge zu verlassen. Eine neue Heimat zu suchen. Dies hier war nie ihre Heimat gewesen. Sie hatte uns alle als Außenseiter empfunden – hatte zugesehen, wie unsere Welt schrumpfte und kleiner wurde. Sie war schon lange bereit zum Aufbruch.

Mir fiel es nach wie vor schwer zu glauben, dass wir Baba und Maman Bozorg zurücklassen müssten. Wir waren jahrelang getrennt gewesen und hatten endlich als Familie zusammengefunden, waren von den Dorfbewohnern akzeptiert worden, die sogar Babas Flirt mit den Kommunisten taktvoll vergessen hatten, und nun sollten wir erneut weglaufen.

Madar strahlte jeden Tag mehr. Sitara wuchs zu einem glücklichen, kräftigen Kind heran. Baba war besorgt, weil er seine Eltern verlassen musste. Er und Baba Bozorg saßen vor dem Haus und redeten bis tief in die Nacht. Sie wollten nicht, dass wir weggingen, würden uns aber auch nicht davon abhalten.

Madar wollte mich beruhigen.

»Du hast doch Robina und Nas dabei«, sagte sie, um mich zu trösten, und während mich meine Freundinnen tatsächlich aufheiterten, würde ich dennoch immer außen vor bleiben.

»Wenn Omar zurückkommt, kann dein Großvater ihm sagen, wohin wir gegangen sind«, sagte Baba eines Abends zu mir.

Es kam aus heiterem Himmel, und ich war überrascht, dass er es nicht vergessen hatte. Ich zuckte mit den Schultern und wusste nicht recht, was ich antworten sollte. Aber ich wusste, dass es endgültig war, dass wir bald aufbrechen würden und unser Leben im Gebirge vorbei wäre. Ich wurde erwachsen. Etwas musste sich verändern. Das las ich auch in Madars Augen, wenn sie Ara und mich ängstlich anschaute, und ich wusste, dass sie recht hatte. Wie konnte ich hoffen, Ärztin, Lehrerin, Ingenieurin oder sonst etwas zu werden? Welche Zukunft hatten wir hier?

Madar hatte Ara und mir alles beigebracht, was sie wusste. Wir brauchten eine Veränderung, ob es uns gefiel oder nicht. Und sie machte sich Sorgen um den kleinen Arsalan, ließ ihn nicht zur Schule gehen, weil sie sich vor dem fürchtete, was er dort lernen würde, weil sie Angst hatte, dass die Taliban ihn uns nehmen würden, wie sie uns Javad genommen hatten.

Er war der einzige Streitpunkt zwischen meinen Eltern und der einzige Grund, aus dem wir noch hier waren. Madar vertrat die Ansicht, wir sollten Javad mitnehmen, da er irgendwann zur Vernunft kommen würde und wir ihn vom Gift dieser Männer befreien müssten. Baba ließ sie ausreden, schüttelte dann aber den Kopf.

»Wir können ihn nicht gegen seinen Willen mitnehmen. Er würde uns verraten, noch bevor wir das Land verlassen haben. Das musst du doch begreifen. Wir haben ihn verloren.«

Sie konnte es nicht glauben, und so kam es zu einem Patt, bei dem Madar bei Javad auf Anzeichen der Veränderung wartete. Es kamen keine.

Und doch war es letztlich er, der mich rettete.

Die Taliban sollten das Dorf ein zweites Mal besuchen. Der Besuch war mehrfach wegen der schweren Regenfälle während des Tauwetters verschoben worden, stand nun aber unmittelbar bevor. Die Leute wurden wieder nervös, erinnerten sich an Masha, Nazarine und den letzten offiziellen Besuch. Was immer die Taliban wollten, es konnte nichts Gutes sein. Die Ältesten versammelten sich, um alles zu besprechen. Der alte Mullah hörte zu. Javad hielt sich in der Nähe und verfolgte alles aufgeregt.

Die Zwillinge wurden still und ängstlich. Ara begann zu weinen und zu zittern, sobald jemand den bevorstehenden Besuch erwähnte. Nur Baba und Maman Bozorg schienen ungerührt.

»*Een ham migozarad*«, pflegte Baba Bozorg zu sagen, »auch dies geht vorüber«, sein Gesicht faltig von langen Jahren in der warmen Sonne und dem Wind, der über den Hindukusch blies.

»Sie dürfen nicht kommen«, sagte Ara. »Wir dürfen es nicht zulassen. Tu doch etwas, Baba *jan*«, flehte sie.

Ich schaute zu Baba, der mit gerunzelter Stirn dasaß und über das Tal blickte, über dem Unwetterwolken aufzogen. Falls er Aras Bitte gehört hatte, nahm er sie nicht zur Kenntnis. Madar beschäftigte sich mit Sitara, kitzelte sie unter dem Kinn und sah zu, wie sich ein Lächeln auf dem Gesicht des Babys ausbreitete, das nicht ahnen konnte, was unten im Tal immer näher rückte.

»Natürlich werden unsere Brüder kommen, und wir heißen sie willkommen«, sagte Javad herausfordernd.

Madar rückte von ihrem Sohn weg, vielleicht aus Angst vor dem, was sie sagen oder tun könnte. Ich bemerkte, dass Maman Bozorg Javad traurig ansah. Selbst ihr wurde er fremd, sosehr sie sich auch bemüht hatte, an dem freundlichen, fröhlichen Enkelsohn festzuhalten, der er einmal gewesen war. Doch das war damals gewesen, als wir gerade erst im Gebirge und die Taliban nicht mehr als ein fernes Gerücht waren.

Wir hörten ein leises Rumpeln im Tal. Der Himmel hatte sich verdunkelt. Unwetterwolken jagten über den Horizont.

»Sie sind nicht willkommen«, sagte ich mit zitternder Stimme und sah Javad an. »Denk dran, was sie getan haben ... hast du etwa Masha vergessen? Nazarine? Hast du vergessen, was passiert ist?«, weinte ich.

Javad schien erschrocken. Er war es nicht gewöhnt, dass ich ihm so heftig widersprach. Ara weinte ebenfalls und ging zu Madar, die ihr Sitara reichte. Dann schaute sie schweigend zu Javad und mir, sah zu, wie ihre Familie auseinanderbrach.

»Du solltest dich schämen«, sagte ich.

»Samar!«, rief Baba in scharfem Ton. Madar kam mit ausgestreckten Armen auf mich zu.

»Samar«, sagte sie. Aber ich wollte mich keinem von ihnen nähern. Ich würde nicht zurückweichen. Ara war mit Sitara vor die Höhle gegangen. Javad starrte mich an, aber es war, als sähe er durch mich hindurch, als wäre ich nicht mehr da.

»Ihr könnt es nicht aufhalten«, sagte er, »das werdet ihr noch begreifen.«

Madar schrie entsetzt auf.

Donner hallte durchs Tal, und die Dorfleute auf dem Platz eilten zu ihren Häusern.

Wir standen am Höhleneingang und schauten auf das feuchte Tal, unsere Stimmung düster und durchnässt wie die Wolken über uns. Ich wickelte mich fest in Omars *Patu*.

»Ihr werdet schon sehen«, spottete Javad mit einem schadenfrohen Lächeln. »Ihr werdet schon sehen.«

Unter uns wand sich eine kleine Fahrzeugkolonne die steile Bergstraße herauf, wobei lose Steinchen unter den Rädern wegspritzten. Die Pick-ups kamen näher, ihre Flaggen wurden vom Wind gepeitscht.

»Hör auf!«, schrie ich Javad an, schlug um mich, wollte ihm das selbstzufriedene Grinsen aus dem Gesicht wischen, erinnerte mich an Mashas Mutter, ihre Schreie und ihren Gesichtsausdruck, als sie sie mitnahmen. Ich schwor mir, keine Angst mehr zu haben.

»Du weißt doch gar nichts«, schrie ich. »Du bist einfach nur leer. Du sagst, was sie dir sagen, wiederholst Worte, die sie dir einreden. Du kannst nicht mal selber denken.«

In diesem Augenblick verachtete ich Javad und empfand meine Eltern einfach nur als schwach, weil sie dastanden und ihn Hass und Angst verbreiten ließen und nur auf den richtigen Augenblick warteten, um ihn zurückzulassen, während sie ihn bis dahin im Glauben ließen, er habe recht. Ich schaute alle fassungslos an. »Hör auf!«, schrie ich Javad noch einmal entgegen, ihnen allen. Madars Augen flehten mich an, leise zu sein, nichts mehr zu sagen.

»Du kannst es nicht verhindern. Das kann niemand«, sagte er. Etwas zerbrach in mir, und ich lief davon, vor ihm, vor allem, kletterte den moosbewachsenen Bergpfad hinter der Höhle hinauf, über den kahlen Hang bis zu den Kiefern. Sollten sie doch kommen, sie werden mich nicht finden, dachte ich, und rannte weiter, stolperte über Felsen, erschreckte Ziegen und Schafe, die wie Tupfen am Berghang weideten, ließ meinen Zorn in alle Richtungen fliegen.

Ara rief, ich solle zurückkommen, und dann kletterte auch sie los, Sitara auf dem Arm, die sich an ihr festklammerte. Ihre Stimme wurde vom Wind gepeitscht, ich konnte sie nicht verstehen. Ich kletterte weiter, immer höher, weg vom Dorf. Achtete nicht auf die dunklen Wolken. Ich wusste, wohin ich wollte, zurück in die Höhle, zu dem toten Kindersoldaten. Ich würde die Nordallianz finden, mich den Kämpfern anschließen, um Omar zu suchen. In Wahrheit wusste ich nicht, was ich tat, aber ich würde nicht zurückgehen, Javad und seine

Männer durften nicht gewinnen. Wir mussten sie aufhalten. Dies war meine Heimat, und ich fürchtete mich nicht mehr. Niemand würde sie mir wegnehmen – weder Javad noch die Taliban, weder Madar noch Baba mit ihrem Traum von einem Neuanfang. Ich würde frei sein. Ich würde Omar finden. Ich würde hier im Gebirge bleiben. Alles würde gut.

Das sagte ich mir wieder und wieder, während ich hinaufstieg, mein Rücken nass vom Schweiß, die Hand vor dem Gesicht, um mich vor der Sonne zu schützen, die immer wieder durch die dahinjagenden Wolken brach. In der Ferne hörte ich ein unregelmäßiges Grollen, das im Tal widerhallte. Das Unwetter würde an uns vorbeiziehen – wir würden verschont, dachte ich. Die schlammige Erde wurde langsam fest. Die schweren Frühlingsregen hatten sie erst matschig und dann rissig werden lassen. Ich kletterte immer weiter weg vom Dorf, die Kleidung rötlich braun vom Schlamm, der mir in die Sandalen drang.

Als ich mich umdrehte, konnte ich erkennen, wie Ara sich mit Sitara abmühte, aber nicht aufgab; sie rief noch immer nach mir. Warum ließ sie mich nicht einfach in Ruhe? Ich kletterte weiter.

Bald würde ich die höchstgelegenen Höhlen erreicht haben. Von hier oben sah die Welt ganz anders aus. Nur Ziegen und Adler, Geier, das Rot der Felsen unter den Füßen, die Luft ganz klar und der Blick … ein verblüffender, ununterbrochener Horizont. Ich zog mich über den Rand der letzten überhängenden Klippe und war in der Höhle. Natürlich war der Junge nicht mehr da, Baba hatte ihn vor langer Zeit begraben, und ich senkte den Kopf und betete, er möge Frieden gefunden haben. Ich schaute auf die gewundene Straße, die ins Dorf führte. Von dort unten kamen die Taliban immer näher, brachten Hass und Angst mit. Sie konnten mir nichts anhaben, nicht hier oben, dachte ich. Und so verfluchte ich sie: weil sie mich vom Lernen abhielten, weil sie meine Familie auseinandergerissen und Omar vertrieben hatten, weil sie Javad gegen uns gewendet, Masha und Nazarine vernichtet hatten. Ich verfluchte sie wegen des Schreckens, den sie über alles brachten, das sie berührten.

Ich schaute ins Tal, in dem es still geworden war. Die Vögel sangen nicht mehr und stoben urplötzlich in alle Richtungen davon. Die Erde begann, sich unter mir zu verschieben, und ich verlor das Gleichgewicht, richtete mich auf und lehnte mich gegen die Höhlenwand. Zuerst war es nur ein kleines Beben, dann wurde es stärker. Steinchen begannen, bergab zu rollen. Ich hörte ein leises Grollen, es war kein Unwetter mehr, sondern kam aus dem Bauch der Erde. Es wurde lauter, bis ich nur noch eine Lawine herabstürzender Steine hörte. Die Berge selbst bewegten sich.

Ich sah, wie die Klippe, die das Dorf überragte, wegbrach, und dann rasten gewaltige Ströme aus Felsbrocken, Erde und aufgewirbeltem Schlamm auf das Dorf zu. Ich schrie, aber sie konnten mich nicht hören. Ich konnte die Flut nicht überholen, konnte sie nicht warnen. Die Erde bebte und zerbarst unter meinen Füßen. Ich drückte mich an die Wand. Steinchen regneten auf mich herab. In den Höhlenwänden hinter mir taten sich tiefe Risse auf. Ich schlitterte den Hang hinab, rollte, fiel. Unter mir konnte ich Ara und Sitara erkennen. Ara kniete auf dem Boden und hielt Sitara fest umfangen, wollte sie beschützen und musste entsetzt mitansehen, wie das Dorf von den Erdmassen weggerissen wurde.

»Madar!«, schrie ich. Ich schrie wieder und wieder ihren Namen, sie war alles, was ich sehen konnte, doch dann sah ich die Gesichter von Baba und Maman und Baba Bozorg und vom kleinen Arsalan und Javad. Ich stellte mir Omar vor, doch er war nicht da. Panik überfiel mich.

Ich dachte an die Zwillinge, so unterschiedlich und doch so ähnlich – warum waren sie nicht bei Ara? Ich versuchte, ruhig nachzudenken: Wo sind sie alle? Sind sie in Sicherheit? Bitte, Allah, lass sie in Sicherheit sein. Ich gehe überallhin, ich mache alles, nur lass sie in Sicherheit sein, bitte … bitte …

Ein weiteres tiefes Grollen und ein Riss und eine weitere Schlammwand, die nach unten stürzte, sich von dem Berggrat über dem Dorf löste. Wolken aus Staub und zermahlenen Steinen stiegen empor. Ich hielt mir die Hand vor den Mund, doch der Schrei wollte nicht kommen. Es war nichts übrig – das ganze Dorf war verschüttet. Ich rannte zu Ara. Das Beben hielt an, lief wellenförmig durch das Tal, wenn auch schwächer als zuvor. Ich fiel hin und schnitt mir die Beine auf, die Arme, das Gesicht. Ich rappelte mich auf und rannte weiter – rollte fast den Berghang hinunter, zwang mich förmlich zu ihnen hin.

Ara stand auf, unter Schock. Sie hielt Sitara die Augen zu. Obwohl Sitara noch zu klein war, um zu verstehen, was passiert war, wollte Ara sie beschützen. Ich griff nach meiner großen Schwester und schüttelte sie.

»Komm«, schrie ich und stieß sie halb den Berghang hinab. Es schien, als wäre sie festgefroren.

»Wir müssen gehen.« Ich zog sie mit mir. »Ara ... sie sind da unten, wir müssen ihnen helfen.«

Sie folgte mir wie betäubt.

Als wir unten ankamen, war die Wohnhöhle verschwunden, alles war verschwunden. Der Boden unter unseren Füßen fühlte sich nicht sicher an. Nichts sah aus wie zuvor. Die Erde war noch dabei, sich wieder zu setzen. Wir sahen ein paar Dorfbewohner – jene, die wie durch ein Wunder ebenfalls entkommen waren –, wie sie einfach dastanden und starrten oder gruben und an den Steinen zerrten. Ich suchte nach Spuren von Madar oder Baba. Ich schrie ihre Namen. Das Schreien wurde lauter und lauter, bis ich meine eigene Stimme nicht mehr erkannte. Ich stolperte über die Felsen, wollte sehen, wo das Haus begraben war. Es war unmöglich zu erkennen.

Zwischen den Steinen lugte ein gelber Stofffetzen hervor. Konnte das Madar sein? Hatte sie heute Morgen so etwas getragen? Ich verfluchte mich, weil ich nicht aufmerksamer gewesen war. Ich begann, an dem Stoff zu zerren, während ich die ganze Zeit über weiterschrie. Die Steine waren schwer. Ich konnte sie nicht allein bewegen. Ich rief Ara um Hilfe, und gemeinsam drückten wir so fest wie möglich gegen das Geröll, um die Steine zu lösen. Konnte es Madar sein? Ich fürchtete mich hinzusehen. Sie war es nicht. Die Frau hatte ein Stück weiter unten in einem der Lehmhäuser am Platz gewohnt. Sitara klammerte sich noch immer an Aras Hüfte und begann zu weinen.

Wir erstickten fast, waren mit Schlamm und Staub bedeckt. Niemand konnte uns helfen, unsere Familie zu suchen. Ich schaute blicklos zu den anderen Überlebenden. Alle standen unter Schock. Ein Mann saß schluchzend auf den Trümmern einer Mauer.

Ich rief: »Madar … Madar!«

Nichts.

Ara schaute durch mich hindurch. Sitara heulte. Die Erde erzitterte noch immer unter unseren Füßen. Wir waren allein. Madar konnte uns nicht mehr hören.

4. Teil

Migozarad! Auch dies geht vorüber.

15

Nachdem ich dies geschrieben habe, klappe ich das Notizbuch zu. Es dämmert, wir sind kurz vor Tomsk. Napoleon bringt mir dampfenden Tee vom Samowar, stellt ihn neben mich auf den Tisch. Ich nicke zum Dank, beachte ihn jedoch kaum. Im Zug ist es still, alle ziehen sich in ihre schmalen Klappbetten zurück. Ich zittere. Napoleon legt mir die Hand auf die Schulter, doch ich nehme sie kaum wahr. Im Geist bin ich noch im Gebirge.

Als ich mir noch einmal das Geschriebene auf der Seite anschaue, wird mir klar, dass es kein Zurück gibt.

Ich schaue durch den Wagen, wo ich zuvor Arsalan und Sitara gesehen hatte, die miteinander stritten, wo Baba und Javad lachend an mir vorbeigegangen waren, in der Hand Gläser mit warmem Tee, gerade eben noch. Ich schaue dorthin, wo Madar sich mit den Mitreisenden unterhalten hatte, und fühle mich leer, als hätte ich sie losgelassen. Ich kann mir meine Familie nicht mehr vorstellen, bin aber noch nicht bereit, mich von ihr zu verabschieden. Ihr verdanke ich, dass ich so weit gekommen bin.

Doch meine Familie ist nicht mehr hier.

»Bleibt bei mir!«, rufe ich, meine Stimme hallt laut durch den leeren Wagen. »Bleibt«, flehe ich. Ich muss sie bei mir haben, um neu anzufangen – an einem neuen Ort, einem sicheren Ort.

Ich bin nicht bereit, allein auf diese Reise zu gehen.

»Ich bleibe bei dir, Samar.« Ich blicke auf, und Napoleon ist noch da, er beobachtet mich und sagt: »Schreib es auf, schreib alles auf.«

Und so klappe ich mein Notizbuch wieder auf und schreibe weiter, um alles zu Papier zu bringen. Ich weiß nicht, ob ich damit die Erinnerungen vertreiben, von mir stoßen oder zwischen den Seiten einfangen möchte.

16

Zwischen Ara und mir herrschte angespanntes Schweigen. Wir wagten nicht, es zu durchbrechen, fürchteten uns vor der Wahrheit, waren unfähig zu sagen: »Sie sind nicht mehr da.« Wir schauten uns an. Sitaras Schreie wurden immer kläglicher. Wir waren mit Staub bedeckt, die Fingernägel schwarz von Erde.

»Ara!«, schrie eine Frau. Es war Jahedah, eine einsame Frau, die meisten Dorfbewohner konnten sie nicht leiden. Es hieß, sie sei verflucht, und so lebte sie am Rand des Dorfes, weitab von allen anderen. Genau wie wir war sie verschont geblieben. Wir erkannten sie an ihrem Hinken, das sie zu verbergen suchte, in dem sie langsam dahinschlurfte. Sie bedeutete uns, ihr zu folgen, führte uns weg von den Trümmern, kletterte mit uns über Steine, Felsen, eingestürzte Mauern. Wir navigierten vorsichtig um die zerstörten Überreste des Dorfes, das uns zur Heimat geworden war. Es gab keine Anzeichen von Leben. Es war, als hätte die Erde alles verschlungen.

Jahedah brachte uns in ihr Lehmhaus. Sie wohnte auf der

anderen Seite des Pappelwäldchens, das der alte Mann gepflanzt hatte. Die Bäume waren entwurzelt, die Stämme von den Erdmassen zermalmt. Ich hatte den alten Mann nicht unter den Überlebenden gesehen. Ich hoffte, dass er weit genug entfernt gewesen war und nicht erleben musste, was aus seinem Werk geworden war. In den Lehmwänden von Jahedahs Haus hatten sich Risse aufgetan, aber es stand noch. Ara zögerte, sie wollte nicht unter dem Lehm begraben werden, falls ein weiteres Beben das Tal traf. Jahedah wirkte jetzt selbstsicherer und bot ihr Wasser für Sitara an. Wir tranken alle und traten aus dem grellen Sonnenschein ins Haus, dankbar, weil sich jemand um uns kümmerte. Jahedah konnte sehen, dass wir unter Schock standen. Sie hatte keine Familie, eisige Gebirgswinter und schwache Konstitution hatten ihr die Angehörigen geraubt, und da die Dorfbewohner sie verabscheuten, hatte sie beim Erdbeben niemanden zu verlieren gehabt. Das verlieh ihr eine Aura der Unbesiegbarkeit. Sie bemutterte uns, machte viel Getue um Sitara, die sich an Ara klammerte und nicht loslassen wollte. Sie konnte sehen, dass wir versuchten, unseren Verlust und unser Versagen zu begreifen.

Ich bemerkte, wie ihre Augen glitzerten, was mir nicht behagte. Ich zupfte Ara am Ärmel, wollte gehen. Sie funkelte mich böse an, weil ich Jahedahs Gastfreundschaft zurückwies. Dann begriff sie, dass ich sie stumm anflehte, und wir bedankten uns und gingen hinaus. Jahedah starrte Sitara an und streckte die Arme nach ihr aus. Wir wichen zurück, und als wir draußen waren, rannten wir davon. Wir würden uns nicht trennen und Sitara nicht an eine verfluchte, verrückte Frau verlieren.

Es bestand immer noch Hoffnung, dass Madar oder Baba oder Javad am Leben waren, oder auch der kleine Arsalan – mein Herz zog sich zusammen, weil ich es nicht ertragen konnte, an sie zu denken, an meinen Großvater und Maman Bozorg, die unter Schlamm und Steinen und Staub begraben lagen. Wie sehr sie sich gefürchtet haben mussten, als das Land zusammenbrach. Hatten sie überhaupt noch Zeit gehabt zu reagieren, es zu begreifen? Hatten sie es den Berg heruntergekommen sehen?

Ihnen war keine Zeit zur Flucht geblieben. Das wusste ich sehr wohl und hoffte dennoch.

Ich erinnerte mich, wie die Wand aus Schlamm einfach abgebrochen war und sich über das Tal ergossen hatte. Ich sah es im Geist wieder und wieder. Hoffnung und Übelkeit stiegen mir gemeinsam in die Kehle. Ara redete mit einem Mann, der nach unten ins Tal deutete. Es war unser alter Lehrer Nadschib.

»Es wird Hilfe kommen«, sagte er unsicher. Was sonst sollte er sagen, woran sonst sollten wir glauben?

Wir hatten alles verloren. Erst vor wenigen Stunden war ich bereit gewesen, für immer wegzugehen, nach Omar zu suchen, alles hinter mir zu lassen, und jetzt das. Was hatte ich getan? Ich konnte Ara kaum ansehen. Sitara war ein kleines Bündel aus rotem Schlamm und Staub in ihren Armen. Wir schauten uns an, was aus dem Dorf geworden war. Wo sollten wir anfangen? Wo konnten sie unter alldem begraben sein?

Meine Kehle brannte; meine Beine fühlten sich schwach an und meine Stirn klamm. Ich spürte, wie ich fiel, auf dem Boden zusammensackte, bis Ara mir auf die Wangen schlug und »Samar, Samar!« rief. Sie zog mich hoch. Nadschib setzte sich hinter mich und stützte meinen Rücken.

»Es ist gut, Samar.«

Sie schauten mich besorgt an. Ich wollte, dass mich die Dunkelheit verschlang. Meine Augen verdrehten sich.

»Samar! Nein!« Ara hielt mich fest, damit ich ihren Herzschlag spüren konnte. Damit ich wusste, dass wir am Leben waren. Wir saßen eine Weile still da, bis ich wieder atmen konnte, bis mein Herz ruhiger schlug, im Einklang mit ihrem.

Die Wohnhöhlen waren den Hang hinabgerutscht, waren von der Schlamm- und Felslawine einfach mitgerissen worden. Meine Familie war weg. Das Haus meiner Großeltern. Unser ganzer Besitz. Weg. Alles weg. Ich besaß nur noch das, was ich anhatte, alte Kleidung von Javad und Omars *Patu*, den ich mir um die Schultern gewickelt hatte.

Ich kniete mich auf die Erde, kratzte mit den Nägeln im Dreck. Ich wusste nicht, wonach ich suchte. Ich öffnete den Mund, doch es kam kein Ton heraus. Ich stopfte mir eine Handvoll Erde in den Mund und schmeckte sie, spürte sie schwer auf der Zunge. Ara hielt mich fest. Sitara griff nach mir.

Ich war nicht allein.

17

Ich halte beim Schreiben inne und schaue aus dem Zugfenster. Im Wagen ist es lauter geworden, viele Menschen trinken und reden, schließen Reisefreundschaften. Die Luft ist warm und muffig, da die Heizung, die sich seitlich neben den Sitzen befindet, mit voller Kraft warme Luft hervorpustet. Ich stelle fest, dass ich die Stimmen und das Gelächter der Mitreisenden ausblenden kann. Wenn ich in meiner Erinnerung zu dem Erdbeben und allem, was danach kam, zurückkehre, ist es, als wäre ich wieder dort. Ich lasse diese Welt los und kehre ins Gebirge zurück.

Meine Welt, die Welt, die ich kannte, endete an jenem Tag. Mir ist, als steckte ich dort fest, wartete auf ein Zeichen, etwas, das mir sagt, alles werde gut, alles könne ausradiert werden. Kann ich es ungeschehen machen, indem ich die Seite aus meinem Notizbuch reiße? Ich drücke die Hände vor die Augen, umfange die Lider mit den Handflächen.

Draußen nimmt das Abendlicht einen warmen Goldton an, ein Meer aus Gras wogt im Wind. Das Licht im Wagen geht an.

Ich spüre die Blicke der anderen, sie beobachten mich, während ich allein hier sitze und schreibe. Daher bin ich froh, als Napoleon durch den Gang kommt und mir zunickt.

»Samar.« Er reicht mir eine Schale mit dampfender Brühe. »Du darfst das Essen nicht vergessen, Mädchen.« Er schaut mich missbilligend und liebevoll zugleich an. Seine Hemdsärmel sind an den Manschetten ausgefranst. Ich bemerke, dass er mit den Fingern auf den Tisch klopft. Es scheint ihm beim Denken zu helfen, er unterstreicht damit seine Gedanken. Ich deute auf den Sitz neben meinem, und er setzt sich hin.

»Aber nur kurz.«

Wenn die Entfernungen zwischen den Haltepunkten endlos erscheinen, kann er sich hinsetzen und reden, manchmal stundenlang, vor allem spätabends, dann hört er kaum auf zu erzählen. Auf diesem Teil der Strecke hält der Zug öfter an, nimmt Proviant und Fahrgäste auf. Er sieht die vollgeschriebenen Seiten in meinem Notizbuch und nickt anerkennend.

»Du beschäftigst dich.«

Ich nicke zurück. Es tut gut, jemanden zu haben, der auf mich achtgibt, dem ich mich anvertrauen kann, der mir seine Geheimnisse anvertraut. Den anderen Reisenden mit ihren glücklichen Touristengesichtern und der aufdringlichen Neugier begegne ich mit Argwohn. Napoleon ist anders. Er gehört fast zur Familie.

Napoleon hat mir noch mehr über seine Kindheit erzählt, über den Aufseher, der seine Mutter bei sich aufnahm, damit er sie für sich allein hatte, und sie mit einer Eisenstange schlug und dass niemand sich dafür interessierte. Er beschreibt mir den Mann mit stillem Abscheu.

»Ein absolutes Schwein. Und er ließ mich gern dabei zusehen, er wollte immer, dass ich sah, wie er ihr weh tat ... Ich schloss die Augen und schrie, er solle aufhören, und er sagte nur: ›Schau zu, Junge – schau zu, oder sie ist noch schlimmer dran.‹ Ich werde nie die Scham in ihren Augen vergessen«, fährt er fort, »weil sie ihn das in meinem Beisein tun ließ, weil sie sich so von ihm schlagen ließ. Da war sie schon gebrochen, ihr Geist, ihr Körper, ihr Verstand. Das dachte er jedenfalls. Und dann, eines Tages, hatte er ganz schön einen getrunken und markierte den großen Macker, stieß sie gegen die Wand, boxte sie gegen den Kopf, und da konnte ich es nicht mehr ertragen und ... ich schnappte mir, was mir am nächsten war, die Eisenstange, die er losgelassen hatte, damit er meine Mutter besser boxen konnte, und ich schlug ihm damit auf den Rücken – ich war damals erst sieben, ohne Kraft in den Armen, nur mit großem Hass im Herzen. Es machte ihm gar nichts aus, er schoss herum und kam auf mich zu, holte aus, schwang die Fäuste, und ich lief vor ihm weg, versteckte mich unter dem Tisch und schrie, er solle aufhören. Er bekam mich zu fassen, und ich weiß noch, wie er mit der Faust ausholte, wie sein Atem nach Alkohol stank, wie dunkel seine Augen waren, und dann traf mich seine Faust seitlich am Kopf. Doch ich sah nur meine Mutter, die hinter ihm stand, mit seiner Pistole, die Hände ganz ruhig, und sie schoss ihm in den Rücken. Schoss ein Loch in ihn hinein. Danach wurde ich ohnmächtig.«

»Und dann?« Ich beuge mich vor.

»Als ich zu mir kam, saßen wir hinten in einem Fuhrwerk, das uns in Richtung Grenze brachte. Sie hatte es die ganze Zeit über geplant ...« Er schaut aus dem Fenster auf die verschwommene Landschaft.

»Sie hatte Geld versteckt, hatte die ganzen Prügel ertragen, damit wir ihm entkommen konnten. Letzten Endes gingen wir einfach weg. Sie würde nicht wegen dieses Schweins verrotten. Wir müssen ganz schön seltsam ausgesehen haben. Doch damals zogen so viele Leute umher, so viele verlorene Seelen, dass zwei weitere kaum auffielen.«

»Wohin seid ihr gegangen?« Ich schlürfe den Rest der Brühe.

»Wir haben uns den Nomaden angeschlossen, wollten möglichst unbemerkt bleiben, was jedoch schwierig war. Selbst nach all den Schlägen war sie immer noch eine sehr schöne Frau. Ihr Gesicht hatte er nie angerührt. Die Leute bemerkten sie, erinnerten sich an sie, und ich fiel auch auf mit meinem zerschlagenen Kopf. Die Narben habe ich noch immer.«

Ich schaue Napoleon von der Seite an und entdecke am Haaransatz einen Schnitt, der vom Auge bis zum Ohr reicht. Er ist nur schwach erkennbar, silbrig auf seiner wettergegerbten Haut, aber nach all der Zeit immer noch zu sehen. Die Vergangenheit bleibt bei uns, denke ich, sie zeichnet uns auf sichtbare und unsichtbare Weise.

»Wir fuhren hierhin und dorthin, wann immer uns jemand mitnahm. Es war im Grunde egal, solange wir lebendig und frei waren. Wenn man seine Freiheit verloren hat, braucht man eine Weile, um wieder leben zu lernen. Ich kannte es nicht anders, sie hingegen schon. Sie pflegte zu sagen, für sie sei es zu spät, für mich nicht. Sie wünschte sich ein anderes Leben für mich. Ein freies Leben. Und nun sieh mich an.« Er lacht – ein bittersüßes Lachen.

Er erzählt mir das alles, und ich spüre, wie sie sich gefühlt haben müssen, er und seine Mutter – die Angst, immer wegzulaufen, nicht zu wissen, wohin, nicht zu wissen, wem man trauen soll und wie man neu beginnt. Ich kenne das Gefühl.

»Weißt du, Samar, du kannst immer neu beginnen.«

Wir sitzen eine Weile schweigend da. Im Wagen um uns herum ist es lebhaft, die Russen singen und trinken, ein belgisches Paar stimmt ein und testet ein paar russische Ausdrücke, die sie unterwegs aufgeschnappt haben. Die Frau sagt: »*Etot muzcina platit za vse*« (»Dieser Herr zahlt alles«), und der Mann schüttelt lachend den Kopf und sagt: »*Eta dama platit za vse*« (»Diese Dame zahlt alles«), und es wird viel mit dem Finger gezeigt und gelacht. Im Wagen herrscht Partystimmung, und die betrunkene Frau singt wieder, diesmal schräg klingende Lieder von Edith Piaf. Andere singen mit, Gläser klirren aneinander.

Napoleon nimmt seine Geschichte wieder auf.

»Die meisten Leute waren freundlich. Sie taten, was sie konnten – du musst bedenken, niemand hatte irgendetwas zu verschenken außer Freundlichkeit. Wir schafften es bis zur Grenze ... Wir überquerten sie, und da sind wir geblieben.«

Ich nicke. »Und dann?« Eigentlich brauche ich ihn nicht zu ermutigen. In Gedanken ist er wieder dort.

»Wir teilten uns die Zelte mit Fremden ... Inmitten von so viel Raum und Leere. Andererseits hatten wir eine Art Dach über dem Kopf, ein warmes Feuer, Essen, eine Zuflucht. Ich fühlte mich sicher. Sicherer als vorher.« Er lächelt mich an. »Manchmal ist es gut, einfach anzuhalten – an einem Ort zu bleiben. Und immerhin sagte uns niemand mehr, was wir zu tun hatten. Niemand schwang Eisenstangen!« Er lacht, als er dies sagt, und zuckt mit den Schultern, während er die ihm anvertrauten Fahrgäste betrachtet.

»Die Zeit heilt«, sagt er und schaut mich an, sieht, wie sich die Traurigkeit heranschleicht.

»Nicht alles«, sage ich.

In diesem Augenblick fühle ich mich so alt. Er widerspricht mir nicht. Ich starre aus dem Fenster, in dem sich die Lampen spiegeln wie Glühwürmchen, die vor den dahinziehenden Schatten Fangen spielen. Abends ist es im Wagen sehr hell; die Lampen an den Seitenwänden der Abteile brennen, Leselampen funkeln wie Lichttupfen im Wagen, und an der Decke leuchtet es grell.

Der Geruch von Essen – Kartoffeln, Bratklopse, Fisch, gebratene Eier – weht aus dem Speisewagen herbei, und mir wird bewusst, wie hungrig ich bin. Ich habe gelernt, mit sehr wenig zu leben, wenig Essen, wenig Schlaf, wenig Liebe. Ich habe alles aufs Wesentliche reduziert, um irgendwie zu überleben. Es ist nicht gut, Dinge zu brauchen.

Weiter vorn rufen die Belgier nach Napoleon. Sie wollen Kaffee und haben noch nicht begriffen, wie der Samowar funktioniert.

18

An den Tagen nach dem Erdbeben suchten Ara und ich nach unserer Familie – selbst wenn wir nur ihre Leichen fänden, wüssten wir wenigstens, was aus ihnen geworden war. Konnten sie überlebt haben? Waren sie vielleicht innerhalb der Wohnhöhle sicher gewesen? Verschüttet, aber am Leben? Warteten sie auf Hilfe? Konnte man so etwas überleben? Der Gedanke verfolgte mich bis in den Schlaf.

Sitara hörte auf zu weinen – sie hörte überhaupt auf, Geräusche von sich zu geben. Ihr Gebrabbel verstummte, und sie hielt den ganzen Tag sehnsüchtig nach Madar Ausschau. Ara wusste nicht mehr weiter, fühlte sich für uns beide verantwortlich, hatte keine Ahnung, wie sie uns beschützen sollte und was uns bevorstand. Sie hatte auch keine Antworten. Wir klammerten uns im Staub der Trümmer aneinander.

Es dauerte Tage, bis Hilfe eintraf. Wir bauten aus dem, was wir in den Trümmern fanden, einen Unterschlupf. Wir suchten nach Essen. Nachts hakten wir uns unter, um uns sicherer zu fühlen, denn wir fürchteten uns vor dem, was im Schlaf mit uns passieren würde. Wir beteten für die Toten. Wir beteten um Hilfe. Wir wussten nicht, was wir sonst tun sollten.

Meist waren wir allein. Nadschib wachte über uns, hielt sich immer in der Nähe auf, damit uns die anderen in Ruhe ließen, hinderte Jahedah daran, in ihrer Verrücktheit und Trauer Sitara zu stehlen. Doch auch Nadschib war kurz vor dem Zusammenbruch, murmelte immer öfter wirres Zeug vor sich hin. Unsere Angst wuchs.

Ara und ich versuchten, Sitara, so gut es ging, zu trösten. Wir hatten Wasser, und wir gaben ihr das Essen, das wir ergattern konnten oder das andere mit uns teilten. Nur wenige aus dem Dorf hatten überlebt. Zögernd wurden wir zu einer Familie, vereint gegen alles. Zwei ältere Frauen waren verrückt geworden und wanderten die ganze Zeit wie betäubt umher. Wir gingen ihnen so weit wie möglich aus dem Weg und brachten Sitara tagsüber nach oben in den Schatten der Bäume, weg von dem, was von unserem Dorf übrig war. Abends folgte uns Jahedah, die Augen auf Sitara gerichtet. Die anderen bauten zusammen Hütten, suchten am Berghang nach Nahrung, machten Feuer. Sie redeten bis spät in die Nacht, teilten Geschichten von jenen, die verschwunden waren. Wir versuchen, uns an jeden Menschen im Dorf zu erinnern. Auf diese Weise begruben wir die Toten und gedachten ihrer. Denn wie soll man die Toten betrauern, wenn man sie nicht begraben kann? Wenn man ihre Leichen nicht waschen kann? Wenn man sie nie wiederfinden kann? Wenn man nicht weiß, ob sie hier oder anderswo sind? Es ist unmöglich. Alles wurde unmöglich.

Wir standen unter Schock. Wir funktionierten, kamen irgendwie zurecht, waren aber nicht wirklich da, begriffen noch nicht das ungeheure Ausmaß des Unglücks, wollten nicht akzeptieren, dass dies nun unser Leben war.

Irgendwann richteten sich unsere Gedanken auf das, was als Nächstes zu tun war; so konnte es jedenfalls nicht weitergehen. Bald würde uns das Essen ausgehen, wir hatten kein richtiges Dach über dem Kopf und wussten nicht, wo wir sicher wären. Wir fragten uns, ob Hilfe käme, ob es irgendjemanden interessierte, dass Dutzende Tote unter dem Berg begraben lagen. Eines Tages surrte ein Hubschrauber über uns. Wir standen eine Weile da und schauten hinauf, dann begannen zwei Männer aufgeregt auf und ab zu springen und mit den Armen zu wedeln.

»Sie können uns sehen!«

Der Hubschrauber schwebte über uns, senkte sich und drehte ab, und wir standen da und wussten nicht, ob sie uns gesehen hatten und sich dennoch nicht für uns interessierten.

Schließlich kam Hilfe in Form eines großen Lastwagens, der Helfer, einige Säcke mit Reis, Wasser und zwei müde aussehende Männer mit Gewehren brachte, gefolgt von einem kleinen Jeep. Wir waren ihr letzter Stopp im Tal. Es gab keinen richtigen Arzt, kein Hilfsteam, um die Felsbrocken anzuheben, die unsere Familie und die anderen zermalmt hatten. Wir waren zu weit weg, zu unwichtig.

Wir sahen die Welt wie durch einen Schleier. Diese Leute

wollten uns helfen. Sie waren froh, dass sie uns gefunden hatten, dass jemand überlebt hatte – und es gab eine Geschichte von zwei Mädchen und ihrer kleinen Schwester zu erzählen. Im Jeep saß ein ausländisches Kamerateam, das die Zerstörung filmen wollte. Sie stellten die Fernsehkameras vor uns auf, als wären wir ein Wunder, eine glückliche Geschichte, die man der Trauer und dem Verlust entgegensetzen konnte. »Wie fühlt ihr euch? Was werdet ihr jetzt machen?« Wir versuchten, ihre Fragen zu beantworten. Wir waren hungrig, kalt und taub. Wir hatten alles und alle verloren. Es schien niemanden zu kümmern. Wir hatten überlebt – war das denn nicht genug?

Sie konnten uns nicht dort lassen. Also verfrachtete man uns in den Lastwagen und versprach uns ein besseres Leben in einem Lager in Pakistan. Gleich hinter der Grenze, sagten sie, als hätten wir mühelos zu Fuß dorthin gehen können. Dort werde man uns gut behandeln, würde uns Wasser, Essen, Unterkunft geben. So lauteten ihre Versprechen. Gewiss, es sei einfach dort, aber immerhin ein Anfang. Es sei besser als nichts, und man werde uns Mitgefühl entgegenbringen. Glaubten sie. Wir ließen zu, dass sie uns mitnahmen. Hätten wir nein sagen sollen? Wenn ich an Pakistan dachte, fielen mir nur die *Madrasa* und Javad ein, und ich fürchtete mich davor, irgendwohin gebracht zu werden, wo man unser Denken verändern und uns die Wahrheit vergessen lassen würde. Jahedah weigerte sich mitzugehen. Sie rannte in die Berge hinauf, und die Helfer wurden ungeduldig. Dann stieg auch Nadschib wieder aus.

»Ich werde sie suchen.«

»Lange können wir nicht warten«, sagten sie und deuteten auf die Uhr, als hätte die Zeit hier irgendeine Bedeutung.

Er nickte verständnisvoll. Ara und ich konnten nicht weglaufen. Wie sonst sollte Sitara überleben? Wir ließen Madar und Baba, unsere ganze Familie zurück, und es war, als würde die Erde aufs Neue aufgerissen. Ich war nicht bereit, sie hier zurückzulassen, begraben unter dem Erdrutsch, für immer verloren. Auch Ara war still. Sie hielt Sitara auf dem Schoß und starrte geradeaus. Ich glaube nicht, dass sie jemals eine Träne für die Zwillinge Nas und Robina vergoss, die unter den Trümmern begraben lagen, die Zwillinge, die sich im ganzen letzten Jahr an sie geklammert hatten – die sie wie ihre Schwester, ihre Mutter, ihre Welt behandelt hatten. Vielleicht hatten sie jetzt Frieden gefunden, waren mit ihrer eigenen Schwester und Mutter vereint. Nein, Ara hatte keine Tränen übrig. Als Nadschib nicht zurückkehrte, fuhr der Lastwagen los. Wir saßen hinten und schauten zu, wie die Trümmer des Dorfes verschwanden, bis sie gar nicht mehr zu sehen waren.

Als wir davonfuhren, brach die Trauer in mir auf. Ein wellenförmiger Kummer überflutete mich, so tief, dass ich nicht bis zum Grund reichte. Meine Hände tasteten nach Ara, damit sie mich festhielt. Meine Nägel gruben sich in ihren Arm, während sie Sitara sanft wiegte und immer wieder »*migozarad, migozarad, migozarad*« sagte. Maman Bozorgs Stimme drang in meine Ohren, während ich weinte und zitterte und Omars *Patu* um mich zog. Die anderen im Lastwagen wichen vor meinen Tränen zurück, als wären sie ansteckend. Ara beruhigte mich, streichelte meine Hand, bis ich nicht mehr weinen konnte. Allah hatte meine Gebete nicht erhört.

Der Lastwagen fuhr die gewundene Straße hinunter, auf der wir vor so vielen Jahren nach der langen Nachtfahrt von Kabul ins Dorf gekommen waren. Ab und zu hielt er an, dann sahen sich die Männer mit den Gewehren um, ob alles sicher war. Der Lastwagen kam an denselben Haltepunkten, denselben Aussichten, denselben gefährlichen Kurven, denselben rostigen Hüllen sowjetischer Panzer vorbei, wie wir sie schon auf dem Hinweg gesehen hatten. Neu waren die Reihen kleiner grüner Flaggen, die im Wind flatterten und die Gräber von Kämpfern markierten. Als wir Kabul erreichten, fuhr der Lastwagen daran vorbei (zu gefährlich, sagten sie), fuhr weg von allem, das wir kannten und liebten, bis wir schließlich die Grenze überquerten und unser neues Zuhause erreichten – ein riesiges Flüchtlingslager, dessen Zelte sich scheinbar kilometerweit über den kargen Boden erstreckten. Wir waren in Pakistan. Unserem neuen Zuhause. Dem Lager. Einer Hölle auf Erden.

Das Lager bestand aus Reihen dichtgepackter, schlammverschmierter Zelte, die mit den Buchstaben UNHCR versehen waren, etwa einen halben Meter voneinander entfernt standen und Platz für fünf, vielleicht sechs Leute boten, oft aber von acht, neun oder mehr bewohnt wurden.

»Ihr habt Glück«, sagte einer der ausländischen Helfer, ein blonder Mann mit weißen Zähnen. »Das hier ist besser als einige andere Lager. Ihr werdet schon zurechtkommen. Bleibt auf jeden Fall zusammen.«

Er nickte Ara und Sitara zu, dann hob er uns aus dem Lastwagen. Hinter uns kroch eine lange Schlange schwerbeladener Menschen dahin, die betäubt und gebrochen aussahen. Verglichen mit ihnen, waren wir stilvoll angekommen.

»Das Privileg der Erdbebenopfer«, scherzte der Mann.

Wir lachten nicht. Er führte uns zu einer Kollegin, einer gehetzt wirkenden jungen Frau mit Klemmbrett.

»Keine Familie«, hauchte er. Sie musterte uns.

Man führte uns durch eine lange Gasse von Zelten, die mit den Symbolen der Hilfsorganisationen versehen waren, und von dort in ein gigantisch großes Zelt, in dem sich fast nur Kinder befanden, Kinder, die alles verloren hatten – Kinder wie wir. Ein Helfer stand am Eingang, einige Erwachsene hielten Wache. Wir bekamen einen Platz zum Schlafen und Wohnen, eine winzige, überfüllte Ecke ohne Privatsphäre. Im Zelt brannte immer Licht. Aus Sicherheitsgründen, wie wir später erfuhren. Im Lager konnte man nämlich spurlos verschwinden. Es kümmerte niemanden. Wir hatten aufgehört, etwas zu bedeuten. Niemand interessierte sich mehr dafür, wer wir waren, welche Geschichten wir erlebt hatten. Wir waren nur noch Nummern auf einer Liste von Vertriebenen, von Flüchtlingen.

Die Tage hatten einen festen Ablauf. Anfangs verbrachten wir viele Stunden in Warteschlangen, weil wir das System und die Regeln noch nicht kannten und niemanden fragen wollten. Dann fing Ara, die seit dem Erdbeben so still gewesen war, an, mit allen im Lager zu reden. Sie hatte Madars Fähigkeit, Freunde und Hilfe zu finden, geerbt. Wir sorgten dafür, dass Sitara genügend Essen und Wasser bekam. Wir baten die älteren Frauen um Hilfe und Rat. Sie verscheuchten uns wie Fliegen. Sitara lernte im Staub des Lagers laufen, wackelte zwischen Zeltstangen und Wäscheleinen umher. Als sie ihre ersten Schritte machte, sprudelte ein strahlendes Lächeln aus ihr hervor, und sie klatschte in die Hände.

Es waren Hunderte im Lager, Tausende, ein endloses Meer sitzender Gestalten, Jungen, die draußen umherliefen, Mädchen, die sich meist in den Zelten aufhielten, der Sicherheit wegen. Es gab keine Ordnung. Viele hatten es aufgegeben, sich dort ein Leben aufzubauen. Den Einheimischen waren wir nicht willkommen, weil wir angeblich Probleme, Krankheiten und Unglück brachten. Auch den Helfern waren wir nicht willkommen, die überwältigt und überarbeitet waren und sich nicht um so viele verlorene Seelen kümmern konnten. Sie mahnten uns erneut, zusammen und in der Nähe des Zeltes zu bleiben.

Es gab keine Schule, obwohl man vorübergehend Klassen einrichtete, die von verschiedenen Hilfsorganisationen betreut wurden. Sie bestanden nie länger als ein paar Wochen, dann gab es Dringenderes zu tun. Das Personal war nicht mehr in der Lage, beim Unterrichten zu helfen, und die Kinder zerstreuten sich. Stattdessen wurden wir bemitleidet und gelegentlich von ausländischen Journalisten oder Besuchern gefilmt, die durch das Lager gingen und uns fasziniert und entsetzt betrachteten. Oft konnten wir uns nicht waschen, und unsere Kleidung war bald fadenscheinig. Unsere Haare waren verfilzt. Wir sahen nicht mehr wie wir selber aus. Madar war immer so reinlich gewesen, hatte uns stundenlang die Haare gebürstet und geflochten. Mich überlief ein Schauer, als ich daran dachte, was sie zu unserem Anblick gesagt hätte.

Ara war nur noch verbittert und zornig. Sie gab den Taliban die Schuld an unserem Unglück, den Russen, den Amerikanern, Baba, Madar, einfach allen. Ich stritt nicht mit ihr. Sie war alles, was mir geblieben war, und ich wollte sie nicht auch noch verlieren.

»Deine Tochter ist hübsch«, sagte eine junge Frau eines Tages im Vorbeigehen und deutete auf Sitara. Ara schaute sie zuerst verwirrt und dann entsetzt an. »Das ist meine Schwester«, rief sie ihr nach. Die Frau, die ein freundliches Gesicht und traurige Augen hatte, kam zurück, um sich mit uns zu unterhalten. »Ich bin Hafizah. Ich helfe hier aus.« Sie deutete auf das Zelt, und wir begannen zu reden und erzählten ihr unsere Geschichte.

»Ihr seid also aus Baglan? Da hat mein Mann gewohnt, bevor … bevor die Taliban ihn geholt haben.« Sie schaute uns an. »Es ist nicht gut, allein zu sein. Falls ihr Hilfe braucht, fragt nach Hafizah.« Dann ging sie weiter, gefolgt von den beiden Mädchen, die sie bei sich aufgenommen hatte. Sie waren Waisen wie wir. Später lernten wir sie besser kennen. Parwana war etwa in Aras Alter, obwohl sie älter wirkte und größer war. Benafsha war jünger als ich, ein hübsches kleines Mädchen mit blonden Locken und grünen Augen. Sie erinnerte mich an Robina, und es tat mir im Herzen weh, sie anzusehen. Nach diesem ersten Gespräch kümmerte Hafizah sich um uns. Sie sorgte dafür, dass wir jeden Tag zu essen hatten. Sie vergewisserte sich, dass Sitara badete und so sauber war, wie es die Umstände zuließen, und dass wir zum Arzt gingen. Allmählich ließen wir sie an uns heran, zuerst vorsichtig, und dann, als uns nur Güte und Sorge zuteilwurden, gestatteten wir uns den Gedanken, dass sie sich um uns kümmern, eine neue Mutter für uns werden könnte.

Menschen tun schreckliche Dinge, wenn sie sich unbeobachtet glauben. Nachts hörten wir Schreie aus anderen Ecken des Lagers. Morgens liefen Kinder wie betäubt und mit roten Augen umher. Wir hörten Geschichten. Wir hörten von jungen Mädchen, nicht älter als Ara oder sogar ich, die sich für Geld an Fremde verkauften, die verkauft oder einfach vergewaltigt wurden. Das galt auch für einige der Jungen – für die Hübschen, die niemanden hatten, der sie beschützte. Das mag undenkbar erscheinen, aber wir sahen ihre Gesichter und wussten, dass es stimmte.

Ara verbot mir, mich allein für Essen anzustellen oder in den Waschraum zu gehen. Wir würden alles gemeinsam tun. Wir würden einander und vor allem Sitara beschützen. Einige der jungen Mädchen hatten entstellte Gesichter, eine Strafe für ihr Verhalten, sie waren gezeichnet und galten damit als frei verfügbar. Wer sonst würde sie jetzt noch nehmen? Wir sahen Mädchen mit ihren eigenen Babys. Hafizah warnte uns davor, mit ihnen zu reden.

»Ihr wollt die Geschichten gar nicht hören.«

Stattdessen spielten wir mit Benafsha und Parwana, unseren neuen Freundinnen, die im Hauptzelt gleich neben uns ihr Lager aufgeschlagen hatten. Wir spielten stille, hoffnungsvolle Spiele wie *Sang Chill Bazi*. Benafsha warf einen Kiesel in die Luft und griff nach den anderen auf dem Boden, dann war Parwana an der Reihe, dann Ara, dann ich – wieder und wieder, bis eine Siegerin feststand. Oder wir erzählten einander Geschichten, teilten Erinnerungen an daheim, erfanden glückliche Erlebnisse unter der feuchten Zeltplane. Ich erzählte Benafsha flüsternd, dass Ara, Sitara und ich aus dem Lager fliehen, unseren Bruder Omar suchen und ins gelbe Haus in Kabul zurückkehren würden, wenn die Kämpfe erst vorüber wären. Sie drückte meine Hand und sagte, das sei ein sehr guter Plan.

An sonnigen Tagen spielten wir mit anderen Kindern Fangen, wenn Hafizah es erlaubte. Dann passte Parwana auf uns auf.

»Komm, Samar.« Benafsha zog mich mit sich. Wir waren die Tauben, die auf dem staubigen Boden pickten; Parwana der Adler. Sie war auf einen Container geklettert, der am Ende der Zeltreihe stand. Sie schaute einmal über das ganze Lager, sprang dann herunter und jagte uns, wobei sie mit ausgestreckten Armen so viele wie möglich einzufangen suchte.

»Lauf, Benafsha«, rief ich lachend und tanzte von Parwana weg, während die anderen Kinder in alle Richtungen flohen.

Wir landeten sicher wieder »zu Hause«, in einer Ecke der Zeltreihe, gleich neben einem hohen Flaggenmast. Atemlos, lachend, frei.

In jenen Augenblicken erinnerte ich mich daran, dass ich noch spielen, mir Dinge ausdenken, Freundschaften schließen, ja sogar lachen konnte, dass das Leben weiterging. Wenn nachts die Angst in meine Träume drang, redete ich manchmal im Schlaf. Dann griff Benafsha nach meiner Hand.

»Es ist gut, Samar«, flüsterte sie, und ich hielt mich an diesem jungen Mädchen fest, das ich eigentlich gar nicht kannte.

Die Tage verschwammen ineinander. Monate vergingen. Es schien, als würden wir das Lager nie verlassen. Es wuchs mit jeder Woche, immer neue Menschen trafen auf Lastwagen, in Karren oder zu Fuß ein – im Gesicht die gleiche Mischung aus Hoffnung und Angst wie bei uns bei unserer Ankunft. Im Hauptzelt wurde es immer enger. Hafizah erbat ein eigenes Zelt für sich und uns fünf Kinder. Wir flehten die Helfer an, uns eins zu geben, bis sie schließlich ja sagten, überwältigt von der Verzweiflung in unseren Augen und weil sie den Platz für andere Waisen brauchten, um die sich niemand kümmerte. Hafizah erhielt ein kleines Zelt am Ende einer Reihe, weit weg von der bisherigen Unterkunft, in der die Lampen bis zur Morgendämmerung brannten und in der man nie in der Dunkelheit die Augen schließen und vergessen konnte, wo man war, nicht eine einzige Nacht lang. Wir sehnten uns nach der Dunkelheit, wollten die Augen schließen und alles aussperren.

Hafizah sagte, jede von uns solle sich eine Ecke in unserem

neuen Heim aussuchen. Niemand wollte neben der Zeltklappe liegen. Letzten Endes platzierte Parwana widerwillig ihren Schlafsack davor. Ara und ich legten uns mit Sitara auf die eine Seite, wobei Ara an der Zeltwand lag. Benafsha rollte sich nah bei Hafizah auf der anderen Seite zusammen. Nachts wurde es bitterkalt, und wir breiteten alle Kleidungsstücke und Decken über uns und drängten uns dicht aneinander. Der Boden war mit Plastik abgedeckt, um uns vor dem Regen zu schützen. Den Platz vor dem Zelt nutzte Hafizah zum Kochen, wenn sie Brennstoff hatte, und tagsüber saßen wir im Zelt oder davor, wobei wir uns der fremden Blicke stets bewusst waren.

Im Lager wurde regelmäßig gestohlen. Nichts war sicher, außer man befestigte es am Körper, und selbst dann waren geschickte Diebe fähig, es einem wegzunehmen. Ara trug eine goldene Kette, die Madar ihr geschenkt hatte, ein Stück ihres alten Lebens. Sie musste sie unter ihrem Oberteil verbergen, sonst hätte man sie ihr sofort gestohlen. Wir lernten, indem wir das Leben im Lager beobachteten. Wir lernten Fertigkeiten, die nichts mit unserem Leben im Gebirge zu tun hatten und der Freiheit, die wir dort genossen hatten. Selbst als die Taliban anfingen, unser Leben einzuschränken, konnten wir noch in die Berge laufen und uns frei fühlen. Hier wuchs mit den Monaten nur unsere Verzweiflung.

Wir wurden schwächer. Es gab schlechtes Essen und das auch nur unregelmäßig. Kein sauberes Wasser. Die Leute waren ständig krank. Viele starben. Sie wurden hinter dem Lager begraben, nicht weit von den Zelten. Die Ausländer, die für die Hilfsorganisationen arbeiteten, taten, was sie konnten, aber es war nie genug. Ara gab ihr Essen oft an Sitara und mich weiter.

»Iss«, sagte sie, wobei mich ihre dunklen Augen gierig betrachteten, und ich achtete nicht auf die Steinchen im Reis und die Fliegen, die uns umgaben. Wir alle machten uns Sorgen um Sitara. Ihr Bauch war angeschwollen, ihre Augen wirkten groß und verloren über den hohlen Wangen, ihr weiches Babyhaar fiel büschelweise aus. Sie hatte schwarze Beulen an den Beinen. Sie hörte auf zu laufen und saß nur noch auf einer Decke wie eine alte, müde Frau.

Nachts erlaubte ich mir nur kurze Strecken Schlaf, und dann erschien Madar in meinen Träumen und rief nach Sitara. Nach Ara und mir rief sie nie. Ich konnte Javads Gelächter hören und erinnerte mich an das Letzte, was er zu mir gesagt hatte: »Du kannst es nicht verhindern. Das kann niemand.«

Ich erwachte schweißnass und verängstigt. Aber er war nicht da. Er würde nie zurückkommen. Sie waren alle weg. Unsere letzte Hoffnung war Omar – dass er noch lebte und irgendwo dort draußen in den Bergen kämpfte. Das wollten wir jedenfalls glauben und erlaubten uns, davon zu träumen und von einer Zeit in nicht allzu ferner Zukunft, in der er uns aus dem Lager holen würde. Dann wären wir wieder eine Art Familie.

»Meinst du, er erinnert sich an uns?«, fragte ich Ara.

»Natürlich.«

»Aber wenn er jetzt anders ist?«

Sie zuckte mit den Schultern.

»Wir könnten zurückgehen, wir alle ... zum alten Haus.« Ich legte den Gedanken in ihre Hände. Ara erwog ihn und schüttelte den Kopf. »Wir können nicht zurück, Samar. Niemals.«

Doch ich wollte es nicht wahrhaben.

Ich konnte mich an das gelbe Haus erinnern und wie ich im Innenhof gespielt hatte, an den Duft der Blumen neben der Tür.

»Da wuchsen Rosenbüsche, Geißblatt – weißt du noch, Samar? Und die Bäume, hinter denen man sich verstecken konnte, der ganz große neben dem Tor – auf den wollte Javad immer klettern«, sagte Ara. Sie erzählte mir wieder und wieder davon – dass die Mauern blassgelb waren, das Dach flach, dass man von dort aus über die Stadt schauen konnte, die sich weiß vor dem blauen Himmel von Kabul abzeichnete. Und dann sah ich uns alle. Omar und Javad spielten, Ara lachte mit ihnen – wir rannten durch den Garten, jagten einander, fielen lachend ins Gras.

Madar saß im Schatten. Sie las und summte dabei eine Melodie. Arsalan und Baba saßen an der Tür. Sie hatten zwei Küchenstühle und einen kleinen roten Tisch nach draußen geholt, tranken Chai und redeten mit gedämpfter Stimme. An all das erinnerte ich mich. Ich wollte zu diesen Erinnerungen durchdringen und wieder dort sein.

Ich musste aus dem Lager fliehen. Ich bekam Fieber und einen irren, glasigen Blick. Ara machte sich Sorgen. Auch Sitara war schwach und krank. Die Stunden vergingen, und mein Zustand verschlimmerte sich. Hafizah wollte Ara losschicken, um einen Arzt zu holen. Ara zögerte am Zelteingang. Sie wollte uns nicht allein lassen und auch nicht allein weggehen. Es wurde dunkel, sie wäre dort draußen nicht sicher. Die anderen waren Wasser holen gegangen. Hafizah scheuchte sie weg.

»Geh ins Hauptzelt, dort wird dir jemand helfen. Es ist dringend, sie fühlt sich sehr heiß an; sie ist krank und das Baby auch.« Sie wiegte Sitara, die schlaff auf ihrem Schoß hing.

Wer ist krank?, fragte ich mich und begriff, dass sie über mich sprachen.

Ich begann, aus meinem Körper herauszuschweben und im Zelt zu kreisen, bewegte mich hoch zur Stange in der Mitte, die die Zeltplane hielt. Das gelbe Haus drehte sich jetzt auch. Ich lag im kühlen Gras und zupfte es büschelweise aus. Ein Adler segelte über mir dahin, sein anmutiger Flug verzauberte mich. Ich war durstig. Ich rief nach Madar, sie solle mir etwas zu trinken bringen. Sie blickte nicht von ihrem Buch auf. Ara war weg ... ich konnte sie nicht mehr sehen. Omar und Javad trugen neben mir im Gras Kämpfe aus.

»Ist Ara Wasser holen gegangen?«

Hafizah strich mir über die fiebrige Stirn, aber ich war nicht mehr im Zelt. Ich war im Gebirge bei meinen Großeltern. Ich war in der Wohnhöhle und sah zu, wie die Lampe flackerte. Maman Bozorg hielt meine Hand und streichelte mir über die Stirn.

»Ist ja gut, Samar. Du musst schlafen. Der Schmerz geht vorbei.« Aber ich konnte nicht schlafen.

Baba Bozorg rüttelte mich.

»Halte sie wach«, sagte er mit scharfer Stimme.

Ich hörte von draußen ein Rumpeln wie fernen Donner, zuerst leise, dann lauter, dann brach die Wohnhöhle über uns zusammen, und ich erstickte. Ich konnte nicht atmen. Meine Hände tasteten nach meiner Kehle, und die Dunkelheit bedeckte alles.

Es dauerte Tage, bis ich mich erholt hatte, und dann stellte ich fest, dass Ara verschwunden war.

Ich öffnete die Augen und fand mich im Krankenzelt. Eine ausländische Krankenschwester, die mein Handgelenk hielt, sah mich an. Sie lächelte. Ums Bett standen Leute.

»Schaut nur, sie ...«, sagte jemand. Das Licht tat mir in den Augen weh. Ich wollte mein Handgelenk schützend davorlegen, aber mein Arm war an Schläuchen befestigt, ein Tropf beförderte Flüssigkeit in meinen Körper. Zuerst wusste ich nicht, wo ich war, dann fiel es mir wieder ein. Ich machte die Augen zu. Meine Kehle brannte.

»Ara«, rief ich mit schwacher Stimme. Niemand sagte etwas.

»Meine Schwester. Ich will meine Schwester sehen.«

Die Krankenschwester drückte meine Hand. Sie beugte sich vor, damit ich sehen konnte, wie leid es ihr tat.

»Deine Schwester ist tot«, sagte sie sanft. »Sie war auch sehr krank. Es ist ein Wunder, dass du überlebt hast.«

Ich spürte Tränen auf meinen Wangen.

»Ara ...«

Die Krankenschwester schaute mich an.

»Nein, nicht Ara … nicht diese Schwester. Es war die Kleine, Sitara, sie ist jetzt bei den Engeln.«

Sitara war tot. Meine Augen brannten, als mich Erleichterung und dann Scham überkam und zuletzt das stille Gefühl des Verlustes. Sitara – nicht Ara. Ich würde beizeiten um Sitara trauern, hatte aber ohnehin wenig Hoffnung gehabt, dass sie die Hölle des Lagers überleben würde, und nun hatte sie ihren Frieden bei Madar gefunden – dessen war ich mir sicher. Es war besser, dass sie nicht hier war.

Die Krankenschwester drückte noch einmal meine Hand. Ich schloss die Augen. Bald war es nicht mehr die Krankenschwester, sondern Madar, die meine Hand hielt. »Es ist gut, Samar. Schlaf, ruh dich aus«, hörte ich sie sagen.

»Aber Sitara …« Sie musste es doch erfahren.

»Scht, Samar, alles ist gut.« Madars Stimme wiegte mich in den Schlaf.

Die Stimmen um mich herum wurden zu einem leisen Murmeln. Später hoben sie die Tragbahre an, auf die sie mich gelegt hatten, und brachten mich woandershin.

»Sagt es Ara«, murmelte ich, als die Schwester meine Hand losließ.

Sie brauchten das Bett für jemanden, der dem Tod näher war als ich. Sie brauchten den Platz für ein weiteres Wunder.

»Du hattest Fieber, Samar, ein Gehirnfieber wie die Kleine«, sagte die Krankenschwester und schaute mich an. »Dieses Virus hat viele Leben gekostet. Deine Schwester – Ara, nicht wahr? – hat gut daran getan, dich zu uns zu bringen. Du wärst beinahe ...« Sie hielt inne, um mich nicht weiter zu ängstigen.

»Ich möchte ...« Ich wollte *nach Hause* sagen, und das überwältigte mich völlig. Ich konnte nicht nach Hause gehen. Ich hatte kein Zuhause mehr und keine Familie, zu der ich zurückkehren konnte. Mir war nichts geblieben außer Ara und der Hoffnung, dass Omar zurückkehren würde.

Warum ist sie nicht hier?, dachte ich und sah mich um. Im Krankenzelt waren noch andere Kinder – einige hatten Fieber, andere verletzte Gliedmaßen; alle waren schwach, krank und vielleicht schlimmer dran als ich.

Ich hatte gleichermaßen Angst zu fragen und nicht zu fragen. »Kommt meine Schwester Ara heute?« Die Krankenschwester half einem anderen Mädchen, sich aufzusetzen. Sein Gesicht war verbunden. Ich konnte Verbrennungen sehen. Das Mädchen klammerte sich an die Schwester.

»Sie war seit ein paar Tagen nicht hier«, sagte die Frau. »Vorher ist sie jeden Tag gekommen und hat bei dir gesessen. Sie hat uns auch die Kleine gebracht – aber für sie war es zu spät.«

Mein Herz zog sich zusammen. Ara hatte mich seit Tagen nicht besucht. Was hatte sie davon abgehalten? Sie würde mich nie alleinlassen. Vielleicht hatte Hafizah sie daran gehindert, damit sie sich nicht ansteckte. Ja, das musste es sein. Wenn ich ins Zelt zurückkehrte, wäre sie dort, und wir wären wieder zusammen. Der Gedanke munterte mich auf.

»Wir können leider nicht mehr für dich tun«, sagte die Krankenschwester. »Das ist eine gute Neuigkeit – du kannst gehen. Du bist mehr oder weniger gesund.« Ich nickte wie betäubt.

»Du hattest viele Tage Fieber und hast viel im Delirium geredet. Aber die Krise ist überstanden. Wenn du erst zu Kräften kommst, wird alles gut.« Sie lächelte halb hoffnungsvoll, halb traurig.

Ich wollte nicht weg.

»Ich will …« Meine Worte verblassten zu nichts. Die Krankenschwestern und Ärzte konnten mich nicht hierbehalten, und Ara wartete auf mich.

Ich überlegte, wie ich in diesem endlosen Meer aus Zelten unser Zelt finden sollte. Ich fragte nach dem Waisenzelt, weil ich mich von dort aus orientieren konnte. Sie erklärten mir den Weg, und die Krankenschwester, deren Gesicht von schlaflosen Nächten gezeichnet war, sagte: »Pass auf dich auf!«

Halb gehend, halb rennend, begab ich mich zum Waisenzelt, vorbei an endlosen Reihen kleinerer Zelte, die sich bis weit in die Ferne erstreckten – blaue, grüne und weiße Zelte, das Weiß dunkelrot von Erde und Staub. An den Seiten kräuselten sich aufgedruckte blaue UNHCR-Logos im Wind, als könnten sie irgendeinen Schutz bieten. Männer und Jungen standen am Wegrand und beobachteten mich. Manche lächelten, andere starrten mich nur an. Ich musste langsamer gehen, um Atem zu schöpfen. Nachdem ich tagelang gelegen hatte, ging mir die Puste aus. Die Reihen verschwammen vor meinen Augen, und ich fühlte mich ganz schwach.

Ich beugte mich vor und sog tief die Luft ein. Meine Brust

tat weh. Hinter dem Meer aus Zelten erhoben sich die Berge, die weiter unten dunkelgrün gepunktet waren von den Bäumen. Der Himmel war rosa und orange gestreift, die Luft auf meinen Wangen kühl. Ich spürte eine Bewegung, jemand griff nach meiner Hand. Ich rannte los, stolperte zum Zelt für Waisenkinder. Als ich dort ankam, schob mich eine Frau hinein.

»Ich muss meine Schwester suchen«, sagte ich kopfschüttelnd und rannte weiter. Jetzt kannte ich den Weg und wand mich zwischen den letzten Reihen hindurch, bis ich unvermittelt stehen blieb.

Das Zelt war weg. Es waren nur ein Flecken plattgedrückter Erde geblieben und der Umriss, wo es gestanden hatte. Ich sank auf die Knie und berührte den Boden. In meinen Kopf war alles leer, und ich begann zu weinen. Ich spielte mit dem Gedanken, die Leute in den Nachbarzelten zu fragen – sie mussten doch etwas wissen. Sie konnten nicht einfach alle verschwunden sein. Ich hob die nächstbeste Zeltklappe und rief ein »Hallo?« hinein.

Ein mir unbekannter Mann mit dunklen Locken, der einen wollenen *Pakol* auf dem Kopf trug, steckte den Kopf heraus. Er musterte mich eingehend und bat mich herein, als er sah, dass ich allein war. Ich wich zurück und rannte wieder zum Waisenzelt. Dort nahm man mich auf. Ich verbrachte den Tag auf einer blau-grün gefleckten Matte, deren Baumwollstoff mit Goldfäden durchwirkt war. Ich wiegte mich hin und her und dachte, jemand wird mir schon helfen. Sie sind mit dem

Zelt umgezogen. Aber wieso? Wo sind sie jetzt? Im Lager zogen die Leute gelegentlich um – wenn ein besserer Platz verfügbar wurde oder ein Zelt ersetzt werden musste oder andere das Zelt brauchten oder mehrere Familien zusammenziehen mussten. Leute gingen weg. Wurden krank. Oder starben.

Ich beschloss, noch einmal hinzugehen, und bat eine der Helferinnen, mich zu begleiten. Sie war groß und blasshäutig, ihre Haare hatten die Farbe von Ringelblumen. Sie nahm meine Hand, und wir kehrten zu der Stelle zurück, an der das Zelt gestanden hatte – mein Zuhause, so notdürftig es auch gewesen sein mochte. Ich fragte eine Nachbarin, wohin sie gegangen seien.

»Ach, Hafizah hat gesagt, sie will zurück nach Afghanistan. Sie hatte genug vom Lager. Und als das kleine Mädchen starb – ich glaube, das hat sie gebrochen.«

»Und Ara? Meine Schwester?« Ich biss mir auf die Lippe.

»Oh ...« Die Frau senkte den Blick. »Sie wird vermisst.«

»Vermisst?«

»Hafizah hat nach ihr gesucht, konnte sie aber nicht finden. Sie kam eines Abends vom Krankenzelt nicht zurück. Man ließ sie nicht bei dir übernachten, also musste sie immer hin- und herlaufen«, sagte die Nachbarin, eine junge und doch so alt aussehende Frau.

»Was soll man machen?«, sagte sie, als sie mein Gesicht sah. »Gib die Hoffnung nicht auf. Sie wird schon kommen.«

Die Helferin und die Frau schauten einander nervös an. Ara

würde nicht zurückkommen. Ich bedankte mich. Sie umarmte mich sanft, und wir kehrten wieder zum großen Zelt zurück.

In jeder Nacht konnte ich beim grellen Licht kaum schlafen. Mir wurde klar, dass ich Ara unbedingt finden musste. Also begann ich am nächsten Morgen, andere Kinder nach ihr zu fragen. Ich sprach mit jedem Kind, dem ich begegnete. Ich fragte nach Ara, beschrieb sie, ihre dunklen Augen, das hübsche Gesicht, ihr gackerndes Lachen, ihr heftiges Temperament, ihre schöne Singstimme. Alle schüttelten den Kopf und wandten sich ab. Ich fragte eine Gruppe Mädchen, von denen man wusste, dass sie sich den Soldaten und Männern im Lager hingaben. Sie sagten mir, ich solle bei ihnen bleiben, doch ich lehnte ab. Auch sie hatten Ara nicht gesehen. Ich war erleichtert – so etwas konnte ich mir bei meiner Schwester auch nicht vorstellen. Sie würde sich niemals wegschenken. Lieber würde sie verhungern.

Dann fragte ich eine Gruppe Jungen. Bei einem – er war jünger und kleiner als die übrigen – blitzte Erkennen auf, als ich Ara erwähnte. Er schaute mich auch länger als die anderen an. Dann ergriff er wortlos meine Hand und bedeutete mir, ihm zu folgen.

»Das ist Aaqel«, sagten die anderen. »Stumm. Redet nicht.« Ich nickte. Der schweigende Junge macht mir keine Angst, und ich merkte, dass er etwas wusste. Er führte mich weg von den Zelten, vorbei an den Lehmhäusern, die einige Männer am Rande des Lagers errichtet hatten, nachdem ihnen klargeworden war, dass sie so bald nicht heimkehren würden. Aaqel führte mich zum Flussufer, wo Kinder spielten. Wir kletterten die Böschung hinunter. Das Wasser war grau und trüb und niedrig. Der Regen hatte noch nicht eingesetzt. Ein paar Jungen sprangen über das flache, schlammige Wasser, hüpften von einem Stein zum anderen, und einer von ihnen winkte Aaqel zu.

Wir gingen am Fluss entlang, bis er auf etwas zeigte, das im Wasser trieb, sich blähender Stoff, der sich an Steinen und Zweigen verfangen hatte.

Angst durchzuckte mich. Der Stoff erinnerte mich an Aras Tuch. Vorsichtig stapften wir durch den Schlamm, der unter meinen Füßen zerfloss, meine Knöchel wurden feucht. Der Junge blieb ein Stück zurück, als ich mich vorbeugte und die Leiche umdrehte. Es war Ara. Ihr Gesicht war blutunterlaufen und aufgequollen, aber sie war es. Ich wandte mich ab, mir stieg ein widerlich bitterer Geschmack in die Kehle. Aaqel schaute weg.

»Sie ist es«, sagte ich, obwohl er es bereits wusste. »Hilf mir ... bitte.«

Gemeinsam hoben wir die aufgetriebene Leiche hoch und trugen sie ans Ufer. Ihr Gesicht sah so schockiert aus. Ich mochte nicht daran denken, was man ihr angetan hatte, wie sie hierhergelangt war, wem ich die Schuld geben sollte. Der Zorn brannte in mir. Ich konnte sie nur in den Armen halten und weinen. Die Trauer strömte aus mir heraus. Ich weinte um meine schöne Schwester, die die Welt sehen wollte, die davon träumte, in Paris zu leben, sich eines Tages zu verlieben und frei über die Boulevards zu schlendern, die davon träumte, eine berühmte Sängerin zu werden. Ich weinte um Madar und Baba, um meine Großeltern, Javad, die Zwillinge, den kleinen Arsalan, die alle tot und begraben im Gebirge lagen. Ich weinte um Sitara, die mir das Fieber geraubt hatte, und ich weinte, weil ich nicht wusste, ob Omar noch lebte. Ich weinte um mich selbst und um Aaqel und alle anderen Kinder, die an diesem verfluchten, höllischen Ort gefangen waren.

Um Hafizah, die mich verlassen hatte und der ich die Schuld an Aras Tod gab, weinte ich nicht. Es tat gut, jemandem die Schuld zu geben.

Wir saßen da, und obwohl es mir nur wie Augenblicke erschien, müssen es Stunden gewesen sein, denn der Himmel wurde langsam dunkel. Aaqel schaute mich an. Wir würden sie begraben. Ich erinnerte mich an Madars Goldkette und kniete mich so hin, dass er nicht sah, wie ich danach tastete. Ara trug sie noch um den Hals. Den Tätern war es nicht um Gold gegangen. Meine Finger tasteten nach der Schließe, und ich löste die Kette von ihrem Hals.

In diesem Augenblick beschloss ich, dass ich nicht hier verrotten und sterben würde. Die Kette konnte Ara nicht mehr retten, mich hingegen schon. Sie würde mir helfen, das Lager weit hinter mir zu lassen.

Aaqel und ich begruben sie am Flussufer. Einige der älteren Kinder halfen mit. Wir gruben mit den Händen – etwas anderes hatten wir nicht. Der feuchtkalte Schlamm glitt zwischen meinen Fingern hindurch. Als wir fertig waren, kniete ich mich neben die aufgetürmte Erde, die jetzt mit Steinen bedeckt war. Ich steckte einen Stock hinein und knotete eine Ecke von Aras zerrissenem Tuch daran, so dass es frei im Wind flatterte. Wir beteten, sie möge Frieden finden. Aaqel hielt meine Hand, und wir beide standen da, als die Dunkelheit hereinbrach.

Ich verabschiedete mich von Ara. Ich verabschiedete mich vom Lager. Im Inneren war ich leer; taub. Meine Tränen hatten mich leergemacht. Es war Zeit, nach Hause zu gehen.

5. Teil

Auf jede Dunkelheit folgt Licht.

19

In ein Flüchtlingslager hineinzukommen ist einfach. Ein Lastwagen bringt einen her, die Not, die Verzweiflung. Man folgt den Reihen anderer verlorener Seelen, die alles, was sie aus ihrem alten Leben retten konnten, auf Schultern und Rücken tragen. Ein Flüchtlingslager zu verlassen ist schwieriger. Viele Leute bleiben jahrelang hier oder verbringen ihr ganzes Leben im Lager. Sie haben alle Hoffnung verloren, jemals nach Hause zurückzukehren. Sie vergessen es, um zu überleben.

Ich musste einen Fluchtweg finden. Nachts träumte ich vom gelben Haus in Kabul. Es war meine letzte Hoffnung. Sicher würde Omar dorthin gehen, sobald ihm klargeworden war, dass das Dorf nicht mehr existierte. Er würde zurückkommen, das glaubte ich ganz fest. Ich sagte es mir wieder und wieder. Wer sonst war mir geblieben? Die Eltern meiner Mutter hatten uns vor langer Zeit verstoßen. Bei ihnen wäre ich nicht willkommen.

Also blieb nur meine Tante Amira. Sie war nach Moskau oder Sankt Petersburg geflohen. Madar hatte von einer Gegend in Moskau gesprochen, in der Afghanen lebten, in der die Straßen nach dem Naan-Brot in den Backöfen rochen. Amira hatte es vor langer Zeit in einem Brief erwähnt, den sie ans gelbe Haus geschickt hatte. Sie hatte davon gesprochen, dass wir sie eines Tages in Russland besuchen sollten. *Inschallah.* Eines Tages. Vielleicht wollten Madar und Baba dorthin mit uns fliehen. Amira könnte mir helfen, mich bei sich aufnehmen, aber es schien nahezu unmöglich. Wie sollte ich sie finden, woran erkennen? Nein, mir war nur das gelbe Haus geblieben.

Am nächsten Morgen stellte ich mich in die kurze Schlange der Leute, die nach dem Gebet das Lager verließen. Wir warteten im Frühlicht. Ich stellte mich zu einer Familie mit vielen Kindern und tat, als würde ich dazugehören, hielt mich möglichst von den Wachen fern. Ich war zu jung, um allein zu reisen, es würde Aufmerksamkeit erregen. Sie würden mich im Lager behalten, bis jemand mich abholte. Das durfte nicht passieren. Also wickelte ich mir das Tuch fester ums Gesicht und schaute zu Boden. Die Erwachsenen sprachen mit den Wachen.

»Wohin? Bamiyan ... Da wollen wir hin. Dort soll es einigermaßen friedlich sein. Wir lassen es einfach drauf ankommen«, sagte der Vater, und die Wachen zuckten mit den Schultern. Auf der anderen Seite wartete eine Schlange von Leuten, die ins Lager hereinwollten. Der Vater sagte den Wachen, ins Lager zu gehen sei ein Fehler gewesen. Die Männer nickten. Es war ihnen egal, sie rechneten ohnehin damit, uns bald wiederzusehen. Dann winkten sie uns durch. Ich hielt die Augen gesenkt, bis wir das Lager ein Stück hinter uns gelassen hatten. Die Mutter drehte sich um und zog mich von den Kindern weg, als sie bemerkte, dass ich ihnen auf der ungepflasterten Straße folgte.

»Du bist jetzt draußen«, zischte sie. »Du kannst unmöglich bei uns bleiben, verstanden?« Sie sprach langsam, als wäre ich dumm oder begriffsstutzig. Ich blieb stehen und ließ sie weitergehen, bestürzt über ihren Zorn.

Also schloss ich mich der nächsten Gruppe an. Sie bestand aus einem alten Mann in einem rot-grün gestreiften *Chapan*; seinem Sohn, nicht alt, aber schon zermürbt vom Lagerleben; und der Frau des Sohnes, in deren Haaren silberne Strähnen schimmerten, obwohl ihre Augen noch voller Wärme waren.

»Wir kommen aus Hazarajat – und du, Kind? Wo bist du zu Hause?«, fragte mich der alte Mann mit sanfter, leiser Stimme. »Warum reist du allein?« Einen Moment lang wusste ich keine Antwort.

»Kabul. Ich komme aus Kabul. Ich will zu dem Haus, in dem meine Familie gelebt hat.«

Sie nickten, verstanden mich irgendwie, waren aber nicht mehr so neugierig auf meine Geschichte. Sie hatten zu viele traurige Geschichten gehört. Da brauchte ich ihnen meine nicht auch noch zu erzählen. Es reichte, dass wir zusammen gingen. Ich wollte weder Fragen noch Mitleid.

Ich war noch von der Krankheit geschwächt, und mir tat das Herz weh, weil ich Ara und Sitara zurücklassen musste, doch mit jedem Schritt rückte Kabul näher und das Lager weiter weg, und so setzte ich einen Fuß vor den anderen und blieb nur stehen, um zu trinken oder mich kurz auszuruhen. Die Sonne brannte erbarmungslos auf uns nieder, und es war anstrengend, bei der Hitze zu laufen, aber ich würde mich nicht unterkriegen lassen. Gelegentlich kam uns ein Hilfslaster entgegen. Die Fahrer hielten an, gaben uns Essen und Wasser, waren immer bereit, Leute mitzunehmen, die aufgegeben hatten und ins Lager zurückwollten.

Diese Fremden mit ihren Lastern waren eine seltsame Gruppe – sie kamen aus vielen Ländern und hatten allesamt den Schmutz und Staub des Krieges gewählt. Sie schauten uns bestenfalls mitfühlend und schlimmstenfalls verzweifelt an. Ich fragte mich, wie es wäre, vorübergehend in die Probleme eines Landes einzutauchen, zu helfen, so gut man konnte, dankbar oder mit schlechtem Gewissen, weil man selbst nicht so leben musste. Die meisten Helfer waren gute Menschen, das wusste ich. Aber letztlich würden sie wieder weggehen. Sie alle konnten einen enttäuschen. Ich war wütend, weil sie bei Ara versagt hatten. Und auch einfach so.

Zuerst fürchtete ich, wir könnten in die falsche Richtung gehen, weiter nach Pakistan hinein, doch die Helfer zeigten uns, wo Kabul lag. Ich erinnerte mich an die lange Fahrt ins Lager und konnte die Entfernung nur ungefähr abschätzen, die vielen Tagesmärsche nur erahnen, die ich noch zurücklegen musste.

»Wie ist es denn jetzt so in Kabul?«, fragte ich die Helfer.

Nun, da ich das Lager hinter mir gelassen hatte, wurde ich mutiger.

Sie schüttelten den Kopf. »Nicht gut.«

Man warnte uns vor Banditen und Scharfschützen, vor wilden Tieren, vor der offenen Hauptstraße, wir sollten lieber die Bergpfade benutzen und dabei auf Minen achten. Wir nickten und setzten unser Vertrauen in Allah.

Ich fragte mich allmählich, ob das gelbe Haus überhaupt noch stand oder ob es von Granaten zerstört worden war wie so vieles im Land. Ich musste darauf vertrauen, dass irgendetwas unversehrt und unverändert war. Ich musste an irgendetwas glauben.

Tagsüber zu gehen war mühsam, und wir blieben nur stehen, um das bisschen Essen zu teilen oder aus Bergbächen zu trinken. Der Horizont verschwamm vor uns, doch wir kamen immerhin vom Fleck. Die Nächte waren schrecklich. Wir drängten uns zusammen, um einander Wärme und Sicherheit zu spenden. Der alte Mann war freundlich und sorgte dafür, dass seine Familie mich akzeptierte. Sie würden weiter nach Hazarajat gehen, so dass wir uns früher oder später voneinander verabschieden mussten. Sie wollten der Stadt fernbleiben, weil dort gekämpft wurde. Fürs Erste aber war es gut, dass ich den langen Weg nicht allein gehen musste.

Der alte Mann erinnerte mich an meinen Großvater. Ich erlaubte mir, an Baba Bozorg und Maman Bozorg zu denken, wie sie uns alle in ihrer Welt aufgenommen hatten. Ich dachte daran, wie Baba Bozorg die Ziegen am Berghang zusammengetrieben hatte, wie er sicheren Schrittes und voller Stolz durchs unebene Gelände streifte, wie er Baba Fragen gestellt hatte und alles wissen wollte, was sein Sohn gelernt hatte, weil er glaubte, dass dieser ein besseres, leichteres Leben haben würde. Meine Augen brannten vor Sehnsucht, sie alle wiederzusehen, meinen Kopf an Madars Hals zu vergraben, ihre Haare zu riechen und ihren warmen, tröstlichen Duft.

Ich fing an, mit meiner Familie zu reden. Beim Gehen unterhielt ich mich im Geist mit Madar, Baba und sogar Javad. Mir fiel so vieles ein, das ich ihn noch fragen wollte. Ich stellte mir vor, mit dem kleinen Arsalan zu spielen, ihn den Hang hinaufzujagen. Ich erinnerte mich daran, wie Madar uns allen vorgelesen hatte, wie sich ihre Stimme in die Nacht hinauswebte. An Ara und Sitara konnte ich nicht denken, noch nicht. Diese Erinnerungen schob ich nach hinten und konzentrierte mich darauf, in meinem Kopf eine Welt zu erschaffen, in der wir alle noch beisammen waren, in der es Gelächter und Hoffnung gab. Dies trieb mich voran, und ich spürte, wie ich mit jedem Tag stärker wurde. Ich stützte mich auf diese Bilder, wenn ich müde wurde, und ließ mich von ihnen aufmuntern. Sie zwangen mich vorwärts.

Die Straße war voller Schlaglöcher, die Pflaster kaputt und mit Teer geflickt, ein besserer Feldweg mit wenigen Markierungen. Zu beiden Seiten erstreckte sich Buschland, dahinter sah man violette und rostrote Hügel. Ich lief durch das leere Land, begierig, nach Kabul zu gelangen, in ein Leben, das ich in einen warmen, goldenen Hoffnungsschimmer getaucht hatte.

Die Wanderung über die Bergpfade war schwierig. Der alte Mann konnte nicht gut laufen, und so kamen wir nur langsam voran. Hunger überschattete jeden Schritt. Ich versuchte, nicht an Ara und Sitara oder das Lager zu denken oder wie Aaqel mich angesehen hatte, als ich aufgebrochen war, wie er mir einfach nur nachgeschaut hatte. Ich schob alles weg. Dachte nur an das gelbe Haus.

Der Sohn und seine Frau sprachen über das Leben, das sie sich aufbauen würden, ein einfaches Leben in den Bergen, an einem friedlichen Ort, an dem sie sich selbst versorgen und weitab der Kämpfe leben konnten. Sie würden eine Familie gründen. Es war, als hätten sie beschlossen, alles um sich herum zu vergessen, und dass ihr Leben friedlich sein würde, nur weil sie es wollten, weil es so sein musste.

Ich begann, ihnen von Madar und Baba zu erzählen, von meiner Familie.

Wir alle wollen glauben, dass ein glückliches Ende möglich ist. Ist es denn zu viel verlangt, dass man glücklich sein möchte? So dachte ich damals.

Von anderen Reisenden hörten wir, dass die Lage schlimmer geworden sei. Es gebe viele Kämpfer auf der Straße nach Kabul. Wir würden uns auf dem Bergpass zwischen Khost und Gardez in Acht nehmen müssen, es sei ein Weg, den man nur im Notfall beschritt. Wir rasteten in einem kleinen Dorf. Der alte Mann brauchte eine Pause, so wie wir alle. Wir setzten uns in den Schatten einiger Zedern, und der Sohn ging los, um Essen und Wasser zu besorgen. Wir waren auf die Freundlichkeit anderer angewiesen. Ein Dorfältester kam zu uns und erkundigte sich nach dem Lager und wie man dort lebte. Er sei überrascht, uns zu sehen, sagte er – die meisten Leute blieben der Straße in die Stadt fern.

»Habt ihr nicht gehört? Es gibt kein Kabul mehr. Alle gehen weg – in die Berge, die Lager, nach Tadschikistan, in den Iran, wohin sie gerade fliehen können.« Sie würden ihr Dorf nicht verlassen, obwohl er gehört hatte, dass junge Anhänger der Taliban ganze Dörfer niederbrannten. »Wo soll ich schon hin?«, fragte er.

Obwohl sie selbst nicht viel hatten, hießen sie uns willkommen und gaben uns zu essen, und wir konnten uns ausruhen. Anderen Menschen ohne Angst oder Gefahr zu begegnen machte mich ganz schwindlig. Mein Herz war im Lager sehr hart geworden.

Ich dachte an Ara und Sitara. Ich wollte mich am liebsten zu einer ganz kleinen Kugel zusammenrollen und überhaupt nicht mehr bewegen. Abwarten, bis die Traurigkeit in Wellen über mich hinweggegangen war und ich wieder klar sehen konnte.

Die beiden alten Männer sprachen über mögliche Strecken, die wir nehmen konnten. Der Dorfälteste sagte: »Meidet Khost, wenn es irgendwie geht. Dort gibt es eine andere Miliz. Die Kämpfer sind ... gewalttätig. Es macht ihnen nichts aus, normale Menschen zu töten. Frauen, Kinder. Es ist ihnen egal. Man kommt unmöglich an der Schlucht vorbei, ohne dass sie einen sehen. Ihr wärt ein leichtes Ziel. Sie holen sich Rekruten.« Er hob die Augenbraue und schaute den Sohn des alten Mannes an. »Und Frauen.«

Mich überlief ein Schauer.

Wie sollten wir die Stadt erreichen, wenn nicht über die Bergstraße? Die anderen wollten nicht nach Kabul, doch ich spürte, dass mir der alte Mann so gut wie möglich helfen wollte. Seine Augen verschleierten sich, und er saß da und überlegte, während wir uns von der Mittagssonne erholten.

Nachdem er eine Weile mit dem Dorfältesten gesprochen hatte, stieß er sich vom Boden hoch und sagte: »Dann gehen wir eben über Sharana und Ghazni. Selbst im Gebirge gibt es Pfade. Es dauert länger, aber letzten Endes ist es sicherer.« Wir lächelten zustimmend. Wir wollten nicht, dass unsere Reise vorzeitig durch die Hand von Bergbanditen oder Milizionären beendet wurde.

Ich wusste, dass sie mich so weit wie möglich begleiten würden. Danach wäre ich auf mich gestellt.

Wir dankten dem Ältesten für seine Gastfreundschaft. Die Dorfbewohner gaben uns mit Lamm-Pilaw gefülltes Naan-Brot und Wasser als Proviant und wünschten uns eine sichere Reise. Eine kleine Gruppe Jungen lief uns winkend hinterher. Und dann begann er wieder, der lange Marsch.

Die Berge ragten zu beiden Seiten empor, und wir gingen, so schnell wir konnten, nur weg von Khost. Wir entfernten uns von Kabul, um dorthin zu gelangen. Ich dachte daran, wie seltsam die Welt doch war, wie verkehrt. Es tröstete mich, die Schritte der anderen neben mir zu spüren. Niemand beklagte sich, obwohl wir alle erschöpft waren, unsere Füße aufgescheuert vom steinigen Boden, unsere Fersen blutig in den billigen Plastiksandalen. Wir waren weit weg vom Lager, auf afghanischem Boden. Ich spürte, wie sich meine Schultern entspannten, wie ich aufrechter ging. Ich fühlte mich wieder frei und tankte dieses Gefühl förmlich in mich hinein, benutzte es als Treibstoff, wenn mein Körper stehen bleiben wollte.

Wir waren mehrere Stunden gegangen, und auf der Straße war alles ruhig. Keine Hilfslaster, keine Haltepunkte. Nur staubige, rote Wege, die schmäler wurden, wenn sie sich zu den Bergpässen hinaufwanden; Gebüsch und knorrige Bäume tupften die Landschaft. Am Berghang klammerten sich große Felsbrocken an die trockene, staubige Erde. Es war beinahe Frühling, die Regenfälle hatten noch nicht eingesetzt. Ich dachte an das Dorf meiner Großeltern und ging schneller. Auf dieser Reise wollte ich nicht von herabstürzenden Felsbrocken und Schlammlawinen erwischt werden. So würde ich nicht sterben. Die Natur hatte mir genug geraubt.

Der Atem des alten Mannes ging schwer und mühsam. Er umklammerte seine Brust. Wir blieben stehen. Er stützte sich auf seinen Sohn, der ebenfalls müde und mitgenommen von den Monaten im Lager war, aber dennoch ein freundliches, offenes Gesicht hatte.

»Wir müssen anhalten«, sagte er.

Der alte Mann konnte nicht weiter.

»Wir rasten hier … und wir beten. Es wird Hilfe kommen«, sagte die Frau.

Ich wollte nicht anhalten, aber auch nicht diese Menschen verlassen, die mich mit ihnen hatten reisen lassen. Ich hielt am Horizont nach Fahrzeugen Ausschau – nach irgendjemandem, den wir um Hilfe bitten konnten. Keine Spur von Leben. Und dann, nach gefühlten Stunden, als der Tag zur Dämmerung hin abkühlte, näherte sich etwas auf der Straße hinter uns und wirbelte eine kleine Staubwolke auf. Es war ein Lastwagen, in dem Männer mit Gewehren saßen. Wir bekamen Angst – wir konnten uns nicht verstecken, und dem alten Mann ging es schlecht, er war zu schwach, um sich zu bewegen. Also zog mich der Sohn mit sich mitten auf die Straße.

»Wir halten sie an«, sagte er. »Keine Sorge. Die werden kein Kind erschießen.«

Ich war skeptisch, ging aber mit, und wir winkten, als der Lastwagen näher kam und anhielt.

Der Fahrer schaute uns argwöhnisch an. Dann sprang ein Mann von der Ladefläche und kam auf uns zu. Er sah den alten Mann an der Böschung auf dem Boden liegen und schätzte die Situation ein.

»Bitte«, sagte der Sohn.

Der Mann hob müde die Hand. Er wollte nicht reden. Er überlegte wohl, ob sie uns helfen oder uns zurücklassen sollten. Nicht mit uns zu reden erleichterte die Entscheidung, denn es war, als würden wir gar nicht existieren. Der alte Mann schrie auf vor Schmerz. Ich tastete unter meinem Tuch nach Aras goldener Kette. Der Fahrer ließ den Motor aufheulen, wollte los. Alle fürchteten sich vor Hinterhalten, wollten nicht zur Zielscheibe zu werden.

»Helft uns«, sagte ich. »*Bitte!*«

Ich schaute dem Mann von der Ladefläche genau in die Augen. Er musterte uns noch einmal, trat mit dem Fuß in den Staub, ging dann mit uns zu dem alten Mann und half, ihn hochzuheben. Er und der Sohn trugen ihn zur Ladefläche, wo sie ihn auf eine Plane legten. Der Wagen war voller Kisten. Mohnsamen. Opium. Es war uns egal. Wir würden nichts verraten. Der Mann spürte das, und so kletterten wir alle zu dem alten Mann auf die Ladefläche.

»Wir fahren nach Ghazni«, sagte er.

Ich dankte Allah. Wir hatten zum zweiten Mal Glück gehabt. Der Fahrer reichte uns Orangen nach hinten. Die schaukelnden Bewegungen des Lastwagens schläferten mich bald ein, denn ich war erschöpft von der Wanderung, erschöpft von Trauer und Angst. Ich stellte mir vor, Madar striche mir beruhigend über den Kopf. Als ich aufwachte, hatte der Lastwagen in Ghazni angehalten. Es war Nacht. Die anderen waren weg, hatten mich schlafen lassen, und ich war wieder allein.

Ich war traurig, weil sie weggegangen waren, ohne sich zu verabschieden. Ich hatte ihnen für ihre Freundlichkeit danken wollen, doch vielleicht war es einfacher so, als wenn wir uns bei Tageslicht voneinander verabschiedet hätten. Ich wusste, dass der alte Mann mich nicht allein nach Kabul gehen lassen wollte. Ich fragte mich, ob er die Fahrt überlebt hatte. Immer wieder verschwanden Menschen. Ich spürte es kaum noch, war taub geworden.

Ich hob die Plane und rutschte von der Ladefläche. Die Kisten waren weg, der Fahrer auch. Ich zog mir das Tuch über den Kopf und begann, die Stadt der Minarette zu erforschen. Die Häuser schliefen noch, und ich bewegte mich behutsam, um keinen Lärm zu machen. Ich wollte die leeren Straßen nicht aufschrecken.

Ich fand einen Brunnen, betätigte den Schwengel und trank ausgiebig. Ich wusch mir den Staub der langen Wanderung aus Gesicht und Haaren. Hier schien es keine Kämpfe zu geben. Ich saß lange da, schaute hoch zu den uralten Stadtmauern und dem Nachthimmel. Ich dachte an Ara, wie sie mit dem Gesicht nach unten im Wasser getrieben war. Man konnte so leicht verschwinden. Ich erschauerte, als ich an ihr Gesicht dachte, das Entsetzen in ihren Augen. So wollte ich mich nicht an meine schöne Schwester erinnern. Ich wollte mich an ihr Lachen erinnern, ihre funkelnden Augen; Ara, wie sie sang und tanzte, erfüllt von Liebe und Hoffnung. Ich beschloss, mich so an sie zu erinnern. Dann gab ich mir ein Versprechen: Ich würde meine Familie mit mir mitnehmen – sie würde mich leiten. Ich fuhr mit den Fingern über die Goldkette, die ich um den Hals trug. Von Ghazni aus brauchte man zu Fuß zwei oder drei Tage bis Kabul.

Ich beschloss, zu Fuß zu gehen und die Kette so lange wie möglich zu behalten. Ich war schon so weit gekommen. Allah oder das Glück hatten mich beschützt, ich würde das gelbe

Haus sicher erreichen. Also lief ich durch die Gassen, bis ich die Stelle fand, an der die Straße breiter wurde und in der einen Richtung nach Kandahar und in der anderen nach Kabul führte. Obwohl es Nacht war und pechschwarz bis auf die Sterne, ging ich los. Es war eine kalte Nacht, und es tat gut, mich zu bewegen, einen Fuß vor den anderen zu setzen, wobei mich jeder Schritt dem Ziel ein wenig näher brachte.

20

Ich schaue von meinen Notizen auf und reibe mir die Augen, die von den grellen Deckenlampen schmerzen. Der Zug schaukelt ein wenig hin und her, neigt sich auf der Strecke. Die Luft im Wagen ist warm und muffig, doch draußen ist es kalt – der Winter geht nur langsam zu Ende. Um mich herum spielen die anderen Reisenden Karten, trinken und erzählen einander Geschichten, um sich die Zeit zu vertreiben. Nachts verändert sich die Atmosphäre, wird aufgeladen und lebhaft. Statt nach draußen zu schauen, zwingt uns die nächtliche Dunkelheit zur Geselligkeit. Einige Reisende – die Belgier, ein Russe – haben versucht, mich in ein Gespräch zu verwickeln, aber ich bleibe still, den Kopf über das Notizbuch gebeugt. Ich vermeide jeden Blickkontakt. Ich will meine Geschichte nicht mit Menschen teilen, für die ich nichts als eine Kuriosität bin, die man bemitleiden kann. Napoleon ist anders. Er kümmert sich um mich. Er offenbart seine eigenen Wunden. Er bietet keine falschen Hoffnungen oder leeren Versprechen. Es genügt schon, dass er sich neben mich setzt und mir zeigt, dass ich nicht allein bin.

Wenn ich an meine Reise denke und daran, dass ich jetzt hier in diesem Zug sitze, die Chance auf ein neues Leben habe, weit weg von allem, das verloren ist, sehe ich im Geist das Mädchen am Stadtrand von Ghazni. Sie steht auf der Straße und schaut zu den Sternen empor, horcht auf das, was sie ihr sagen, wohin sie sie leiten wollen. Wenn sie nur das Rauschen ihres Herzens vorübergehend abstellen könnte, um es zu hören.

Es ist seltsam, die eigene Vergangenheit zusammenzufügen – sie niederzuschreiben als eine Reihe von Eindrücken, Ereignissen, Momentaufnahmen. Anfangs konnte ich überhaupt nicht schreiben. Ich konnte nur einen Seitenblick auf das Geschehene werfen, mir vorstellen, es wäre einer anderen unglücklichen Seele zugestoßen. Doch nicht alles ist traurig. Noch hat es mich nicht zerstört. Der Zorn bringt einen nicht sehr weit. Und wenn ich mich am verlorensten fühle, wähle ich jene Erinnerungen, die mir beim Überleben helfen. Ich wähle die Liebe.

21

In der Nacht griffen mich keine Tiere an, und keine Fremden kamen mir zu nahe. Ich hatte die Straße ganz für mich allein, die schweigenden Sterne wiesen mir den Weg. Ich ging in stetem Tempo, und als das frühe Morgenlicht die Nacht hinwegfegte, war ich weit weg von Ghazni und stieg höher ins Gebirge, Richtung Kabul.

Die Straße lag offen da, und mir war klar, dass man mich bei Tag bemerken würde. Ein junges Mädchen, allein unterwegs im Nirgendwo, würde gewiss Aufmerksamkeit erregen.

Ich kam nun langsamer voran, da ich mich hinter großen Felsen oder im Gebüsch versteckte, sobald sich ein Fahrzeug näherte. Da mich niemand beschützte, beschützte ich mich selbst. Aras Tod hatte mir gezeigt, dass ich Fremden nicht einfach trauen durfte. So verging der Tag. Ich tauchte von der Straße ab, wann immer ein Lastwagen oder Auto in Sicht kam. Als es dunkel wurde, war ich erschöpft und schwach und nicht sehr weit gekommen. Ich beschloss, mir für ein paar Stunden einen Unterschlupf zu suchen und zu schlafen. Ich fand einen

Bergbach, aus dem ich trinken konnte, und aß sorgsam kleine Bissen von dem Naan-Brot, das ich noch aus dem Dorf an der Straße nach Khost bei mir hatte. Mein Magen tat weh, aber das war mir egal. Die Dunkelheit schützte mich, und als ich einige Stunden später steif und kalt erwachte, wanderte ich weiter, jetzt eiliger, ohne mich um Fahrzeuge und neugierige Blicke zu kümmern.

Als ich so durch die Dunkelheit wanderte, stellte ich mir vor, dass Madar und Baba neben mir hergingen, mich ermutigten, meine Hände ergriffen und mich sanft zwischen sich hin- und herschwangen.

»Komm, Samar, es ist nicht mehr weit.« Sie schwangen mich hoch und schüttelten meine Traurigkeit damit ab.

Sie führten mich durch die Nächte. Tagsüber schlief ich abseits der Straße. Madar und Baba blieben die ganze Zeit über bei mir.

So gelangte ich zwei Tage später an den Stadtrand von Kabul. Meine Füße bluteten, die Sandalen hatten die Haut aufgescheuert. Ich war kurz vor dem Zusammenbruch, weil ich tagelang zu wenig gegessen hatte. Die Stadt im Tal wirkte wie eine Fata Morgana, sie schien sich auf mich zu- und von mir wegzubewegen.

Überall hörte man Granateinschläge und Schüsse. Gebäude brannten oder klafften offen zum Himmel. Ich ging am Stadtrand entlang nach Norden, statt die Ausfallstraßen zu nehmen, blieb wachsam und bog erst in die Stadt ab, als ich mich Shahr-e-Naw, dem alten Park und dem gelben Haus dahinter näherte.

Mein Körper schmerzte, ich wäre am liebsten stehen geblieben, aber die Granateinschläge trieben mich weiter. Es gab keine Bäume mehr und somit wenig Schutz, wenn ich mich vom Schatten eines Hauses zum nächsten bewegte und über offene Straßen eilte, auf denen keine Autos, Busse und Fahrräder fuhren. Kabul stand in Flammen, alle flohen oder waren bereits geflohen, und wer geblieben war, hielt sich im Schatten. Mein Herz hämmerte. Wohin sollte ich gehen, was sollte ich tun, wenn es das Haus nicht mehr gab?

Als ich mich meiner alten Nachbarschaft näherte, begann ich zu laufen, und es war mir gleich, wer mich sah. Ich musste Gewissheit haben. Ich kam an dem ehemaligen Park vorbei, in dem ich mit Javad, Ara und Omar gespielt hatte, und dann konnte ich es plötzlich sehen: das gelbe Haus, es stand noch immer hoch über Shahr-e-Naw.

Erst als ich davorstand, kam mir der Gedanke, dass jetzt vielleicht jemand anders dort wohnte. Ich hielt kurz inne und stieß dann lautlos das Tor auf. Das Haus war still. Es wirkte unbewohnt, das Dach und eine Mauer waren beschädigt. Im Innenhof trat ich an eines der niedrigen Fenster und fuhr mit den Fingern über den Rahmen. Es ließ sich mühelos aufstoßen, und ich kletterte hinein. Im Raum herrschte Zwielicht. Eine dicke Staubschicht bedeckte Fliesen und Fenstersims. Ich schlich auf Zehenspitzen von einem Zimmer ins nächste. Das Haus war geplündert worden, aber auf ordentliche Weise, eher ausgeräumt als ausgeraubt. Überall lag Staub. Es sah aus, als wäre sehr lange niemand hier gewesen. In der Küche drang Licht durch ein Loch in der Wand, so dass ich den umherwirbelnden Staub sehen konnte. Ich setzte vorsichtig einen Fuß vor den anderen. Im Lager hatte ich genügend Kinder und Erwachsene gesehen, die an Krücken gingen, weil ihnen Minen bei einem achtlosen Schritt Gliedmaßen abgerissen hatten. Die Scharniere der Tür, die von der Küche in den Garten führte, knarrten, als ich sie aufstieß.

Der Garten war zugewuchert und wilder als in meiner Erinnerung; das Gras stand hoch, die Bäume überschatteten die Terrasse. Auch hier war alles mit einem dünnen Staubfilm überzogen. In der Mitte stand der Mandelbaum, die Blütenblätter weiß und zartrosa, und am Fuß des Baums wuchs immer noch der Safran, den Madar vor so langer Zeit gepflanzt hatte.

Ich setzte mich unter den Baum, umarmte den Stamm, drückte die Fingerspitzen in die Erde. Ich lachte, pure Freude drang aus mir hervor. Ich war überwältigt, weil das Haus noch da war, der Baum, der Garten. Ich legte mich auf den Boden und schaute zum Himmel empor, wie ich es früher so oft getan hatte, und spürte, wie Glück und Liebe meinen schmerzenden Körper durchfluteten. Nun, da ich im gelben Haus war, konnte mein Körper in sich zusammenfallen, er musste keinem Ziel mehr entgegenstreben. Ich schlief dort draußen ein, halb verborgen im hohen Gras, eine kleine, schmale Gestalt, eingerollt in Omars alten *Patu*, in der warmen Morgensonne. Als ich aufwachte, war die Abenddämmerung nicht mehr fern.

Ich beschloss, draußen weiterzuschlafen. Im Haus fand ich ein paar alte Decken und wickelte mich darin ein. Obwohl in der Stadt geschossen wurde, fühlte ich mich unter dem Baum so sicher wie seit dem Erdbeben nicht mehr.

Ich schlief und träumte von einer Zeit, in der wir alle zusammen im Haus gelebt hatten und Madar mir leise ein süßes Wiegenlied gesungen und dabei meinen Kopf gestreichelt hatte. Dann grub sie in der Erde, zog die Blumen heraus, grub mit den Händen, dass sich die Erde unter ihren Fingernägeln festsetzte. Ich wachte auf, als sich etwas im hohen Gras bewegte. Ich schaute hin und bemerkte eine goldäugige Katze, die über die Mauer kletterte und verschwand. Ich war erleichtert, dass sie weg war.

Madars grabende Hände ... Das Bild ging mir nicht aus dem Sinn, und ich dachte zurück an jene letzten Tage, bevor wir das gelbe Haus verlassen hatten. Madar und Baba hatten gestritten, sie hatte etwas aufgesammelt ... Was war es gewesen? Ich war mir nicht sicher.

Ich schaute zu dem Fenster über dem Innenhof und sah mich als kleines Kind, wie ich vor vielen Jahren im Mondlicht auf den Baum hinabgeschaut hatte. Madar hatte einen Kasten bei sich gehabt, als sie die Blumen pflanzte. Was war aus dem Kasten geworden?

Ich schob den Safran beiseite. Die Erde war hart, und ich trat mit den Fersen dagegen, um sie zu lockern. Dann grub ich unter den Baumwurzeln, ohne zu wissen, warum ich das tat, bis meine Knöchel irgendwann auf Holz trafen, die Oberfläche eines großen Kastens. Das also war es, was sie hatte verbergen wollen. Ich erinnerte mich jetzt, wie sie den Kasten in das Loch gestellt und sich das Gesicht mit dem Arm abgewischt hatte, bevor sie die Pflanzen daraufsetzte. Was war so kostbar, dass sie es beschützen, aber nicht mitnehmen wollte? Meine Hände zitterten. Ich konnte kaum glauben, dass ausgerechnet dies inmitten von Chaos und Zerstörung unversehrt geblieben war. Etwas Reales, das ich anfassen konnte. Ein kleines Wunder.

Ich holte den Kasten heraus, nur geleitet vom Licht der Sterne und aufblitzenden Granateinschläge. Er war schwer. Ich kämpfte mit dem Schloss und zerschlug es letzten Endes mit einem Stein. Als ich den Deckel anhob, bemerkte ich etwas, das in ein Tuch gewickelt war … Ich zögerte. Würde Madar es gutheißen? Würde sie wollen, dass ich dies hier fand, was immer es auch sein mochte?

Ich glaube nicht, dass man in der Erde verschwindet, wenn man stirbt. Sicher, man wird begraben. Aber die Seele kann sicher nicht einmal von der schwersten Erde festgehalten werden. Obwohl ich Madar verloren hatte, obwohl alle tot waren, konnte ich die Gegenwart meiner Familie immer noch spüren. In diesem Augenblick fuhr ein Windstoß durch den Baum und ließ Mandelblüten herabregnen. Vielleicht war es Madar, die ihn schüttelte, damit ich das Tuch nicht öffnete. Oder sie wollte mich dazu auffordern, es zu tun. Oder sie war überhaupt nicht da. Ich entschied, dass es in ihrem Sinne wäre, es zu öffnen.

Ich schlug das ausgefranste, vergilbte Tuch auseinander, so schnell es meine kalten, steifen Finger zuließen. Kleine Plastiktüten mit Fotografien fielen heraus, Briefe, Papiere, Geld. Eine Schatzkiste. Madar hatte ihre Geheimnisse unter dem Mandelbaum vergraben.

Obwohl der Mond schien und gelegentlich Raketen aufblitzten, war es zu dunkel, um die Briefe zu lesen. Ich legte sie beiseite. Dann öffnete ich eine der Tüten mit Fotos. Einige waren alt, sepiafarben; andere zeigten uns als jüngere Kinder, Baba und Madar und auch Arsalan. Es war schwer, sie richtig zu erkennen. Ich fuhr mit den Fingerspitzen über die Ränder und zeichnete die Umrisse der Personen nach. Jede Schicht förderte neue Entdeckungen zutage. Geld, dicke Bündel von Banknoten, sicher in Plastik verpackt. Geld, das sie aus irgendeinem Grund nicht mit ins Gebirge genommen hatte. Ich war verwirrt und erschöpft. Madar hatte diese Dinge behalten und beschützen wollen. Warum hatte sie den Kasten nicht einfach mitgenommen? Hatte sie damit gerechnet, hierher zurückzukehren? Ich trug den Kasten in die Küche, wo mich niemand sehen konnte, falls es doch noch Nachbarn gab. Ich wollte keine Aufmerksamkeit erregen. Dann füllte ich das Loch wieder mit Erde und rückte die Blumen zurecht.

Ich war erschöpft, aber viel zu müde und zu aufgeregt, um zu schlafen. Ich setzte mich mit halbgeschlossenen Augen unter den Baum und wartete auf die Dämmerung, weil ich endlich die Briefe lesen wollte, die Madar nicht mitgenommen, aber auch nicht vernichtet hatte. Als ich die Blätter in Händen hielt, fühlte ich mich ihr nah, und auch den anderen, deren verschwommene Umrisse ich auf den Fotos erkannt hatte. Es war besser als nichts. Ein unerwartetes Glück.

Die Nacht hindurch explodierten Granaten, ein Feuerwerk über der Stadt. In den letzten Stunden der Dunkelheit schlief ich dann doch erschöpft ein.

Mit dem Tag kam das Licht. Das gelbe Haus erglühte in einem rosigen Goldton, als die Sonne schräg über den Bergen aufging. Die Luft war frisch, aber ich fror nicht sehr, da ich in den *Patu* gewickelt war. Zum ersten Mal, seit ich nach Kabul aufgebrochen war, hatte ich fest und traumlos geschlafen.

Hinter dem Haus gab es einen Brunnen. Ich ging früh hin, um nicht gesehen zu werden. Die Straßen waren leer, und bei Tageslicht konnte ich von hier oben über die Stadt blicken: wo einmal Gebäude gestanden hatten, klafften jetzt Löcher, unregelmäßige Reihen geschwärzter Zähne, rauchende Hüllen, graublauer Rauch, der Signale durchs Tal sandte. Die Hauptverkehrsstraßen, die gewöhnlich mit Autos, Karren und Radfahrern verstopft waren, waren leer. Die ganze Stadt wirkte verlassen. Auch die Nachbarhäuser waren unbewohnt, verlassen, auch ihre Bewohner waren eines Tages weggegangen und nicht zurückgekehrt. Ich versuchte, mich an Madars Freundinnen zu erinnern und die Kinder, mit denen ich im Garten gespielt hatte. Ich konnte mir Gesichter vorstellen, Stimmen ins Gedächtnis rufen, sah Schatten, die sich niederbeugten und mir über den Kopf streichelten, die über uns Kinder lachten, wenn wir zusammen im Innenhof spielten. Alles war verschwunden.

Ich pumpte Wasser aus dem Brunnen, wusch mir Gesicht und Hände und trank davon. Ich war erstaunt, wie wenig ich zum Überleben brauchte, wie sehr ich mich daran gewöhnt hatte, tagelang ohne Essen und mit wenig Wasser auszukommen, nur angetrieben von Zorn und Verzweiflung.

Was ich mir erhofft hatte, hatte ich noch nicht gefunden. Im gelben Haus gab es keine Spur von Omar. Keine Nachricht, nichts, das darauf hindeutete, dass er nach Kabul zurückgekehrt war, dass es ihm gutging, dass er lebte und nach uns suchte. Wo immer er sein mochte, er war jedenfalls nicht hier. Ich war bitter enttäuscht. Nun musste ich ihn woanders suchen, das erhoffte Wiedersehen war ausgeblieben. Ich glaubte vor allem deshalb daran, dass er noch am Leben war, weil er nicht wie Madar, Baba und die anderen mit mir sprach. Wenn ich die Augen schloss, konnte ich ihn nicht sehen oder hören. Also musste er noch irgendwo dort draußen sein.

Zuerst jedoch war die Schatzkiste an der Reihe. Ich sah mich vorsichtig um, trug den Kasten in eine schattige Ecke des Gartens und setzte mich ins hohe Gras, das mich vor neugierigen Blicken verbarg.

Als Erstes schaute ich mir die Fotografien an. Eine zeigte uns alle mit Babas Freund Arsalan, der blinzelnd in die Sonne schaute. Wir waren vor ihm aufgereiht, er hatte den Arm auf Babas Schulter gelegt, Madar saß neben uns auf einem Stuhl. Dies war, bevor der kleine Arsalan geboren wurde, als es nur

Omar, Ara, Javad und mich gegeben hatte. Damals war ein Freund von Arsalan zu Besuch gekommen, der einen ganzen Film verschossen hatte. Bilder von uns, wie wir draußen spielten; von Javad, der mit ernster Miene neben der Tür saß; ein Bild von Omar, Baba und Javad mit Arsalan; eines von Ara, Madar und mir; eines, auf dem ich im Hof sitze und lachend in die Sonne schaue. Ich berührte die Gesichter.

Nun begriff ich, dass Madar mich ins gelbe Haus geführt hatte, damit ich ihnen allen nah sein konnte. Ich legte die Hand aufs Herz, als ich die Traurigkeit, die ich seit dem Erdbeben und dem Lager in mir trug, endlich zuließ. Meine Schultern bebten, während meine Tränen ins hohe Gras tropften. Der staubige Safran sog sie gierig auf.

Ich fand noch eine ältere Fotografie, die Madar als junge Frau zeigte. Darauf sah sie unglaublich schön und ganz anders aus. Sie trug die Haare lang und offen, ohne Kopftuch, und schaute mit dunklen Augen, die mich an Ara erinnerten, stolz in die Kamera. Ein leichtes Lächeln spielte um ihre Mundwinkel. Auf der Rückseite stand: »Meine Liebste«. Überrascht schaute ich mir das Bild noch einmal an. Sie sah jung aus – sechzehn, höchstens siebzehn. Damals hatte sie Baba noch nicht gekannt. Wie konnte sie dann die »Liebste« sein? Wer hatte es auf die Rückseite geschrieben? Großmutter? Nach dem, was Madar uns erzählt hatte, nannte ihre Mutter wohl niemanden »Liebste«, schon gar nicht Madar. Warum dann dieses Bild? Und weshalb hatte sie es versteckt? Ich grübelte, war verunsichert und verstört.

Das nächste Bild war verschwommen und zeigte eine Gruppe junger Männer. Ich musste genau hinschauen. Zwei von ihnen hatten Gewehre umgehängt. Sie trugen Khakihemden mit kurzen Ärmeln, Hosen und schwere Stiefel. Einer von ihnen sah wie eine jüngere Version von Arsalan aus, ein anderer war Baba sehr ähnlich. Und ganz am Rand des Bildes, verschwommen und schwer zu erkennen, stand eine junge Frau in ähnlicher Kleidung, die Haare zu einem langen Zopf geflochten, das Gesicht abgewandt. Das Bild war körnig, doch sie sah aus wie Madar. Es ergab keinen Sinn. Ich drehte das Bild herum. Es stand nichts darauf, auch kein Datum, und es war in der Mitte geknickt, als hätte jemand es jahrelang in einer Tasche aufbewahrt. Ich betrachtete es, bis die Gesichter verschwammen. Sie waren es. Ganz sicher.

Ich griff zum nächsten Foto. Es zeigte Arsalan als jungen Mann, der gleiche eindringliche Blick, das gleiche Lächeln in den Augen. Auf der Rückseite stand: »Für meine geliebte Zita«. Der Spitzname meiner Mutter, so hatte er sie immer genannt. Ich betrachtete das Bild, drehte es wieder und wieder in meinen Händen, fuhr die Schrift mit der Fingerspitze nach, die noch dunkel vom Graben war, weil das Brunnenwasser sie nicht sauberwaschen konnte und die Erde tief unter meine abgebissenen Fingernägel gedrungen war. Ich schaute mir noch einmal das Foto von Madar als junger Frau an. Die Handschrift war dieselbe. Ich wiegte mich im Gras und atmete stoßweise aus. In meinem Kopf surrte es.

Madar und Arsalan waren einander an der Universität begegnet, das hatten Madar und Baba uns wieder und wieder erzählt. Wie konnten sie sich dann schon vorher gekannt haben? Wie war ihr Verhältnis gewesen? Und was war mit dem anderen Bild, auf dem sie alle drei eine Art Uniform trugen? Es ergab keinen Sinn.

Ich hatte Arsalan immer für den Freund meines Vaters gehalten. Sie hatten einander doch als Jungen im Gebirge kennengelernt, Arsalan hatte Babas Ausbildung bezahlt, ihn in diese andere Welt geholt. Meine Eltern und Arsalan hatten sich oft im gelben Haus unterhalten. Nicht ein einziges Mal war von Kämpfen die Rede gewesen. Sie hatten sich über die Mudschahedin, die ständigen Auseinandersetzungen zwischen Stämmen und Gruppen lustig gemacht, waren ihnen mit Argwohn begegnet – oder nicht? Hatten Madar und Baba während des Studiums nicht heimlich die Sowjets unterstützt – von Gleichheit und Gemeinwohl geredet? Oder war es gar nicht wahr? Gab es eine andere Wahrheit? Ich hatte diese Zeit im Leben meiner Eltern nie in Frage gestellt oder in Betracht gezogen, dass sie Geheimnisse gehabt haben könnten. Sie hatten uns ihre Geschichte erzählt, und ich hatte sie geglaubt. Warum auch nicht?

Ich erinnerte mich an Arsalans Tod, wie seine Leiche am Mandelbaum gehangen hatte. Was war geschehen? Und warum?

All diese Fragen stiegen in mir hoch. Mein Kopf tat weh.

Ich riss die Plastiktüte mit den Briefen auf und schüttete sie auf meine Knie. Ich blätterte sie durch, hielt zitternd einzelne von ihnen in den Händen, wohl wissend, dass es irgendwie verboten war, sie zu lesen und die Fotografien anzuschauen. Ich blickte auf. Ich saß tief im Schatten, umgeben von hohem Gras, wo mich niemand entdecken konnte, und fühlte mich dennoch unbehaglich. Ich überlegte, was schlimmer wäre: von den Taliban beim Lesen erwischt zu werden oder von Madar, wie ich Briefe öffnete, die nie für mich bestimmt gewesen waren. Der erste war oft gefaltet und gelesen worden, und ich begann, ihn ängstlich und neugierig zugleich zu lesen.

Meine geliebte Zita,

ich vermisse Dich in jedem Augenblick, in jeder Stunde, an jedem Tag. Ich zähle die Tage, bis wir endlich wieder zusammen sein können.

Eigentlich solltest Du hier bei uns sein. Wir brauchen Dein Kriegerherz, um uns zu führen. Du wirst schmerzlich vermisst. Du, die immer am besten weiß, wie wir handeln sollen, was zu tun ist.

In Liebe,
A.

Mit zitternden Händen faltete ich den nächsten Brief auseinander.

Meine Geliebte,

ich weiß nicht, wann oder ob ich Dich jemals wiedersehe. Für uns ist es hier gar nicht gut gelaufen. Wir haben in den letzten Tagen viele Männer verloren. Dil und ich fürchten, dass wir nie von hier wegkommen. Ich zähle die Stunden, an denen ich nicht bei Dir bin. Ich wünschte, Du wärst hier bei uns, weiß aber, dass es so besser ist. Du bist in Sicherheit. Nur das zählt. Ich habe dies dem Jungen mitgegeben. Falls er es schafft, es Dir zu bringen, kümmere dich um ihn. Er ist sehr gebrochen.
Ich vermisse Dich, meine Liebste.

A.

Ich dachte daran, wie Arsalan Madar anzuschauen pflegte. Wie er sich auf der Türschwelle über sie gebeugt hatte. Wie vertraut sie miteinander sprachen – doch tief im Herzen ihrer Zweisamkeit war Unglück. Ich erinnerte mich, wie er und Baba gestritten hatten. Wie traurig Madar in seiner Gegenwart war. Hatte Baba davon gewusst? Er musste es gewusst haben. Doch warum hatte sie ihn geheiratet? Und wie passten wir da hinein? Das Bild in meinem Kopf, das immer klar gewesen war, verschleierte sich.

Der nächste Brief war oft gelesen worden, die Falze dünn, die Schrift klein, dicht, spinnenhaft.

Z.,

der Junge hat Deine Nachricht gebracht. Jetzt begreife ich, weshalb Du nicht zu uns gekommen bist. Verzeih mir. Der Löwe braucht mich hier. Ich kann nicht weg, nun, da wir der Freiheit so nah sind. Ich schicke Dil, damit er sich um Dich kümmert. Du schaffst es nicht ohne seine Hilfe. Es ist eine Frage der Ehre, nicht des Stolzes. Vertrau mir. Sprich mit niemandem darüber. Tu, was er sagt. Er wird Dir alles erklären. Das ist er mir schuldig, und außerdem liebt er Dich bereits. Ich werde es irgendwie richten.

A.

Baba war Arsalan etwas schuldig? Ich bemühte mich, es zu verstehen, einen Sinn in alldem zu finden. Was war mit der Geschichte einer Freundschaft, die im Gebirge geschmiedet worden war? Wie konnten sie irgendwo kämpfen, wenn Baba an der Universität studiert und Madar bei der Versammlung in der Höhle kennengelernt hatte? Was hatte Arsalan Baba aufgetragen? Um welche Nachricht ging es? Ich zermarterte mir den Kopf mit diesen Fragen. Ich hätte die Briefe niemals lesen sollen. Madar hatte sie nicht ohne Grund vergraben. Jede Liebe hat ihre Geheimnisse.

Mein Magen schmerzte vor Hunger. Mein Kopf tat weh. Ich wollte weiterlesen und hätte die Briefe zugleich am liebsten verbrannt.

Als ich an Omars Gesicht dachte, sah ich plötzlich Arsalan

in seinen Zügen und nicht Baba. Und doch waren wir einander alle ähnlich, zumindest Omar, Javad, Ara und ich. Wir sahen aus wie Madar – selbst wenn Ara schöner und zartknochiger war als ich. Und was war mit dem kleinen Arsalan und mit Sitara? Sie wirkten dunkler, ernster, hatten Babas Augen und seine hartnäckige Entschlossenheit. Ich wusste nichts mehr. Nichts war sicher.

Ich betrachtete noch einmal die Bilder von uns allen im gelben Haus. Ich konnte die Welt der Erwachsenen nicht begreifen. Es schien, als wäre meine Familie nur eine Lüge, gebaut auf weiteren Lügen.

Ich trat gegen den Baum und riss an den Zweigen, dass die Blüten herunterregneten. Ich trat die Erde und die Blumen, kämpfte gegen all die verborgenen Halbwahrheiten, die Dinge, die man uns nie gesagt hatte.

Was war mit Babas Liebe zu mir und meiner zu ihm? War sie noch wie früher, oder hatte sie sich verändert? Was war mit Baba Bozorg? Mit Maman Bozorg? Wer war denn überhaupt unsere Familie? Etwas Kostbares war für immer verlorengegangen.

Ich betrachtete noch einmal das Foto mit den jungen Männern in Khaki und dem Mädchen, das nicht in die Kamera schaute. War es Madar? Ich konnte es nicht erkennen. Ich dachte an sie und ihr Kriegerherz.

Hoffentlich hatte ich es von ihr geerbt. Ich würde es bei dem, was mir bevorstand, brauchen.

22

Der Zug hat mit einem Ruck angehalten.

Ich kann hören, wie die anderen Fahrgäste aufstehen, sich in ihren Abteilen recken, in den Gang treten und aus dem Fenster sehen.

»Was ist passiert?«

»Warum haben wir angehalten?«

Alle fragen sich das Gleiche und hoffen, dass jemand die Antwort weiß.

Napoleon geht durch den Wagen. »Kein Grund zur Panik. Nur ein paar Tiere auf der Strecke. Der Lokführer lässt sie vertreiben, dann fahren wir weiter. Bitte bleiben Sie im Wagen. Wir halten nicht lange. Ich will doch keinen von Ihnen verlieren!«

Die Touristen lachen und recken die Hälse, um zu sehen, was weiter vorn passiert. Ereignisse wie dieses werden zu einer kleinen Sensation, die man genießt, zu einem Höhepunkt der Reise. Sie unterbrechen das endlos dahinziehende, immer gleiche Panorama und schmieden die Fahrgäste zusammen.

»Ob er das schafft?«

»Keine Ahnung – Hirsche können ganz schön stur sein.«

»Sind es Hirsche?«

»Glaube schon.«

Und so geht es weiter, der Wagen strickt sich eine Version der Ereignisse, obwohl hier drinnen niemand weiß, was vor sich geht, nicht mal die mit den Ferngläsern, denn der Zug steht in einer Kurve.

Also füllen wir die Lücken selber aus.

Irgendwann setzt sich der Zug mit einem Ruck wieder in Bewegung, worauf einige Fahrgäste gegeneinander und an die scharfkantigen Türgriffe prallen. Ein dicker Tourist gerät ins Stolpern.

»Es geht weiter«, sagt Napoleon und segelt sicheren Fußes, mit der Erfahrung vieler Jahre, durch den Gang, wobei er seine unbeholfenen Schützlinge halb mitfühlend, halb belustigt betrachtet.

»Stets zu Diensten.« Er streckt den Arm aus, um den dicken Mann zu stützen, dessen Augen rosa sind vom Frühmorgen-Wodka.

Gelächter klingt durch den Wagen, und alle sind wieder fröhlich, weil das Abenteuer ein gutes Ende genommen hat.

Durchs Fenster sehe ich die Hirsche in den Wald laufen, alle bis auf einen – er ist gestürzt, hat sich verletzt, der Boden um ihn hat sich rot gefärbt. Ich schaue noch einmal hin, aber das Tier ist schon verschwunden, weil der Zug beschleunigt. Die Taiga ist kein Ort für Schwache und Verletzte. Ich denke an die

Geier, die bald herunterstoßen, sich über den Kadaver hermachen und ihn sauber fressen werden.

Ich kehre zurück ins gelbe Haus und nehme meine Geschichte wieder auf.

23

Meine Hoffnung, Omar in Kabul zu finden, schwand dahin. Nachts rückten die Granateinschläge und Kampfgeräusche näher. Es war Zeit, die Stadt zu verlassen.

Ich spielte mit dem Gedanken, die Briefe hierzulassen. Ich war sogar versucht, sie zu verbrennen, doch etwas hielt mich davon ab. Ich würde möglichst viel Geld mitnehmen und so viele Briefe und Fotos, wie ich am Körper verstecken konnte. Ich drehte die Tüten zu und befestigte sie unter dem alten Chapan, Javads ehemals schönem gestreiften Mantel, der jetzt fadenscheinig und an den Ärmeln ausgefranst war. Das Geld steckte ich in die Hose des *Salwar Kamiz*, des Zweiteilers, der auch Javad gehört hatte und dessen Hemd mir lose am Körper herumschlackerte, so dünn war ich geworden.

»Ich werde die Briefe Omar zeigen«, dachte ich. »Er wird mir helfen, in alldem einen Sinn zu finden.« Ich wollte mir einreden, dass es nur eine Frage der Zeit sei, bis ich ihn aufgespürt hatte und wir wieder vereint wären. Oben im Haus fand ich noch ein Paar abgetragene Stiefel von Omar, die die Plünderer übersehen hatten. Ich blies den Staub weg und zog sie an. Sie waren mir auch zu groß, erinnerten mich aber an meinen Bruder, daher wollte ich sie behalten.

Ich betrachtete mich im Spiegel. Es wäre schwierig, unbemerkt durch die Stadt zu kommen. Ich hielt mir die langen Haare aus dem Gesicht und sah Javad schon ähnlicher. Ich stieg auf einen zerbrochenen Küchenstuhl und balancierte vorsichtig, bis ich zum Türsims hinaufreichen konnte. Dort lag noch Arsalans Messer. Er hatte es für den Fall eines Angriffs versteckt, obwohl er nie verriet, vor wem er sich fürchtete, und letzten Endes hatte es ihm auch nicht geholfen. Meine Finger schlossen sich um den Griff und die lederne Scheide, dann kletterte ich von dem wackligen Stuhl, wobei ich das Messer weit von mir weghielt.

Ich trat vor den trüben Spiegel und säbelte mit der Messerklinge langsam und sorgfältig meine Haare ab, wobei ich auf die Ohren achtgab. Ich versuchte, nicht zu weinen, als die langen Strähnen auf den Boden fielen. Dies ist ein neuer Anfang, sagte ich mir. Nach einer Weile betrachtete ich mein Werk. Der Schnitt war grob und uneben, aber ich sah jetzt aus wie Javad. Ich beschloss, seinen Namen anzunehmen.

Ich stellte mir vor, im Leben meines Bruders zu wohnen. Zuerst kam ich mir wie eine Betrügerin vor. Ich übte, wie Javad zu gehen und zu sprechen, bevor er sich den Taliban angeschlossen hatte. Ich war bereit, mich von Samar zu trennen: ein Mädchen, das allein im Kabul der Taliban unterwegs war, konnte man nicht beschützen. Ich würde vorsichtshalber

Arsalans Messer mitnehmen. Ich hatte Aras Kette unter dem *Chapan* versteckt und wickelte mir das Kopftuch so um den Hals, dass der untere Teil meines Gesichts verdeckt war.

Ich beschloss, mich auf Nahrungssuche zu begeben. In Wahrheit hatte ich keine Ahnung, ob es den Markt überhaupt noch gab, die Karren, von denen Obst und Nüsse verkauft wurden, die Stände der Metzger und Gewürzhändler, die Türme von frisch gebackenem Naan-Brot – lauter verblasste Erinnerungen. Selbst wenn der Markt noch da war – gäbe es dort überhaupt etwas zu kaufen? Kabul war nur noch eine Stadt der Schatten.

Hinten im Garten fand ich Omars altes Fahrrad. Es war verrostet, der grüne Lack blätterte ab, doch es fuhr noch. Ich stieg auf, und sofort stürzten Erinnerungen auf mich ein – wie Baba Bozorg mir kurz nach unserer Ankunft im Gebirge das Radfahren beigebracht hatte; wie er mich ermutigt hatte, als ich wieder und wieder hinfiel und Javad mich auslachte; wie er mir geholfen hatte, das Fahrrad, das einem Jungen aus dem Dorf gehörte, wiederaufzurichten. Trotz Gelächter und Tränen hatte ich durchgehalten, bis ich um den Dorfplatz fahren konnte, ohne hinzufallen. Baba Bozorg hatte mir auf den Rücken geklopft, als wäre ich ein Junge, und gesagt: »Gut gemacht, Samar.« Ich war so stolz gewesen.

Omars Fahrrad war immer noch ein bisschen zu groß für mich, und ich wackelte zuerst, wurde aber immer sicherer, während ich den Mandelbaum umkreiste. Solange ich nicht plötzlich bremsen musste, würde es schon gehen. Dann verließ ich das Haus und fuhr im Leerlauf bergab, immer schneller holperte das Rad dahin, dessen Reifen schon platt waren und durch Steine und Schlaglöcher auch noch die letzte Luft verloren.

Ich hielt am Park – oder dem, was davon übrig war. Die Stadt war ein einziges Chaos. Überall zerstörte Gebäude, Zeugnisse der Kämpfe. Die Straßen wirkten unheimlich still und verlassen. Ich erinnerte mich an das alte Kabul, in dem sowjetische Soldaten mit Gewehren über der Schulter umhergingen, in dem aber eine gewisse Ordnung und Sicherheit geherrscht hatte. Die Menschen waren ihren Alltagsgeschäften nachgegangen. Damals hatte es nicht diese Leere gegeben, die jetzt die Stadt prägte. Am Horizont brannten Häuser. Ich begriff, dass ich dieses Kabul nicht kannte und mich nicht darin zurechtfinden würde. Ich brauchte Hilfe.

Ich näherte mich einem Brunnen, an dem zwei Jungen gelbe Wasserkanister füllten. Einer hatte ein Gewehr. Sie sahen nicht aus wie Taliban, aber das konnte man nie so genau wissen. Ich grüßte sie mit einem Nicken, da sie gelangweilt und wenig bedrohlich aussahen. Sie schauten mich argwöhnisch an. Dann befanden sie wohl, dass ich keine Gefahr darstellte, und der Größere winkte mich zu sich.

»Nettes Rad«, sagte er mit einem Blick auf mein Gefährt. Ich lächelte verhalten.

»Wie heißt du?«, wollte der Kleinere wissen.

Ich probierte meinen neuen Namen aus. »Javad. Und du?«

»Mati. Und das ist Abas.«

Wir standen eine Weile schweigend da, während sie ihre Kanister füllten. Abas pumpte und hielt danach den Hebel noch gedrückt, damit ich so viel trinken konnte, wie ich wollte. Das Wasser schmeckte metallisch, ganz anders als im Gebirge. Ich bedankte mich.

»Hast du Hunger?«, fragte Mati.

Ich zuckte mit den Schultern.

Die Jungen schauten einander an.

»Warum hilfst du uns nicht mit dem Wasser?«, schlug Abas vor. »Du könntest die Kanister an den Lenker hängen.«

Ich überlegte. Sie waren eindeutig Kämpfer, doch ich wusste nicht, auf welcher Seite sie standen, welche Seiten es überhaupt gab und mit wie vielen Leuten sie zusammen waren. Ich wusste jedoch genug, um keine Fragen zu stellen. Wenn ich ihnen nicht half, würden sie mir das Fahrrad einfach wegnehmen. Das konnte ich in Abas' Augen lesen.

»Na klar.«

Wir beluden das Rad, und dann schob ich es langsam über die holprige, geborstene Straße, wobei ich versuchte, so wenig Wasser wie möglich zu verschütten. Es war eine schwierige, anstrengende Aufgabe, aber ich wollte nicht schwach erscheinen und beklagte mich nicht. Mati schleppte einen dritten Kanister, und Abas ging vor uns her, um nach Anzeichen von Gefahr Ausschau zu halten. Als wir eine breite Straße überquerten, spürte ich, dass man uns aus dem Schatten heraus beobachtete. Wir boten leichte Ziele. Abas, der die Gefahr erahnte, winkte uns in eine schmale Seitenstraße. Im

Schutz der Ruinen stießen wir tief in ein Labyrinth schmaler Gassen vor, bis wir vor der Holztür eines noch unversehrten Hauses stehen blieben. Abas klopfte dreimal rasch hintereinander. Die Tür schwang auf, ein Mann spähte hervor.

»Wer ist das?«

»Javad«, sagte Mati, als wären wir schon ewig befreundet. »Er ist ein anständiger Kerl.«

»*Salaam*«, sagte ich.

»Hmm ...« Der Mann schaute mich unsicher an, bevor er den Gruß erwiderte und die Tür öffnete, uns hereinscheuchte und half, die Kanister vom Lenker zu heben. Ich überlegte, ob ich einfach wegfahren sollte, ahnte aber, dass ich nicht weit kommen würde. Außerdem, wohin hätte ich schon fahren sollen? Also blieb ich und vertraute auf Allah.

Im Haus war es dunkel. Ich konnte einige Männer erkennen. Mati sagte, ich solle das Fahrrad neben die Tür lehnen; ich ließ den Lenker nur widerwillig los, doch er flüsterte mir lächelnd zu: »Keine Sorge. Du bist jetzt bei uns.«

Ich zog mir die Stiefel aus und wusch mir die Hände in einer Schüssel. Wir knieten uns an den Rand der *Toshak, der* Sitzmatratze, gleich neben die Männer. Es roch nach *Mantu*, und mir lief das Wasser im Mund zusammen. Erst jetzt wurde mir bewusst, wie lange ich keine warme Mahlzeit mehr gegessen hatte. Als man das Essen brachte, wurde ich beinahe ohnmächtig vor Glück. Ich hörte zu, wie die Männer redeten, und begriff, dass ich Glück gehabt hatte. Sie gehörten zur Nordallianz, zu Massouds Leuten. Am liebsten hätte ich sie nach Omar gefragt, verhielt mich aber still und versuchte, keine Aufmerksamkeit zu erregen. Im Zimmer war es warm und verraucht, und die Männer sprachen mit gedämpfter Stimme. Einer hielt an der Tür Wache.

Es schien, als kämpften viele verschiedene Gruppen in der Stadt und der Umgebung, aber die Taliban gewannen die Oberhand.

»Für Studenten sind die alle verdammt gut ausgerüstet«, sagte einer der Männer.

»Das sind keine Studenten mehr«, sagte ein anderer.

»Die kommen aus Islamabad, das sind alles Ausländer«, sagte einer in der Ecke als Erklärung. Er war größer und wirkte ernster als die Übrigen, die ihm mit Respekt begegneten.

»Wir fahren heute Nacht zurück nach Jurm – hier sind wir zu nichts nütze«, fuhr er fort. Er schien der Anführer, zumindest aber besonders angesehen zu sein. Es wurde gemurmelt, Erleichterung machte sich breit. Ich fragte mich, wie lange sich die Männer schon in der Stadt versteckten und was sie getan hatten. Wie es kam, dass Menschen in einem solchen Krieg kämpften. Ich dachte daran, wie Kabul früher gewesen war und wie es jetzt war, und verstand nicht, weshalb man etwas zerstörte, das man eigentlich beschützen wollte.

»Wir brechen in der Dämmerung auf. Der Lastwagen steht bereit«, sagt er. Die Männer nickten zustimmend, sichtlich froh, das Chaos hinter sich zu lassen.

»Was ist mit Javad?«, fragte Mati.

Die Männer schauten mich an. Ich senkte den Blick.

»Was soll mit ihm sein?«, fragte der große Mann. Sie schuldeten mir nichts. Abgesehen von dem Fahrrad, nützte ich ihnen wenig.

»Mein Bruder kämpft mit Massouds Männern«, sagte ich. »Ich will ihn finden. Ist er da, wo ihr hingeht?«

Der Mann musterte mich eingehend.

»Er heißt Omar«, sagte ich. »Ich muss ihn finden.« Jetzt schauten mich alle an.

»Wir haben in einem Gebirgsdorf in Baglan gewohnt. Omar ist verschwunden. Er sagte, er wolle sich der Allianz anschließen. Er wolle kämpfen.«

Die Männer nickten zustimmend.

»Und du, kleiner Mann, willst du auch kämpfen?«, fragte mich der Anführer.

»Ja«, sagte ich, weil mir nichts Besseres einfiel.

Der Mann schlug mir auf den Rücken, die anderen lachten. Mati lächelte.

»Dann kommst du heute Abend mit uns in die Berge.«

Damit war es beschlossen.

Den Nachmittag über diskutierten sie hitzig, was für das Land und die Menschen am besten sei, während immer einer von ihnen die Straße im Blick hatte und darauf achtete, was dort vor sich ging. Ich hörte zu, weil ich hoffte, etwas über Omar zu erfahren.

Als es dunkel wurde, sollten wir uns ausruhen. Man würde uns wecken, wenn wir aufbrachen – bevor die Dämmerung die Nacht vertrieb, würden wir den Abmarsch wagen.

In dieser Nacht brannte das Feuer unablässig, da es immer wieder jemand anschürte, und die Männer hielten jeweils zu zweit Wache, während draußen ein endloses Feuerwerk explodierte. Wenn Schritte ertönten, hielten wir den Atem an, die Männer mit der Hand am Abzug. Nur Mati verschlief alles. In einem kleinen Nebenraum kniete ein Mann, der unablässig betete, als würden wir alle getötet, sobald er damit aufhörte.

Ich stellte mich schlafend, spürte aber, wie mich der Anführer beobachtete, als wartete er auf etwas. Mitten in der Nacht sagte man uns, wir sollten aufstehen und uns bereitmachen. Ein Mann öffnete die Tür und hielt Ausschau nach dem Signal, das den Lastwagen ankündigte.

»Was ist mit dem Fahrrad?«, fragte ich.

Die Männer überlegten kurz. Es schien irgendwie falsch, es zurückzulassen.

»Es bleibt hier«, entschied der Große. »Es ist zu auffällig.«

Wieder verließ ich die Stadt in einem Lastwagen, wieder in Richtung Gebirge.

Obwohl ich damals so klein gewesen war – noch keine sechs –, erinnerte ich mich, wie ängstlich und aufgeregt wir damals gewesen waren, wie wir uns gewünscht hatten, das gelbe Haus und Arsalans Tod so weit wie möglich hinter uns zu lassen. Ich erinnerte mich auch, wie uns die Mudschahedin angehalten hatten und wie Baba mit ihnen gelacht hatte. Nun, nach Madars Briefen und dem Foto, hatte ich einen anderen Blick auf das alles.

Es war schwer zu sagen, wer mit wem zur Zeit verbündet war. Es gab so viele Gruppierungen, die einander bekämpften, und alle waren davon überzeugt, dass sie und nur sie allein recht hatten.

Ich dachte daran, wie Omar uns in den Bergen verlassen hatte. Baba war nicht wütend gewesen – eher stolz. Es war, als hätten er und Madar gewusst, wie Omar sich entscheiden würde.

Ich fing an, Zeichen zu sehen, entdeckte überall Geheimnisse. Ich fing an, meinen eigenen Erinnerungen zu misstrauen. Nach Arsalans Tod war Omar für mehrere Tage verschwunden. Wohin? Was hatte er getan? Und wer waren die unbekannten Männer, die ins Haus gekommen waren – was hatten sie von uns gewollt? Was hatten sie zu finden gehofft? Immer neue Fragen drängten in meinen Kopf.

Wir quetschten uns alle auf die Ladefläche des Lastwagens. Es gab zwei schmale Holzbänke an jeder Seite, in der Mitte lag eine Strohmatte. Dort saßen Mati und ich, die Männer auf den Bänken. Es roch nach Tieren.

Der Fahrer war ein kleiner, gedrungener Mann mit dem erschöpften Blick eines Menschen, der tagelang nicht geschlafen hat. Er kauerte gebückt über dem Lenkrad, seine Augen zuckten hektisch und hielten Ausschau nach Minen, Raketen, einem Hinterhalt. Er versorgte uns mit alten Gewehren. Sie wirkten nicht sehr eindrucksvoll – wenn der Feind käme, könnte ich ihm höchstens damit auf den Kopf schlagen.

»Nehmt sie, nur für den Notfall«, sagte er zu Mati und mir. Abas hatte schon ein eigenes Gewehr.

Im Gegensatz zu meinen Brüdern hatte ich nie eine Waffe in der Hand gehalten. Ich ahmte Mati nach und ging sehr vorsichtig damit um, schließlich wollte ich keinen Mitreisenden oder mich selbst aus Versehen erschießen. Im Gebirge hatte Amin Omar und Javad das Schießen beigebracht – Zielübungen fern des Dorfes, wo sie niemanden stören oder verletzen konnten. Als Omar weg war, hatte Amin mit Javad, der ein guter Schütze mit ruhiger Hand war, weitergeübt. Sie gingen mit Amins Waffe los und kamen abends beladen mit Beutestücken zurück, die ihren Zielübungen zum Opfer gefallen waren. Ich fragte mich, worüber sie auf diesen langen Wanderungen gesprochen hatten, welches Gift Amin in Javads Gehirn geträufelt hatte.

Es machte mich wütend, wenn ich daran dachte, wie diese Männer meinen sanften Bruder von uns gerissen und sein Herz mit Hass erfüllt hatten. Ich war wütend auf Javad, weil er es zugelassen hatte, aber auch auf Baba und Madar – auf alle, die nur dagestanden und zugesehen hatten. Es wäre nicht gerecht, Javad allein die Schuld zu geben.

Der Abschied von der Stadt vollzog sich langsam, der Fahrer steuerte den Lastwagen vorsichtig über die unebene Straße, die pockennarbig von Granateinschlägen war. Wir konnten nichts sehen, weil der Fahrer die Plane hinten geschlossen hatte, als wäre er unterwegs zu seinem Bauernhof in den Bergen. Niemand sprach ein Wort. Die Männer hatten sich daran gewöhnt, immer aufs Schlimmste gefasst zu sein. Sie rechneten ständig damit, dass es passierte.

Als wir die Bergpässe hinaufgefahren waren, entspannten sich alle ein wenig; die Männer begannen, wieder zu reden, scherzten sogar mit Mati und mir herum. Abas saß allein am Rand der Bank, um zu zeigen, dass er kein Kind mehr war, dass er nicht zu uns gehörte. Ich staunte, wie rasch ich mich in Javad verwandelt und meine alte Samar-Haut abgestreift hatte, und wunderte mich, dass keiner dies in Frage stellte. Ich war kleiner und magerer als Mati, hatte die kurzen Haare hinter die Ohren geschoben, war das Ebenbild meines Bruders geworden. Der Lastwagen ratterte bergauf, schwankte in den Kurven und Biegungen, die der Fahrer rasch anging, als könnte er Kabul gar nicht schnell genug hinter sich lassen.

Nach einer Weile schlugen wir die Plane zurück und banden sie an den Seiten fest, so dass wir über das Tal schauen und den Sonnenaufgang sehen konnten. Ein Mann reichte Brot herum. Wir aßen hungrig und dankbar.

Der Himmel färbte sich violett und rosa und tauchte das Tal in ein rosig goldenes Licht. Ich spürte ein stilles Glück, weil ich nicht mehr allein war.

Inzwischen hatten wir Massouds Territorium erreicht, und alle waren ruhig und entspannt.

»Du bist jetzt bei der Allianz, Javad«, sagte Mati lächelnd.

In diesem Augenblick wollte ich so gern neu anfangen, wollte wirklich der Junge Javad sein, wollte Samar und alles andere hinter mir lassen. Wäre es denn so schrecklich? Ich könnte mit ihnen kämpfen, mir ein neues Leben aufbauen. Tief im Herzen aber wusste ich, dass es eine Lüge wäre, und davon gab es schon zu viele in meinem Leben. Außerdem würde ich nicht ewig ein Kind bleiben. Mein Herz schlug schneller, weil Mati so gut zu mir war, und da wusste ich, dass ich nicht bleiben konnte. Ich musste einfach nur Omar finden. Dann würde alles besser.

Seit dem Lager hatte ich nicht mehr durchgeschlafen, hatte die Albträume nicht vertreiben können. Ich sah, wie der Schlamm sich über den Berghang ergoss, auf unser Haus zuschoss. Ich träumte von Nazarine und Masha, die schrien, von Ara, die mit dem Gesicht nach unten im Fluss trieb, von Sitara, die krank und fiebrig war, von Arsalan, der am Baum hing. In meinem Kopf wirbelte alles durcheinander, und ich konnte mich von dem, was geschehen war, nicht losmachen. Ich träumte auch von dem sterbenden Jungen in der Höhle und fragte mich, wer so grausam gewesen war, ihn dort allein zurückzulassen, verletzt und verängstigt. Oder ich träumte davon, wie ich an endlosen Reihen leerer Zelte vorbeirannte, die sich bis in die Wüste erstreckten. Ich schrie im Schlaf und würgte Tränen hinunter, wenn ich aufwachte.

Was war nun mit Madar, die gesagt hatte, alles sei möglich? Die immer wieder betont hatte, ich könne alles tun oder werden, wenn ich mich nur genügend anstrengte und es fest genug wollte? Wo hatte das Madar hingeführt?

»Auf jede Dunkelheit folgt Licht.«

Ich schaute auf. Es war der Mann, der in Kabul die ganze Zeit gebetet hatte, um uns zu beschützen.

Ich wusste nicht, ob der Satz an mich, an uns alle oder an niemand Bestimmtes gerichtet war.

Er bemerkte wohl meinen entrückten Blick und wie ich mir mit den Händen wieder und wieder auf die Knie schlug, um mich daran zu erinnern, dass ich noch hier war. Dass ich noch lebte.

Ich wollte den Männern so viele Fragen stellen und auf diese Weise Omar finden. Wenn er sich ihnen angeschlossen hatte, würde irgendjemand etwas über ihn wissen. Ich versuchte, den Mann anzulächeln. Ich traute mich nicht zu reden, wollte nicht die Lüge offenbaren, zu der ich geworden war. Später würde ich mit Mati sprechen; er würde mir helfen.

Der Lastwagen hielt an, und der Fahrer hämmerte gegen die Seite, damit wir ausstiegen. Meine Beine waren steif geworden vom langen Sitzen. Die Tüten klebten an meiner Taille fest, und das Messer drückte gegen meinen Oberschenkel. Hinten im Lastwagen sah ich ein paar leuchtend blaue Steine unter der Matte hervorrollen, als der letzte Mann ausstieg. Ich hob einen auf und umschloss ihn mit der Faust. Als ich aufsah, beobachtete mich Abas stirnrunzelnd. Dann wandte er sich ab und sagte nichts. Beschämt legte ich den Stein wieder hin.

Es tat gut, umherzugehen, die frische Luft einzuatmen und den weiten Himmel über mir zu sehen, keine Granaten und Kampfgeräusche zu hören. Man sagte uns, wir sollten warten, bald werde ein zweiter Lastwagen kommen.

»Geh nicht zu weit weg, hier sind Minen«, rief Mati mir nach.

»Wo sind wir?«

»Auf dem Weg nach Jurm. Manche von uns fahren weiter nach Faizabad.« Ich sah ihn verständnislos an.

»Das ist die Hauptstadt von Badachschan. Wir reisen zum Dach des Himmels«, sagte er lachend.

Die Berge ragten hoch über dem üppig fruchtbaren Tal auf, in dem sich grüne Felder und Obstgärten erstreckten, so weit das Auge reichte.

»Und wohin soll ich gehen?«

Mati schaute mich an.

»Du kannst mit mir kommen. Ich gehe zurück zu meiner Familie. Meine Mutter will, dass Abas und ich aufhören zu kämpfen. Sie hat gedroht, meinen Vater zu verlassen, wenn wir nicht heimkehren, also hat man uns zurückbeordert.« Er lachte wieder.

Seine Freundlichkeit rührte mich, sein Lächeln zog mich an. Einen Moment lang gestattete ich mir, an dieses neue, stille Leben auf den Feldern zu denken, wohl wissend, dass es nur ein Traum war.

Ich schüttelte den Kopf. »Nein, ich muss meinen Bruder Omar suchen.«

Mati wirkte enttäuscht, aber verständnisvoll.

»Frag Abdul-Wahab«, sagte er und deutete auf den Mann, der das Sagen hatte. »Er kennt hier jeden. Falls dein Bruder hier irgendwo ist, wird er dir dabei helfen, ihn zu finden.« Er zögerte. »Allerdings wird er etwas dafür verlangen.« Er sagte es leise, damit die anderen uns nicht hörten.

Ich nickte, ohne wirklich zu verstehen, was er meinte.

Nachdem wir eine Weile in der Sonne gesessen hatten, hörten wir die Gangschaltung des nächsten Lastwagens knarren, der sich durch die Kurven bergauf quälte. Die Männer hielten die Gewehre bereit. Selbst hier, auf Massouds eigenem Gebiet, musste man vorsichtig sein. Der Fahrer rief etwas. Abdul-Wahab erkannte ihn und begrüßte ihn mit einem Winken des Gewehrs, und bald waren wir nach Jurm unterwegs, wo ich mich von Mati verabschieden musste. Ich war traurig, da ich in ihm eine Art Freund gefunden hatte, etwas, das ich seit dem Lager nicht gehabt hatte.

Zuerst war ich traurig, weil ich mich schon wieder verabschieden musste, dann erleichtert, weil ich mich nicht mehr leer fühlte, weil ich noch etwas empfinden konnte, mich sogar seltsam lebendig fühlte. Mati lächelte mir zu, und mein Herz schlug schneller, als unsere Blicke sich begegneten.

Also hatte mich der Schmerz all dessen, was ich erlebt hatte, noch nicht gänzlich abgestumpft.

24

Ich schaue aus dem Zugfenster ins Licht der Dämmerung. Draußen erstreckt sich die sibirische Steppe endlos und scheinbar leer. Doch die Leere ist trügerisch, das weiß ich. Der Boden wimmelt von Leben – verborgen vor den Blicken der Reisenden aus dem Zug, der vorüberfährt und niemals anhält.

Die anderen Fahrgäste sind es leid, Fotos zu machen. Sie sind damit zufrieden, die Farben des Abendhimmels über sich hinwegziehen zu lassen, während sie aus dem Fenster schauen. Die Weite um uns herum ist so gewaltig, dass man sich selbst vollkommen unbedeutend vorkommt.

»Siehst du, Madar?«, flüstere ich, damit mich die anderen Fahrgäste nicht hören. Madar lächelt mich an, sie wiegt Sitara auf dem Schoß. Ich erlaube mir, sie dort zu sehen. Nicht allein zu sein. Vielleicht ist Baba im Zug spazieren gegangen. Vielleicht freundet sich Ara gerade mit anderen Reisenden an, während Javad sie am Ärmel zieht und zurück zu Madar schleppen will. Die Gedanken reisen mit mir. An ihnen halte ich mich fest.

Wenn ich andere Orte sehe, denke ich an die Landschaften zu Hause, den frischblauen Himmel, die majestätischen Berge, die Flüsse, die durch den Hindukusch rauschen. Ich denke an die Schönheit dessen, was ich zurückgelassen habe und vielleicht nie wiedersehen werde.

25

»Javad«, Abdul-Wahab winkte mich zu sich, »setz dich zu uns nach vorn. Dann kannst du mir mehr über deinen Bruder erzählen.«

Ich drehte mich zu Mati um, dankbar, dass er sich für mich eingesetzt hatte, obwohl er mich kaum kannte. Ich kletterte neben den Fahrer. Während der Lastwagen über die Bergpässe und wieder ins Tal fuhr, erzählte ich, wie die Männer ins Dorf kamen und Omar auf einmal weg war. Sicher, es war lange her, aber Mati hatte gesagt, Abdul-Wahab könne mir helfen. Ich lächelte den älteren Mann hoffnungsvoll an.

»Wir werden sehen«, sagte er. »Ich höre mich um, aber du solltest wissen, dass es im ganzen Land Kämpfer gibt – junge Männer wie deinen Bruder. Es könnte unmöglich sein, ihn zu finden.«

Er bemerkte den Schatten, der über mein Gesicht huschte. »Jeder hat jemanden verloren«, fügte er hinzu.

»Ich habe alle verloren«, sagte ich leise. Er schien meine Entschlossenheit zu spüren. »Jemand muss Bescheid wissen.«

»Und wenn er tot ist?«

»Dann will ich es auch erfahren.«

Er schaute mich lange an, wobei ein Lächeln seine Mundwinkel umspielte.

»Du bist sehr entschlossen, Javad. Wir brauchen junge Kämpfer. Warum kommst du nicht mit, wirst einer von uns? Wir haben ein Ausbildungslager. Du könntest dort lernen; und wir suchen deinen Bruder. Was meinst du?«

Ich wusste nicht, wie ich ihm erklären sollte, dass ich zwar verzweifelt sein mochte und alles verloren hatte, aber dennoch nicht kämpfen wollte. Der Krieg hatte mir alles genommen. Ich wünschte mir nur Frieden, Omar zu finden und mit Madars vergrabenem Geld ganz weit weg zu reisen. Ich wollte neu anfangen.

»Wir bleiben ein paar Tage in der Nähe von Jurm und ruhen uns aus. Du kannst es dir überlegen.« Er lehnte sich gegen mich, und ich war mir sicher, dass er den Gürtel unter meinem *Chapan* spürte und die Geheimnisse, die ich bei mir trug.

Der Lastwagen holperte die Straße nach Jurm hinunter, die von grünen Mohnfeldern gesäumt wurde, die sich bis in die Ferne erstreckten.

Abdul-Wahab sagte nichts mehr zu mir, er unterhielt sich jetzt mit dem Fahrer. Ich entspannte mich ein bisschen. Es tat gut, die Landschaft vorbeiziehen zu sehen – vorn im Lastwagen zu sitzen, vorwärtszukommen, nicht mehr allein wandern zu müssen. Ich kam wieder zu Kräften, erholte mich, weil ich schlafen und essen konnte und Gesellschaft hatte.

Wenn sich Ara und Sitara in meinen Kopf drängten, schob ich sie weg. Dafür war ich noch nicht stark genug, konnte noch nicht darüber nachdenken, was mit ihnen geschehen war.

Die Männer hinten lachten über einen Scherz von Mati. Ich wusste, dass mir das Herz weh tun würde, wenn ich mich von ihm verabschieden musste. Doch es tat gut zu wissen, dass wir in diesem ganzen Chaos noch immer lachen konnten.

Das Städtchen Jurm wand sich durch das Tal. Die Häuser waren klein und niedrig. Entlang des Weges konnte man an leuchtend bunten Ständen Nüsse, Obst und Gemüse kaufen, die im Tal angebaut wurden. Es war ein Ort, an dem das Leben trotz der Taliban weiterging.

»Hier ist vieles anders«, sagte Abdul-Wahab lachend und beobachtete mich, während ich alles in mich aufnahm.

Dann kamen eine Frau und ein Mann rufend auf uns zugelaufen. Ich spannte mich wieder an, fürchtete einen Hinterhalt, doch der Lastwagen blieb stehen, und Mati und Abas sprangen hinaus. Im Seitenspiegel sah ich, wie Mati von seinem Vater hochgehoben und im Kreis geschwungen wurde, wie seine Mutter weinte und alle glücklich miteinander lachten. Sie trug keine Burka, und ihr Kopftuch fiel lose auf die Schultern, als sie Mati an sich drückte.

»Warum habt ihr sie gehen lassen?«, fragte ich Abdul-Wahab.

»Sie wollten nicht bleiben.« Er zuckte mit den Schultern. »Man kann Leute nicht zum Kämpfen zwingen; sie müssen daran glauben, sich selbst dafür entscheiden.«

Er sah mich noch einmal eindringlich an. Mati hüpfte zur

Beifahrertür und hämmerte ans Fenster. Ich machte die Tür auf und beugte mich zu ihm hinunter. Wir umarmten uns und wünschten einander Glück.

»Dir ein langes Leben, Bruder«, sagte Mati und drückte meine Schultern. Ich ließ ihn los und schlug die Tür zu. Er lief zurück zu seinen Eltern, und alle vier wurden im Seitenspiegel immer kleiner, als der Lastwagen weiterfuhr. Als ich an mir heruntersah, bemerkte ich, dass Aras Kette aus dem Kragen des *Chapan* gerutscht war und auf meiner Brust schimmerte. Ich bedeckte sie rasch mit der Hand, wollte sie unter das Tuch schieben. Abdul-Wahab beobachtete mich wortlos, tat aber, als hätte er es nicht bemerkt. Ich erinnerte mich an Matis Worte: »Falls man deinen Bruder finden kann, wird er dir dabei helfen. Allerdings wird er etwas dafür verlangen.« Ich verfluchte mich, weil ich so achtlos gewesen war.

Wir fuhren weiter nach Faizabad, wo der Lastwagen in der Abenddämmerung vor einem Anwesen mit großem Innenhof hielt. Ich folgte den Männern, da ich bei ihnen bleiben wollte, bis ich etwas über Omar erfahren hatte. Sie konnten mich nicht zum Kämpfen zwingen. Und es gab Fragen, die ich ihnen stellen wollte.

26

Napoleon hat sich neben mich gesetzt – seine Schicht geht zu Ende, die *Provodnitsa* wird ihn ablösen. Er mag sie nicht sonderlich, sie streiten immer darüber, wer die Tagschicht und wer die Nachtschicht übernehmen soll. Sie ist eine gemeine Frau, die ständig seufzt und die Augen verdreht, weil die Leute angeblich dumm sind. Napoleon hingegen hält alle bei Laune und macht die Reise zu einem einzigen großen Abenteuer.

Ich habe ihm von Mati und meiner Zeit in den Bergen erzählt, wenn auch nicht alles. Von Abdul-Wahab habe ich ihm nicht erzählt. Warum, weiß ich nicht. Ich habe so viele Geheimnisse mit Napoleon geteilt, er weiß von allen, die ich geliebt und verloren habe. Er verurteilt mich nicht, weil ich mein Land verlassen habe, weil ich geflohen bin. Als ich ihm davon erzählt habe, kam es mir vor, als spräche ich über das Leben eines anderen. Diese Dinge sind Madar, Baba, meiner Familie zugestoßen, nicht mir.

Dies jedoch habe ich ihm nicht erzählt. Ich habe es niemandem erzählt.

Ich versuche, alles in die richtige Reihenfolge zu bringen, meinen Verstand aufzuräumen. Was ist hier und jetzt, was war damals? Es fällt mir schwer, die Dinge voneinander zu trennen, an Abdul-Wahab zu denken. Ich sehe Javads missbilligende Augen und wie Madar mir die Arme entgegenstreckt.

Ich überlege, ob ich es aufschreiben soll – ich bin bei Notizbuch Nummer vier und fülle die Seiten so rasch, dass uns, wie Napoleon zu scherzen pflegt, das Papier ausgehen könnte, bevor die Reise vorbei ist.

Ich schreibe jetzt kleiner, nutze die ganzen Seiten aus. Ich will alles erzählen. Selbst dies.

27

In jener Nacht sollte ich im Hof schlafen. Die Männer hatten Matten ausgebreitet, es gab Decken und ein Feuer. Wir saßen bis spät in der Nacht im Kreis. Die Männer, mit denen ich gereist war, unterhielten sich mit den Bewohnern dieses Anwesens bei Faizabad, die uns aufgenommen hatten. Ich hörte zu, erfuhr viel über Massoud, den »Löwen von Pandschschir«, von dem Omar und Baba so oft gesprochen hatten.

Ich hörte von seinen Feldzügen und Ideen, wie er zuerst die Sowjets und dann die Taliban zurückgedrängt hatte, und dass an Orten wie diesem, die seiner Kontrolle unterstanden, die Gesetze und Gerichte der Taliban nichts galten. Hier gab es Schulen, auch für Mädchen. Es gab Ärzte und Lehrer. Es war der Teil Afghanistans, der dafür kämpfte, an jenen Dingen festzuhalten, die unter den Taliban für immer verloren wären.

»Javad«, rief Abdul-Wahab. Ich musste mich neben ihn setzen, und dann sagte er zu dem älteren Mann mit dem weißen Bart, der auf meiner anderen Seite saß: »Das ist der Junge,

Javad. Er sucht seinen Bruder. Lass dir seine Geschichte erzählen!«

Der Alte schaute mich an. Ich wand mich innerlich, sträubte mich gegen die Aufmerksamkeit, spürte, dass alle Ohren auf die Geschichte warteten, die ich Fremden gar nicht erzählen wollte. Doch ich wusste, dass mir letztlich keine Wahl blieb und sie mich Omar näher bringen könnte. Also fing ich an zu reden.

Ich beschrieb die Männer, die ins Dorf gekommen waren. Ich erzählte von Omar, der einfach verschwunden war. Ich sprach von dem sterbenden Jungen in der Höhle. Ich berichtete, wie ich alles verloren hatte, dass mir nur Omar geblieben war, dass ich ihre Hilfe brauchte. Die Männer beugten sich vor und hörten zu, während zwischen uns die Flammen tanzten. Der alte Mann legte mir die Hand auf den Arm. »Weißt du, Javad, das Leben geht weiter, ob du glücklich bist oder nicht. Erst im Rückblick erkennt ein Mann seinen Wert. Das sagt uns Massoud … und so ist es auch. Man sollte besser nichts bereuen.«

Ich umklammerte das alte Foto in meiner Tasche, auf dem, wie ich glaubte, Baba, Madar und Arsalan in Uniform zu sehen waren. Ich rieb mit den Fingern über die scharfen Kanten. Ich wusste nicht, ob ich es den Männern zeigen sollte. Sie schüttelten den Kopf, sagten, es sei unmöglich, meinen verlorenen Bruder aufzuspüren.

»Javad, viele Kämpfer, die zu uns kommen, ändern ihren Namen. Sie werden Krieger, sind keine Söhne oder Brüder mehr. Wenn du kämpfen willst, musst du aufhören, an deine Familie zu denken.« Abdul-Wahab lächelte. Es war ein dünnes, unangenehmes Lächeln.

»Hör nicht auf ihn«, sagte der alte Mann. »Alles ist möglich, nicht wahr?« Als er das sagte, musste ich an Madar denken, und mir kamen die Tränen. Ich blinzelte sie weg und nahm das Bild heraus. Ich zeigte es erst den Männern, dann hielt ich es zögernd Abdul-Wahab hin, der wütend zu sein schien, weil ich mein Geheimnis zuerst mit den Fremden geteilt hatte.

»Könnt ihr mir sagen, was für Uniformen das sind?«

Sie reichten das Foto herum.

»Woher hast du das?«, fragte einer und schaute mich mit neuerwachtem Interesse an.

»Es hat meiner Mutter gehört.« Ich wollte sie nicht belügen.

»Und die Leute auf dem Bild?«, fragte Abdul-Wahab angespannt.

»Mein Vater, sein Freund, wie ich glaube, und meine Mutter.«

Da, ich hatte es ausgesprochen. Ich konnte es nicht mehr zurücknehmen. Die Männer starrten zuerst einander an, dann mich. Sie waren misstrauisch geworden.

»Wer hat dich geschickt?«, fragte einer. Es klang nicht mehr so freundlich wie zuvor.

»Niemand hat mich geschickt. Ich suche meinen Bruder.«

Die Gesichter der Männer rückten näher.

Ein Hausbewohner nahm Abdul-Wahab beiseite, und sie unterhielten sich fernab des Feuers, stritten wegen etwas. Ich saß da und wiegte mich nervös hin und her, wünschte, ich hätte ihnen das Bild nicht gezeigt, das so viele unbeantwortete Fragen in mir geweckt hatte.

Panik schnürte mir die Kehle zu. Ich hatte die Aufmerksamkeit auf mich gelenkt, war für diese Männer zum Problem geworden, einem Problem, das beseitigt werden musste. Dabei hatte ich gar nichts falsch gemacht. Ich hatte nur um Antworten gebeten.

»Komm mit.« Abdul-Wahab ragte über mir auf. Sein Gesicht war düster. »Wir wollen wissen, wer dich zu uns geschickt hat. Was machst du hier? Für wen spionierst du?« Er drückte die Hände fest auf meine Schultern. Ich wäre ohnehin nicht auf die Idee gekommen, wegzulaufen, ich konnte ja nirgendwohin. Und sein Griff war sehr hart.

»Ich lüge nicht!«, schrie ich und deutete wieder auf das Bild. »Das ist mein Vater, der andere Mann heißt Arsalan. Meine Mutter heißt… hieß Azita.« Die Männer zögerten. Der Älteste hob die Hand, worauf ein anderer Mann Abdul-Wahab beiseitewinkte.

»Arsalan, sagst du?« Der alte Mann schaute mich an.

Ich nickte. »*Baleh*, ja!«

Ich beschloss, ihnen alles zu erzählen, was ich wusste, damit sich mich nicht Abdul-Wahab überließen. Also erzählte ich von dem gelben Haus, von den kommunistischen Versammlungen in den Höhlen, von Arsalan, dem Freund meines Vaters, von den Männern, die ins Haus gekommen waren und Fragen gestellt hatten, von Arsalans Tod. Die Briefe und Madar erwähnte ich nicht. Ich wollte ihre Ehre nicht beschmutzen und wusste auch nicht, ob das, was ich befürchtete, tatsächlich stimmte.

»Der Freund deines Vaters war ein mächtiger Mann«, sagte der Älteste mit feuchten Augen. Ich merkte, dass er mich im Flammenschein jetzt anders ansah. Ich wollte unbedingt, dass er mir glaubte. »Tut mir leid, dass wir dich erschreckt haben. Du musst vorsichtig sein. Es gibt Leute, die uns verraten oder schaden wollen.«

Erleichterung durchflutete mich.

»Dieser Mann, Arsalan, war ein sehr guter Freund unseres Anführers. Ein echter Krieger. Ich kannte ihn als jungen Mann recht gut. Und deine Eltern … auch sie waren tapfer.« Er wirkte traurig. »Weißt du, Javad, es ist nicht immer alles, wie es scheint.«

Ich sah ihn an und fragte mich, ob er es wusste – ob ich mich irgendwie verraten hatte.

»Allah hat dich in seiner Weisheit zu uns geführt. Wir werden dir helfen, deinen Bruder zu finden. *Inschallah.*« Er schaute die anderen Männer an, die ihm zustimmten. Ich seufzte dankbar.

»Du musst vielleicht mit uns kommen«, fuhr er fort. »Dieses Foto … es steckt mehr hinter der Geschichte.« Er schaute mich eindringlich an. »Ist es das einzige Bild dieser Art?«

Ich dachte an die Fotos, die ich bei mir trug, aber dies war das einzige Bild *dieser Art*. Also log ich nicht, als ich antwortete: »Ja, es ist das einzige.«

»Gut.«

Abdul-Wahab wollte widersprechen, doch der Älteste tat es

mit einer Handbewegung ab. »Es ist gut, dass du dieses Kind zu uns gebracht hast. Morgen haben wir mit dem jungen Javad eine Menge zu besprechen.«

Abdul-Wahab sah mich hasserfüllt an. Ich wusste nicht, womit ich ihn so erzürnt hatte.

»Wir brechen früh am Morgen auf«, sagte der alte Mann zu mir. »Nach dem Gebet musst du bereit sein.«

Er gab mir das Foto zurück. Ich bedankte mich, worauf er Abdul-Wahab wegführte, der weiterhin protestierte.

Erschöpft suchte ich mir eine Matte ein wenig abseits des wärmenden Feuers und legte mich neben zwei Jungen vom Anwesen. Die Schatten des Feuers tanzten über ihre schlafenden Gesichter.

Ich deckte mich mit Omars *Patu* zu, schloss die Augen und fragte mich, wohin sie mich mitnehmen würden, zu wem sie mich bringen wollten. Vielleicht zu Massoud selbst. Sie hatten mir keine Antworten gegeben und wussten doch viel mehr, als sie sagten. Ich würde mich gedulden müssen. In dieser Nacht fühlte ich mich wieder allein. Ich dachte an Mati und Abas, die zu Hause bei ihren Eltern waren, und mein Herz schmerzte vor Sehnsucht nach Baba und Madar und allem, was ich verloren hatte. Ich schlief unruhig.

Dennoch bemerkte ich Abdul-Wahab erst, als er mir an die Kehle griff, mich vom Boden zog und mir die Hand auf den Mund drückte. Er zerrte mich von den Matten weg. Ich strampelte vergeblich, und er schleppte mich zu einem Tor am Rande des Anwesens, neben dem eine niedrige Lehmhütte stand. Er öffnete die Tür und schob mich hinein. Dann streckte er die Hand aus und schlug mir seitlich gegen den Kopf. Der Schlag tat weh, in meinen Ohren klingelte es. Ich taumelte rückwärts und hörte, wie er die Tür hinter sich schloss.

Drinnen war es finster. Ich wollte schreien, doch er kam auf mich zu und legte mir wieder die Hand auf den Mund. Ich wusste nicht, ob er zornig war, weil er glaubte, ich hätte ihn dumm und unwissend erscheinen lassen, oder ob ich sein Interesse geweckt hatte und er gewöhnt war, sich zu nehmen, was er haben wollte – doch eines wusste ich ganz sicher: Ich musste raus aus dieser Hütte, sonst wäre alles vorbei. Ich würde Omar niemals finden. Ich würde nie wieder frei sein.

Er zerrte an meinen Kleidern, ich stieß ihn weg. Ich prallte gegen etwas aus Holz – einen schmalen Tisch. Er drückte mich darauf nieder.

»Na komm, kleiner Javad, sehen wir nach, welche Geheimnisse du sonst noch verbirgst!«

Sein Atem ging schwer, seine Stimme klang heiser. Seine Hände befühlten mich. Ich tastete nach Arsalans Messer, zog es aus der Scheide und drehte mich um. Ich konnte nichts sehen, fühlte aber, wie er an mir zerrte, roch seinen warmen, scharfen Atem. Ich stieß mit dem Messer zu. Nichts. Er kam noch näher.

»Aber, aber, Javad«, er drückte mir die Hand auf den Mund und tastete mit der anderen zwischen meinen Beinen. Panik stieg in mir auf. Ich holte aus und trat nach ihm, hörte ihn in der Dunkelheit fluchen. Ein Tritt traf, und er ließ mich eine Sekunde los. Ich biss ihn in die Finger. Als er sich am Tisch abstützte, hob ich noch einmal das Messer und stieß zu. Er heulte vor Empörung und Schmerz, und ich vermutete, dass ich seine Hand mit dem Messer an den Tisch genagelt hatte. Ich tastete in der Dunkelheit nach dem Türriegel, dann schwang die Tür auf, und ich lief hinaus in die Nacht. Ich rannte bis zum Tor und immer weiter, ohne mich umzusehen. Ich hörte nur, wie mein Herz in der Brust hämmerte. Ich wusste nicht, ob er mir nachkommen oder andere losschicken würde, um mich zu jagen. Ich rannte einfach nur.

28

Ich durchlebe diese Augenblicke, ergreife sie mit unsteter Hand, während der Zug in Richtung Moskau rollt. Ich betrachte die Wörter in meinem Notizbuch. Ein Tourist, ein großer Mann mit blonden Haaren, geht vorbei, er schwankt ein bisschen, als sich der Zug nach Westen neigt. Ich schütze die Seite vor neugierigen Blicken. Ich weiß nicht, weshalb mich dieser Augenblick mit Abdul-Wahab so verstört. Letzten Endes bin ich entkommen. Er hat nur meinen Stolz verletzt. Ich habe mich gewehrt. Vielleicht ist es das, was mich am meisten ängstigt – dass ich bereit war zu kämpfen, als es darauf ankam, mich zu schützen und jemand anderen dabei zu verletzen. Das beunruhigt mich, und ich schäme mich noch immer. Für das, was passiert ist. Weil es passiert ist. Weil ich es nicht verhindert habe.

Ich durchlebe noch einmal die Nacht, in der ich im Gebüsch kauerte, horchte, außer mir vor Angst darauf wartete, dass sie mich entdeckten. Ich wusste nicht, was dann mit mir geschehen würde. Erst viele Tage später hörte ich auf zu zittern.

Das alles schreibe ich nun auf.

Nachher wird Napoleon zu mir sagen: »Samar, du hast nichts falsch gemacht.« Ich werde hören, wie er es sagt, und es nicht glauben. Ich werde mir denken, dass man vielleicht nicht alle Geheimnisse teilen muss. Nun trägt auch er die Last meiner Scham.

29

Niemand entdeckte mich in jener Nacht. Ich weiß nicht, wie Abdul-Wahab seine Wunde oder mein Verschwinden erklärte, doch wie durch ein Wunder suchten sie entweder nicht nach mir oder fanden mich nicht. So konnte ich das Anwesen an der Straße zwischen Faizabad und der Grenze bald hinter mir lassen.

Damit begann meine Reise aus Afghanistan heraus.

Ich konnte nicht länger glauben, dass ich meinen Bruder finden und ein freudiges Wiedersehen erleben würde. Nach dem Erdbeben hatte ich lange Zeit davon geträumt. Doch nun verstand ich, dass es nichts weiter als der Traum eines unwissenden Kindes gewesen war.

Vor dem Erdbeben war ich ins Gebirge gelaufen, um Omar zu suchen. Damit begannen die Katastrophen, die meine Familie seither getroffen hatten, und ich hatte wohl gehofft, dass ich das ganze Unrecht wiedergutmachen könnte, indem ich Omar fand. Doch Madar hatte sich geirrt, nicht alles war möglich. Es gab nicht immer ein Zurück.

In der Dunkelheit jener Hütte hatte ich Omar loslassen müssen. Mit ihm ließ ich den Traum los, jemals nach Hause zurückzukehren.

Stattdessen würde ich zur Grenze laufen und nach Russland, nach Europa reisen, irgendwo neu anfangen. Ich hatte genug von den Kämpfen und dem Zorn im Herzen der Männer. Nur so konnte ich Omar näher kommen – es war die einzige Reise, die mir blieb.

Das Geld hatte ich noch – Abdul-Wahab hatte sich nicht dafür interessiert. Ich würde es verwenden, um Afghanistan zu verlassen. Ich würde ein neues Leben beginnen. Ich würde nach vorn blicken.

In den Iran wollte ich nicht. Nein, ich würde nach Norden gehen, die Grenze zu Tadschikistan überqueren. Die Männer hatten viel über das Land gesprochen, das an Badachschan grenzt – über die Menschen und dass man den Löwen von Pandschschir dort ebenfalls liebte und verehrte. Dass die Sowjets neunmal versucht hatten, in das Tal vorzudringen, und neunmal zurückgedrängt worden waren.

Ich erinnerte mich an die Geographiestunden mit Nadschib, wie er Umrisse der Staaten an die Tafel gezeichnet hatte, wie er sich gewünscht hatte, uns alles über die Welt jenseits unserer Grenzen beizubringen – über die vielen Länder, Menschen und Kulturen, die so anders waren als wir.

Ich dachte an die Eisenbahn, von der Omar so oft gesprochen hatte – die Transsibirische Eisenbahn –, die Ost mit West und West mit Ost verband. Bevor er verschwunden war, hatte er mir die Strecke in einem von Madars alten russischen Reisebüchern gezeigt und war sie mit den Fingern nachgefahren. Ich erinnerte mich auch an meine Tante Amira, die vor den Taliban nach Moskau geflohen war, die sich nicht mehr mit ihren Eltern verstand und nicht von ihnen beschützt wurde, und das, nachdem Madar sie schon mit ihren Lebensentscheidungen enttäuscht hatte.

Ich musste den Traum, Omar zu finden, loslassen, bevor er mich zerstörte. Stattdessen dachte ich an Amira und ob sie wohl immer noch in Moskau wäre. Ich konzentrierte mich auf die bevorstehende Reise und wie ich Afghanistan verlassen und mir ein neues Leben ohne Familie, ohne Papiere und ohne Geld aufbauen sollte. Doch ich hatte meinen Glauben und war nicht allein. Ich würde Baba und Madar zu Hilfe rufen, Ara und Omar, Javad, den kleinen Arsalan und Sitara – sie alle würden mir helfen. Nas und Robina ließ ich los. Sie würden mit Masha und ihrer Mutter in Afghanistan bleiben, konnten nicht mit mir auf diese Reise gehen. Mein Herz zog sich zusammen, als ich an sie und meine Großeltern dachte. Auch sie würden am Berg begraben bleiben, doch die anderen nähme ich mit. Diese Reise würde ich nicht allein antreten.

Im frühen Morgenlicht versuchte ich mein Glück an der Straße nach Ischkaschim, und tatsächlich hielt ein Lastwagen an. Der Fahrer, ein freundlicher Mann mit rosigen Wangen und einem langen Hängeschnurrbart, öffnete die Tür, und ich kletterte hinein.

Falls er überrascht war, einen Jungen allein auf dieser entlegenen Straße anzutreffen, ließ er es sich nicht anmerken. Ich sagte, ich wolle am Pandsch-Fluss die Grenze überqueren, falls mich jemand mitnahm. Ich fragte den Fahrer, wohin er wolle. Er erwähnte den Markt in Ischkaschim und den Basar, der am Wochenende auf einem Streifen Land inmitten des Flusses stattfand, einem Stück Niemandsland zwischen den beiden Ländern. Bis dorthin würde er mich mitnehmen, und dann müsste ich mir jemanden suchen, der mich über die Grenze brachte. Ich dankte ihm für seine Freundlichkeit. Ich zitterte noch immer und war nur darauf bedacht, Abdul-Wahab möglichst weit hinter mir zu lassen. Der Fahrer beobachtete mich.

»Du brauchst Papiere.«

»Ich habe keine Papiere.«

Er überlegte.

»Hast du Geld?«

Ich nickte vorsichtig.

»Dann können wir dir welche besorgen.«

Er lachte, weil ich große Augen machte und mein Glück nicht fassen konnte, dass mir tatsächlich jemand helfen wollte und es auch tat. Er fragte nicht, woher ich kam oder weshalb ich das Land verlassen wollte, sondern fuhr einfach weiter und lachte leise vor sich hin, als hätte er irgendwo neben der Straße einen guten Witz entdeckt.

Als wir uns der Grenzstadt näherten, wurde das Gelände steiniger und flacher – hinter uns die Gipfel des Hindukusch und des Karakorum; vor uns kahle Hügel, hinter denen sich das Land zum Pandsch-Fluss hin absenkte, der sich zwischen den beiden Ländern hindurchschlängelte. Die Menschen, an denen wir vorbeikamen, waren Bauern und Nomaden, sie ritten auf Maultieren und Pferden. Der Fahrer winkte ihnen zu, und sie lächelten, während wir uns über die rauen Bergstraßen manövrierten.

»Drüben wird es allmählich besser«, sagte er nach einer Weile.

»Wo?«

»In Tadschikistan.«

Der Gedanke war mir gar nicht gekommen. Ich hatte nur an die Kämpfe in meinem eigenen Land gedacht, nicht in anderen. Ich hatte vergessen, dass die Sowjets überall auf dem Rückzug waren, dass Länder ihre Namen, Regimes und Eigentümer wechselten. Ich wollte nicht einen Krieg gegen einen anderen tauschen.

»Besser?«, fragte ich nervös.

»Dort herrscht eine Art Frieden. Ist besser fürs Geschäft«, sagt er lachend, schien sich darüber zu freuen. »Man redet sogar von einer Brücke.«

Ich lächelte zurück. »Eine Brücke?«

Ich dachte an Omar mit seinen Zeichnungen, Plänen und Hoffnungen. Ich dachte an den Zug – wie er die Strecke der Transsibirischen Eisenbahn vor langer Zeit in der Wohnhöhle nachgezeichnet und von dem großen Abenteuer gesprochen hatte, das einen dort erwartete.

In Ischkaschim brachte mich der Fahrer zu jemandem, der

mir Papiere besorgen konnte. Es würde ein paar Tage dauern, aber ich konnte gegen Geld Visa und einen Pass bekommen. Ich war mit allem einverstanden. Wir trafen uns in einem kleinen Schuppen in der Nähe der Marktstände, wo uns ein dünner, drahtiger Mann mit langem Bart empfing und hereinbat. Ich trat ängstlich von einem Fuß auf den anderen und hielt die ganze Zeit die Augen auf die offene Tür gerichtet.

»Hier ist unser Reisender«, sagte der Fahrer.

»Du willst also nach Tadschikistan?«, erkundigte sich der Mann.

»Nein, ich will nach Russland.«

»Aha, ein echter Reisender.« Er lachte. »Weißt du, was für eine lange Reise das ist? Und sie ist teuer.«

Ich nickte.

»Und du bist allein?«

»Ja.«

Die beiden Männer schauten mich an. Ich machte mich so groß wie möglich. Zuerst lachten sie, nahmen aber das Geld und halfen mir. Sie kümmerten sich um vertrauenswürdige Fahrer und jemanden, der Papiere fälschen konnte; sie kauften mir auf dem Markt eine Tüte mit westlicher Kleidung, chinesische Kopien von Sachen, die Gap und Old Navy hießen. Sie gaben mir zu essen, ließen mich ein paar Tage ausruhen, und als alles fertig war, wünschten sie mir Glück und ließen mich ziehen.

Ich weiß nicht, warum sie mir halfen. Vielleicht war es einfach nur ein gutes Geschäft für sie. Ich konnte nicht mehr zwischen Freundlichkeit und Notwendigkeit unterscheiden. Mir wurde klar, dass ich mich daran gewöhnt hatte, jedem zu misstrauen.

Ein anderer Fahrer brachte mich in einem Jeep an einer niedrigen Stelle durch den Fluss, wobei sich die Räder langsam drehten und der Jeep im tiefen Wasser hüpfte, bis wir das flache gegenüberliegende Ufer erreicht hatten. Nun waren wir in Tadschikistan. Ich drehte mich um und verabschiedete mich durchs Fenster von meiner Heimat.

Der Fahrer wartete mit mir am Pamir Highway, wo ich in einen anderen Lastwagen wechselte, diesmal einen bunten, der mit Gebirgsszenen bemalt war. Dann saß ich wieder neben einem neuen Fahrer. Er hieß Cy und freute sich, dass ich mit ihm reiste.

»Ich höre, du bist ein erstklassiger Reisebegleiter«, scherzte er. Er war ein bisschen rau, aber nett und fröhlich, und erzählte mir von seinem Land. Wir sprachen meist Russisch. Ich war Madar dankbar, weil sie mir die Sprache beigebracht hatte, und erinnerte mich, wie ich in der Wohnhöhle neue Wörter vor mich hin geflüstert und stundenlang Geschichten in den Staub gezeichnet hatte. Wir reisten lange miteinander. Er hatte das Radio eingeschaltet, und wir hörten Musik, summten die Lieder mit. Nachdem man mir das Singen so lange verboten hatte, sprudelte die Musik nur so aus mir heraus, und ich spürte, wie die neue Freiheit näher rückte.

Es war eine lange Reise von einer Grenze zur nächsten, aber wir waren umgeben von der Schönheit der Berge und des Himmels, und ich sog alles in mir auf, während der Lastwagen über die Pässe holperte.

Ich versuchte, nicht an das zu denken, was ich hinter mir gelassen hatte und vielleicht nie wiedersehen würde.

»Warum willst du nach Russland?«

»Ich habe dort Familie, eine Tante in Moskau«, sagte ich. Ich wusste nicht genau, ob es wahr oder gelogen war. Jedenfalls hoffte ich, Amira dort zu finden.

»Oh, das ist gut. Familie ist wichtig.«

Ich ballte die Fäuste unter den Oberschenkeln und schaute starr geradeaus.

»Und deine Familie?«, fragte ich, um das Gespräch von Baba und Madar und meinen Brüdern und Schwestern und allem, was ich verloren hatte, abzulenken.

»Drei Söhne«, sagte er stolz. »Lauter gesunde, starke Jungs. Die beiden ältesten arbeiten, der jüngste geht noch zur Schule. Für sie ist es jetzt schwer; alles verändert sich. Wir wissen nicht, was die Zukunft bringt.«

»Aber sie bleiben hier?«

»Ja, natürlich. Hier ist es … es ist schlimm … aber für sie ist es besser …« Er schaute in den Rückspiegel, als er das sagte. Ich nickte, verstand ihn.

»Außerdem, wer sonst soll sich um mich kümmern, wenn ich alt bin?«

Ich dachte an Baba und verspürte einen stechenden Schmerz in der Brust. Eine Weile lang sagte keiner von uns beiden etwas.

Die Straße war stellenweise unwegsam, weil Steine und Felsbrocken von den Hängen herabgefallen waren, und manchmal mussten wir anhalten und sie beiseiterollen, damit der Lastwagen vorbeikam. In den Kurven gab die Straße unter dem Gewicht der Räder nach, dann kullerten Steinchen und Schotter hinter uns den Berg hinunter. Der Fahrer blieb ruhig und gelassen. Er war schon oft auf dieser Straße gefahren. Das Innere des Lastwagens war mit Ikonen und Glückstotems dekoriert – er hatte für alles vorgesorgt.

»Wie kommst du nach Moskau?«, fragte er mich nach einer Weile und schien erstaunt, dass ich allein so weit reisen wollte.

»Mit dem Zug. Es gibt einen Zug, der von Ost nach West fährt, die Transsibirische Eisenbahn. Mit der möchte ich fahren. Mein Bruder wollte immer …«

Ich verstummte. Ich hatte zu viel gesagt und blickte lieber aus dem Fenster.

»Schau nur«, sagte er.

Ich folgte der Richtung, die sein Arm beschrieb, und sah ins Tal hinunter. Mehrere Reiter jagten einander im weiten Land zwischen Hügeln und Bergen. Einer zog ein totes Kalb hinter sich her, die anderen versuchten, es ihm wegzunehmen. Man konnte die bunten Sättel der Reiter erkennen, die einander wie Tänzer umkreisten. Ich schaute gebannt zu. Wie frei sie waren.

»Es ist ein Spiel.«

»Ich weiß, es heißt *Buzkaschi*. Das gibt es bei uns auch.«

»Sie üben nur.«

»Erzähl das mal dem Kalb.«

Er schaute mich lächelnd an und fuhr den Wagen an den Straßenrand. Er stellte den Motor ab, wir stiegen aus und schauten ins Tal hinunter, feuerten die Männer an und warteten gespannt, wer der Sieger sein würde.

Die Pause tat gut. Seit dem Erdbeben hatte ich mich ständig hin und her bewegt, von einem Ort, von einer Enttäuschung, von einer Hoffnung zur anderen.

Einer der Spieler trug einen alten sowjetischen Panzerhelm, um seinen Kopf vor den Peitschen der beiden anderen zu schützen. Er beugte sich weit vom Pferd und streckte den Arm aus, um einem Gegner das Kalb zu entreißen.

»Der ist gut«, sagte Cy anerkennend, weil der Mann geschickt und schnell war und die Bewegungen der anderen, die ihn austricksen wollten, voraussah.

»Wie sind die Regeln bei euch?«, fragte ich.

»Es gibt keine Regeln. Jeder für sich, und der Tapferste gewinnt.«

»Und was dann?«

»Dann wird noch einmal gespielt.«

Er lachte dröhnend, dass es durchs ganze Tal hallte. Ich lachte auch, und meine Müdigkeit verlor sich ein bisschen.

»Was willst du machen, wenn du in Osch bist?«, fragte Cy, als wir wieder in den Lastwagen stiegen.

»Jemanden suchen, der mir hilft.«

Er lächelte über meine Entschlossenheit. Wir hatten Khorog schon lange hinter uns gelassen, hatten noch einmal den Fluss durchquert, wobei sich der Lastwagen mühsam gegen die Strömung stemmte. Hoch oben in den Bergen schauten wir auf den Karakul-See und die Grenze zu dem, was sich heute Kirgisistan nannte, herunter. All das erklärte mir Cy. Wir hatten die Nächte im Lastwagen verbracht, eingewickelt in Decken und Schaffelle. Einmal hatten wir im kleinen Haus einer Frau übernachtet, die er kannte, eine Witwe, die uns willkommen geheißen hatte und gar nicht überrascht gewesen war, ihn zu sehen. Sie ließ mich in einem niedrigen Sessel am Feuer schlafen. Am Morgen fiel es beiden schwer, mich aufzuwecken, und ich verließ das Haus im Halbschlaf, wie trunken von der Wärme.

Ich blieb nach wie vor wachsam, aber diese Leute waren freundlich. Man konnte es in ihren Gesichtern lesen, alle Falten bogen sich aufwärts, entstammten einem Leben voller Gelächter, einem Leben voller Bergsonne und Wind.

Als wir schließlich nach Osch kamen, wurde mir klar, dass ich, begraben unter einem Berg alter Mäntel, den Grenzübergang verschlafen hatte. Ich spähte hinaus, als mich der Lärm der geschäftigen Straßen weckte.

»Willkommen in der Republik Kirgisistan«, verkündete Cy lächelnd.

Nach allem, was vorher geschehen war, erschien mir dieser Teil der Reise so unkompliziert und geradlinig, dass ich mitlächelte.

Doch das Glück sollte nicht von Dauer sein.

30

Napoleon ist betrunken. Ich finde ihn zusammengesunken in der Ecke des Abstellraums, ganz am Ende des Wagens, neben ihm rollt eine leere Flasche über den Boden.

»Steh auf«, zische ich.

Wenn ihn die *Provodnitsa* hier findet oder ein Fahrgast sich beschwert, bekommt er Schwierigkeiten.

»Steh auf, Napoleon.«

Nichts. Ich schlage ihm auf die Wangen, zuerst leicht, dann fester. Sein Kopf rollt zur Seite. Ich schaue den Gang entlang. Niemand zu sehen, aber das muss nicht so bleiben. Der Samowar ist sehr beliebt, und ich spüre, wie der Zug langsamer wird, als er sich dem nächsten Bahnhof nähert.

Ich öffne eine Wasserflasche und schütte sie ihm über den Kopf. Seine Uniform wird triefend nass, aber das soll meine geringste Sorge sein.

»Napoleon ...«

Er murmelt vor sich hin. Er macht die Augen auf und bemerkt, dass ihm Wasser aus den Haaren tropft.

»Was zum Teufel …?«

»Ich dachte schon, wir müssten den Zug anhalten und einen Arzt holen«, sage ich und kann meinen Zorn nicht verbergen. Er soll auf mich aufpassen – nicht umgekehrt.

»Wo sind wir?«

»Keine Ahnung, du bist doch der *Provodnik*. Du müsstest es wissen. Ich glaube, der letzte Stopp war Tomsk.«

Er sieht mich aus blutunterlaufenen Augen an. Versucht aufzustehen, ist jedoch zu unsicher auf den Füßen und fällt wieder um. Eine laute Russin kommt durch den Gang. Sie hat einen Becher und ein Suppenpäckchen dabei. Sie bittet um Hilfe, weil sie den Samowar nicht bedienen kann. Ich gebe Napoleon ein Zeichen, im Abstellraum zu bleiben, und will mich darum kümmern, doch er ist schon wieder aufgestanden, diesmal mit Erfolg, drängt sich an mir vorbei und nuschelt: »Hier, werte Dame, so geht das.«

Dann erbricht er sich auf ihre Pantoffeln. Sie schaut ihn angewidert an und beginnt zu weinen. Fahrgäste stecken die Köpfe aus den Abteilen, wollen sehen, was das Theater soll, und entdecken Napoleon, der vorgebeugt dasteht und etwas von Fisch und Speisewagen murmelt, dass er dringend mit dem Koch reden muss und nur hoffen kann, dass niemand außer ihm den Fisch gegessen hat. »Sie, werte Dame?« Er deutet auf die Russin, und sie weicht zurück. »Haben Sie auch den Fisch gegessen?«

Die Frau kocht vor Wut und stapft mit aller ihrer verbliebenen Würde davon, wobei sie eine Spur aus hervorgewürgtem

Wodka und was immer Napoleon zum Abendessen hatte, vermutlich Fisch, hinterlässt.

»Oh, nein«, sagt er, während er ihr nachschaut.

»Du solltest das besser saubermachen und die Flasche entsorgen«, sage ich. Er ist noch wacklig auf den Beinen und schwankt mit dem Zug hin und her.

»Ich wollte nur vergessen.«

»Das will ich auch.«

Fürs Vergessen ist es zu spät. Nach wenigen Minuten ist die Dame wieder da und hat die *Provodnitsa* dabei, die die Situation rasch durchschaut und ihre Chance ergreift. Als der Zug in den Bahnhof fährt, steigt sie als Erste aus und läuft zum Lokführer. Der Zug bleibt lange stehen. Fahrgäste steigen aus und rauchen auf dem Bahnsteig, vertreten sich die Beine, machen gymnastische Übungen.

Ich kann es kaum ertragen, als der Lokführer und die *Provodnitsa* den Bahnsteig entlangkommen und Napoleon suchen, der wimmernd im Abstellraum sitzt, die Hände gegen die pochende Stirn gedrückt.

»Das ist inakzeptabel.«

Der Lokführer schaut ihn streng und entschlossen an. Es folgt ein Telefonat vom Bahnhof aus. Napoleon muss seine Sachen packen und den Zug verlassen.

Ich klammere mich an ihn, flehe sie an, ihn bleiben zu lassen, doch sie wollen nichts davon hören.

»Entweder er geht, oder die Frau mit den Pantoffeln reicht offiziell Beschwerde ein, dann sind wir alle geliefert«, sagt die

Provodnitsa, die sich nicht sonderlich um das Wohl ihres Kollegen zu sorgen scheint.

»Er kommt schon klar«, fährt sie fort. »Nach ein paar Tagen ist er wieder trocken – dann nimmt ihn der nächste Zug mit.«

Ich schaue sie überrascht an.

»Was ist? Meinst du etwa, Napoleon würde zum ersten Mal gefeuert?« Sie lacht. »Nicht zu fassen – das ist ja süß.«

Sie tätschelt mir den Kopf wie einem Schoßhündchen und steigt aus dem Zug, um die umherwimmelnden Fahrgäste wieder einzusammeln, noch einmal Papiere und Gesichter zu prüfen.

Ich spiele mit dem Gedanken, Napoleon zu begleiten, aber was würde es nützen? Er verscheucht mich mit der Hand, als ich es ihm anbiete.

»Nein, Samar, du musst nach Moskau fahren und deine Tante suchen.« Er versucht zu lächeln.

Ich will seinem Ärmel nicht loslassen und tue es dennoch. Nach wenigen Minuten hat er seine Sachen gepackt und umarmt mich, bevor er aus dem Wagen steigt. Er salutiert – noch immer unsicher auf den Beinen –, als der Zug aus dem Bahnhof rollt.

31

Cy setzte mich am Basar in Osch ab. Ich half ihm, den Lastwagen zu entladen, dann verabschiedeten wir uns voneinander. Er umarmte mich, klopfte mir herzlich auf den Rücken und wünschte mir viel Glück für den Rest meiner Reise.

Ich sollte mir eine *Marschrutka* – eine Art Sammeltaxi – suchen, die mich in den Norden des Landes bringen würde. Cy zeigte mir den Weg zum Busbahnhof, und als ich mich bedanken wollte, war er schon im Menschenmeer verschwunden, das durch den Basar wogte.

Ich ging am Westufer des Flusses entlang zwischen Ständen, an denen Männer Goldschmuck und Fladenbrot verkauften, und suchte einen Geldwechsler. Aras Kette war noch unter meinem Tuch verborgen, ich drückte sie fest an die Haut. Ich hatte noch eine Menge Geld übrig und würde mir später eine stille Ecke suchen, um es aus den Tüten in meine Taschen zu befördern, da ich hoffte, mich so besser vor Diebstahl schützen zu können. Madar musste ganz schön aufgewühlt gewesen sein, dass sie solche Reichtümer zurückgelassen hatte. Immer noch begriff ich nicht, was sie sich dabei gedacht hatte.

Ich kaufte mir Chai und Brot und setzte mich neben die Moschee, ein imposantes Gebäude gleich am Basar. Der Ort war sehr geschäftig: Männer, vor allem Usbeken, kauften und verkauften und plauderten in Teehäusern, den *Chaikhanas*, miteinander. In dem geschäftigen Treiben des Marktes beachtete mich niemand.

Als ich fertig mit essen war, stand ich auf, trat in eine dunkle Gasse und holte so viel Geld heraus, wie ich für die bevorstehende Reise umtauschen musste. Ich blieb beim erstbesten Geldwechsler stehen und trat in den Laden. Es handelte sich um einen mürrischen Mann, der nicht gerade hilfsbereit wirkte. Als ich ihm die Scheine zeigte, wurde er schon interessierter und schaute mich neugierig an.

»Das ist eine Menge Geld für einen Jungen.« Er rieb sich die narbige Wange.

»Es ist für meinen Vater«, sagte ich und versuchte, nicht rot zu werden.

»Jedenfalls habe ich nicht genug, um das umzutauschen. Du musst warten, während mein Gehilfe noch was holt.«

Ich nickte und rückte näher an die Tür des Ladens, zur Flucht bereit. Ich traute dem Mann nicht und wünschte, ich hätte mich für einen anderen Geldwechsler entschieden. Er stand da und sah mich lange an, während der Junge, den er losgeschickt hatte, von Stand zu Stand ging und nach Geld fragte.

»Und was macht dein Vater mit dem ganzen Geld?«

Ich zuckte mit den Schultern. »Wir sind auf Reisen, wir sind eine große Familie.« Ich beschwor Baba und den Rest meiner Familie herauf, und da waren sie schon, standen neben mir und sagten: »Na los, beeil dich.« Ich winkte ihnen zu. Der Mann hob eine Augenbraue und schaute sich argwöhnisch um, aber natürlich war niemand zu sehen.

Der Junge kam zurück und reichte ihm ein Bündel Banknoten, das in braunes Papier gewickelt war. Er zählte bedächtig Scheine und einige Münzen ab und gab sie mir nacheinander. Der Junge rannte wieder davon.

Nachdem ich das Geld tief in meinen Taschen verstaut hatte, nickte ich dankend und ging eilig in die Richtung, in der mir Cy den Busbahnhof gezeigt hatte.

»Und gibt auf dich acht«, hatte er gesagt.

Ich behielt mein Tempo bei, eilte durch die Menge der Teppichhändler und Fleischverkäufer, zwischen Kleiderständen und Männern hindurch, die vollbeladene Karren schoben und »*Bosh! Bosh!*« riefen, damit die Leute ihnen aus dem Weg gingen.

Als ich den Rand des Basars erreichte und den Busbahnhof schon vor Augen hatte, rissen mich plötzlich zwei Jungen an der Hand mit sich, weg von der Menge, und stießen mich in eine dunkle Gasse. Ich wollte schreien, doch wer hätte mich im Lärm des Basars schon gehört?

Einer riss mir die Tasche von der Schulter. Der andere boxte mich gegen Wange und Rippen. Ich fiel zu Boden, und dann traten sie mir in den Bauch.

»Hört auf!«, schrie ich.

Einer bückte sich und durchsuchte meine Taschen, holte alles Geld heraus, das er finden konnte. Dann rannten sie lachend davon, während ich atemlos und schmerzerfüllt auf der feuchten Erde lag.

32

Ich sitze in meinem Abteil und mache mir Sorgen um Napoleon. Er sah so verloren aus, als der Zug losfuhr. Seit er weg ist, ist die Stimmung im Wagen deutlich bedrückter geworden. Die *Provodnitsa* ist damit beschäftigt, sein Abteil aufzuräumen, und beschwert sich lautstark bei allen, die es hören wollen.

Ich schaue mir an, was ich in die Notizbücher geschrieben habe, manches davon schief, in seltsamen Winkeln, andere Absätze durchgestrichen und neugeschrieben. Ist dies die Geschichte meiner Familie? Bin ich ihnen gerecht geworden? Ist es die Wahrheit? Ich denke an Napoleons Geschichte und frage mich, wie wir entscheiden, was wir mit anderen teilen, welcher Teil von uns für die Welt einen Sinn ergibt.

Ich habe noch ein Notizbuch übrig. Von der *Provodnitsa* kann ich kaum Nachschub erwarten. Was ich noch zu sagen habe, muss auf die dünnen, linierten Seiten dieses letzten Buchs passen. Wir nähern uns dem Ende der Reise. Ich schalte die Leselampe ein. Der Wagen ist fast leer, die meisten sind in den Speisewagen gegangen, wollen Abendessen und Unterhaltung. Nur wenige Fahrgäste sitzen noch hier. Zwei Jungen spielen Schach, ein Paar schaut sich Reiseführer an.

Ich schließe die Tür des Abteils und beginne zu schreiben.

33

Die alte Frau drückte die Hände an die Brust, erschrocken, mich in diesem Zustand vor ihrer Tür zu finden, und zog mich in ihr Haus in einer Gasse beim Busbahnhof. Sie half mir, den zerrissenen *Chapan* auszuziehen, nahm ihn mir sanft ab und reichte mir eine Schale mit warmem Wasser, damit ich mich waschen konnte. Dann ließ sie mich allein. Sie musste dazu vor die Tür gehen, denn das Haus hatte nur einen Raum. Ich wusch mein blutverkrustetes Gesicht und die angeschwollene, aufgeplatzte Lippe. Mein ganzer Körper tat weh, ich inspizierte die blauen Flecken und Schnitte und reinigte sie sorgfältig. Die Jungen hatten nur das Geld gestohlen, das ich umgetauscht hatte, und davon auch nur die Scheine. Der Rest war noch unter meiner Kleidung verborgen. Ich legte die Hand an den Hals. Aras Kette war weg, beim Kampf zerrissen. Eine Träne trat mir ins Auge, und ich blinzelte, um sie zu vertreiben. Wann immer ich glaubte, ich käme voran, warf mich irgendetwas wieder zurück.

Meine Haare waren gewachsen, die Spitzen reichten schon bis zum Kragen des *Chapan*. Ich schob sie beiseite und betrachtete mein Gesicht im geborstenen Wandspiegel. Es würde verheilen, und ich würde überleben.

Die Frau kam zurück und hielt mir die zerrissene Kette hin. Ich nahm sie und flüsterte ein »Dankeschön« – ich hatte fast keine Stimme mehr. Als ich in jener Nacht versuchte, eingerollt auf dem Boden zu schlafen, während der Schmerz in meinem Kopf hämmerte, wiegte sich die alte Frau betend hin und her. Als ich am frühen Morgen aufwachte, schlief sie auf ihrem Stuhl neben der Tür. Ich ließ die Kette auf dem Tisch zurück und schlüpfte hinaus.

»Fahren Sie nach Naryn?«, fragte ich einen der Fahrer der Sammeltaxis am Busbahnhof. Er nickte in Richtung eines anderen Fahrzeugs, das schon fast voll war.

Als ich den Minibus betrat, schauten mich die Fahrgäste seltsam an. Ich hatte vergessen, wie angeschwollen mein Gesicht sein musste.

Der Fahrer zog die Augenbraue hoch.

»Ich will keine Schwierigkeiten«, warnte er mich.

Ich neigte den Kopf und reichte ihm einige der Münzen, die meine Angreifer übersehen hatten.

Wir warteten noch eine Stunde, bis sogar die Stehplätze der *Marschrutka* belegt waren, und fuhren dann los. Froh, einen Sitzplatz zu haben, schaute ich aus dem Fenster. Die Fahrt war lang und anstrengend. Es ging über holprige Bergstraßen, doch daran war ich gewöhnt und schlief die meiste Zeit, obwohl der Minibus oft anhielt, damit die Fahrgäste frische Luft schnappen, sich strecken, essen, rauchen oder diskret ihr Geschäft verrichten konnten. Als es dunkel wurde, erreichten wir Naryn, wo die *Marschrutka* westlich des Basars anhielt. Ich stieg in einen anderen Minibus, der nach Karakol fuhr. Dies war der letzte Abschnitt bis zur Grenze. Der Schmerz in meinen Rippen war schlimmer geworden. Sie taten weh, wann immer ich mich bewegte oder hustete. Ich wickelte mich enger in den schmutzigen, zerrissenen *Chapan* und versuchte, das Geplapper der anderen Reisenden auszublenden. Es waren Einheimische und Ausländer – darunter ein französisches Paar mit Rucksäcken, das Mädchen laut und aufgeregt, sie schien das Abenteuer zu genießen. Es machte mir nichts aus, dass ich allein war und Schmerzen hatte. Ich konnte nur noch daran denken, den Zug nach Moskau zu erreichen.

Als ich mich in den Minibus setzte, stellte ich mir vor, Ara säße neben mir. Ich hatte lange nicht an sie gedacht oder mit ihr gesprochen. Sie legte mir den Arm um die Schultern und strich mir die Haare aus dem Gesicht.

»Es ist gut, Samar, du bist bald da. Was ist mit den blauen Flecken? Hast du wieder gerauft? Du bist so ein Wildfang«, meinte sie lachend.

Ich hielt ihre Hand und ließ mich von ihr in den Schlaf singen, während der Minibus zum Grenzübergang rumpelte, an dem wir aussteigen und zu Fuß hinübergehen mussten.

»Ich komme mit«, sagte sie. »Es macht dir doch nichts aus, wenn du deine große Schwester mitschleppen musst, oder?«

Das war typisch Ara – sie fragte nicht, sie stellte fest.

»Natürlich nicht.« Der Fahrer schaute mich seltsam an, als ich, mit mir selbst sprechend, aus der *Marschrutka* stieg.

Ich beachtete ihn nicht und ging weiter. An der Grenze schauten sich die Posten meine Papiere an und leuchteten mir mit der Taschenlampe ins Gesicht. Sie ließen mich jedoch nicht weitergehen wie die anderen aus dem Minibus, die schon zu den wartenden Taxis auf der anderen Seite liefen.

»Alles ist gut, Samar«, sagte Ara und bedachte den Grenzposten mit einem Blick, der selbst das härteste Herz zum Schmelzen gebracht hätte.

Vor mir drehte sich jemand um. Es war die Französin mit ihrem Freund, die Rucksackreisenden, die mit mir im Minibus gefahren waren. Ich erkannte sie an ihrer lauten Stimme.

»Entschuldigung«, sagte sie in einem singenden Englisch zu dem Posten. »Wir warten auf unseren Freund.«

Die Männer schauten sie an, ein hochgewachsenes, hübsches Mädchen mit einer Kamera und einem fast neuen Rucksack.

»Er gehört zu uns.« Sie deutete noch einmal auf mich.

Die Männer, die nur Kasachisch und Russisch sprachen, schüttelten verständnislos den Kopf.

»Z-U U-N-S«, rief sie laut, deutete auf sich und lächelte dabei. Dann winkte sie mir zu, zu ihnen zu kommen.

»Okay, okay«, sagte der Grenzposten belustigt. Es war spät am Abend, und sie hätten ohnehin nicht gewusst, wo sie mich unterbringen sollten.

»Na los«, sagte er auf Russisch zu mir. »Es ist deine Glücksnacht.«

Ara zwinkerte mir zu, als wir weitereilten und das französische Mädchen mir die Tür des Taxis aufhielt.

»Vielen Dank«, sagte ich auf Englisch und setzte mich neben sie. Ihr Freund saß vorn.

»Schon gut, wir können dich doch nicht hierlassen.«

Sie steckte mir augenzwinkernd eine Handvoll Geldscheine zu.

»Für eine Übernachtung, okay? Oder einen Arzt.«

Mir wurde klar, wie jämmerlich ich aussehen musste, und dass sie mich deshalb retten wollte. Eine Träne lief mir über die Wange, und ich wischte sie weg. Sie bemerkte es und drückte leicht meine Hand, bevor sie auf Französisch eine Diskussion mit ihrem Freund begann, der ich entnehmen konnte, dass er von ihrer Hilfsaktion nicht begeistert war. Sie zuckte nur mit den Schultern, und wir fuhren schweigend nach Almaty.

Als wir dort ankamen, ging gerade die Sonne über der Stadt auf.

Ich verabschiedete mich von dem Paar und bedankte mich noch einmal. Ich hatte beschlossen, ein oder zwei Tage in Almaty zu bleiben, da ich kein Aufsehen erregen und daher abwarten wollte, bis die Schwellung in meinem Gesicht abgeklungen war. Außerdem wollte ich mich richtig vorbereiten, neue Kleidung kaufen, westliche Kleidung.

Ich blieb zwei Tage in einem billigen Hostel. Es war ruhig, der Mann am Empfang gelangweilt und ins Fernsehprogramm vertieft.

Ich suchte mir eine Buchhandlung im Stadtzentrum und verbrachte Stunden darin, staunte über all die Bücher und darüber, dass ich ungestört auf dem Boden sitzen und lesen konnte. Ich suchte nach Landkarten, Informationen, was immer mir helfen konnte. Ich vertiefte mich in eine Enzyklopädie, bis mich der Händler dann doch ermunterte, den Laden zu verlassen.

Ich würde bis nach Nowosibirsk fahren und dort in die Transsibirische Eisenbahn steigen. Die fuhr dann auf direktem Weg nach Moskau. Es wäre ein Abenteuer – das redete ich mir jedenfalls ein.

Jetzt, da ich mich dem Ende meiner Reise näherte, wurde ich immer nervöser. Ich hatte nur einen sehr vagen Plan – nach meiner Tante Amira zu suchen. Aber wo sollte ich damit anfangen? Und wenn ich sie nun nicht fände? Dann fiel mir der Brief ein, den sie vor vielen Jahren an Madar geschrieben hatte, und ich fragte mich, ob ich ihn aus dem gelben Haus mitgenommen hatte. Ich dachte auch an Omar und wie sehr ich es noch immer bereute, dass ich die Suche nach meinem Bruder abgebrochen und Afghanistan verlassen hatte.

Ich war jetzt vorsichtiger, mied dunkle Gassen und verdächtige Personen, denn ich allein war für meine Sicherheit verantwortlich. Nach der letzten Grenzüberquerung hatte Ara mir ins Gewissen geredet und genau das gesagt, was ich hören musste: »Du wirst jetzt nicht kneifen, Samar, du wirst nicht aufgeben.«

Die Auswahl an Kleidung überraschte mich, alles war so anders als zu Hause. Ich wollte nicht auffallen. Ich beobachtete junge Mädchen und Frauen, die in Miniröcken und hohen Absätzen oder engen Jeans und Stiefeln und kurzen, abgeschnittenen Oberteilen durch die Stadt liefen. Es schien unglaublich und irgendwie erschreckend. Nur wenige Frauen trugen Kopftücher. Ich verbrachte Stunden auf den Märkten und umkreiste die Verkaufsstände. Am Ende nahm ich eine Jeans, einfache T-Shirts und eine weiche Jacke mit Reißverschluss. Omars Stiefel behielt ich, obwohl sie eigentlich zu warm waren; ich konnte sie einfach nicht wegwerfen.

An einem Marktstand kaufte ich eine kleine schwarze Gürteltasche mit Reißverschluss, die ich unter den weiten T-Shirts verbergen und in der ich Papiere, Fotos, Briefe und den Rest des Geldes aufbewahren konnte. Dazu ein kleiner Rucksack für die neuen Kleidungsstücke. Ich ließ Javads alten *Chapan* zurück und verabschiedete mich damit von meinem Bruder. Nachdem ich mich gewaschen und umgezogen hatte und die Schwellung halbwegs verheilt war, fühlte ich mich beinahe wieder wie Samar. Auch die Haare wuchsen nach.

Am Bahnhof war viel Betrieb. An einem Stand kaufte ich mir Essen und Wasser und beschloss, nach Astana und von dort aus über die russische Grenze zu fahren. Die Frau am Schalter sah mich kaum an. Ich musste eine Stunde auf dem Bahnsteig warten und war fasziniert von dem ganzen Hin und Her.

Ich war noch nie Zug gefahren und staunte, dass ein einziger Zug so viele Menschen fassen und die Gleise sie alle über so weite Entfernungen befördern konnten. Als mein Zug einfuhr, beobachtete ich die anderen Passagiere, um zu sehen, wie sie einstiegen und ihren Platz suchten. Ich betrat das winzige Vier-Personen-Abteil. Es war eng, mit einer kleinen Ablage am Fenster und zwei langen Bänken links und rechts. Ich saß am Fenster und schaute hinaus auf die Steppe, während wir in Richtung Russland fuhren. Ein Paar mit einer kleinen Tochter teilte das Abteil mit mir. Eine Weile stellte ich mir vor, es sei meine Familie, doch der Vater schaute mich lüstern an, als seine Frau mit der Tochter auf die Toilette ging, und ich entschied, dass es Familien gab, zu denen ich nicht gehören wollte.

Nachdem ich mühsam gewandert und in so vielen Lastwagen und Minibussen gefahren war, empfand ich es als ungeheuren Luxus, so schnell voranzukommen. Allerdings fragte ich mich, wie lange mein Geld noch reichen würde. Ich hatte mir eingeredet, dass ich Amira bald finden und von ihr freundlich aufgenommen werden würde, und hatte daher gar nicht an die Zukunft gedacht. Die Vorstellung, nichts mehr zu haben, erschreckte mich. Ich musste sparsamer werden.

Ich schlief, um mich von meinem knurrenden Magen abzulenken, und ging dann im Wagen auf und ab, um die Krämpfe in den Beinen loszuwerden, die durch das lange Sitzen entstanden waren. Nachts konnte man die Sitze zu Betten herunterklappen. Ich hatte Angst vor dem Mann im Bett nebenan und blieb wach, die Augen auf ihn gerichtet, damit er mich nicht überraschen konnte. Doch er schlief und schnarchte so laut, dass die Leute im Abteil neben uns an die Trennwand klopften. Am späten Vormittag erreichten wir Astana. Ich wusste nicht, wie viele Kilometer wir zurückgelegt hatten, war immun geworden gegen die weiten Landschaften, die Berge, Flüsse und das Grasland.

Ich begann, mit Madar und Ara zu reden, mit dem kleinen Arsalan und Sitara, mit Javad, wie er vor den Taliban gewesen war, mit Omar, der hoffentlich noch lebte, mit Baba, von dem ich wusste, dass er nicht mehr da war. Die Familie stieg in Astana aus und hatte es offenbar sehr eilig, von mir wegzukommen. Da begriff ich, dass ich laut geredet hatte und sie mich wohl für verrückt hielten.

In Astana hatte ich Glück. Der nächste Zug nach Nowosibirsk fuhr schon am selben Nachmittag, der danach erst in vier Tagen. Diesmal kaufte ich die billigste Fahrkarte und begriff sofort, dass ich einen Fehler gemacht hatte – der Wagen war überfüllt, ich fühlte mich nicht sicher. Ich verbrachte die meiste Zeit im Speisewagen, sah aus dem Fenster und zählte die Stunden, bis wir endlich in Russland wären und ich in die Transsibirische Eisenbahn steigen konnte.

Ich hatte nicht die kürzeste Route gewählt, das war mir jetzt klar, wollte aber unbedingt in den Wagen sitzen, von denen Omar so oft erzählt hatte, wollte meine Familie auf diesem letzten Teil der Reise mitnehmen, die mich zu meiner Tante Amira führen würde – dem letzten Bindeglied zu allem, das ich liebte. Plötzlich begriff ich, dass ich Moskau vor mir hergeschoben hatte, weil ich fürchtete, sie nicht zu finden.

Als der Zug in Nowosibirsk einfuhr, überkamen mich Zweifel. Meine Hände zitterten. Ich hielt den Kopf gesenkt und eilte zum Schalter, um die Fahrkarte nach Moskau zu kaufen.

Das Mädchen hinter dem Fenster trug einen hellrosa Lippenstift und hatte die Haare blond gefärbt. Ich versuchte, ihrem Blick auszuweichen. Sie nahm meine Papiere und schaute sie lange an, rief dann einen Kollegen und noch einen zweiten Mann hinzu. Alle drei standen da und studierten lange die Papiere – hinter mir bildete sich schon eine lange Schlange, die Leute stießen und schubsten und wollten wissen, warum sie so lange warten mussten. Ich war unvorsichtig geworden, hatte mich daran gewöhnt, dass die Leute nicht genau hinsahen oder einfach gleichgültig waren. Ich hatte keine Ahnung, was ich machen sollte, falls jemand misstrauisch würde und mir Fragen stellte. Ich konnte ihr kein Geld mehr anbieten, weil sie ihre Kollegen schon hinzugerufen hatte. Sollte ich dreist sein und ihre Fragen beantworten oder weglaufen? Sie griff zum Telefon.

Ich wollte lieber nicht abwarten, was passieren würde, wenn mich die Polizei mit falschen Papieren erwischte. Also lief ich weg.

Meine transsibirische Reise war vorbei, noch bevor sie begonnen hatte.

6. *Teil*

»Baba, sehen wir das auch mal?«
»Eines Tages, eines Tages werden wir so etwas sehen.«

34

Manchmal muss man rückwärtsgehen, um voranzukommen. Das hat Madar immer zu uns gesagt.

Ich sehe den Zug einfahren. Die Lokomotive ist weiß, rot, blau, die Wagen in allen drei Farben gestreift. Er fährt langsam in Nowosibirsk ein. Um mich herum stehen Touristen – Amerikaner, Franzosen, ein paar hochgewachsene Skandinavier mit Rucksäcken. Einige wenige Einheimische steigen ebenfalls ein, sie wollen nach Omsk. Ich höre, wie sie miteinander reden. Ich suche mir jemanden, hinter den ich mich stellen kann.

Niemand hat gesehen, wie ich mich unter der Absperrung hindurchgeduckt und auf dem Bahnsteig zusammengekauert habe, bis der Zug einfuhr. Ich verstehe mich inzwischen darauf, mich unsichtbar zu machen, keine Aufmerksamkeit zu erregen. Ich schaue einfach geradeaus und sehe niemandem in die Augen, vor allem nicht der *Provodnitsa,* einer Frau mit dunklen Haaren und geröteten Wangen, die an der Wagentür steht und die Passagiere zählt.

Seit über einer Woche beobachte ich schon, wie die Züge ankommen. Ich weiß genau, wie viel Zeit mir bleibt, um mich im richtigen Moment in den Zug zu stehlen. Ich mag nicht daran denken, was geschieht, wenn mich die *Provodnitsa* erwischt.

Sie diskutiert gerade mit einem dicken Amerikaner, der zu viel Gepäck dabei hat – er steht auf dem Bahnsteig, umgeben von teuren, glänzenden Koffern und Taschen. Sie hebt sie nacheinander an und schüttelt den Kopf. Ich nutze die Gelegenheit und sause an ihr vorbei, hefte mich an die Fersen der Familie, die gerade einsteigt. Ich bleibe dicht hinter ihnen, beobachte, wie sie sich verhalten, das Mädchen und der Junge sind älter als ich – siebzehn oder achtzehn –, und ich muss an Omar und Ara denken. Spüre den Knoten in meiner Kehle.

Für Erinnerungen ist jetzt keine Zeit. Ich muss begreifen, wie der Zug funktioniert, wann die *Provodnitsa* kommt und geht. Ich muss mir Verstecke suchen, erkenne aber, dass diese äußerst begrenzt sind. Aber ich bin doch schon so weit gekommen, denke ich.

Aus den Reiseführern in der Buchhandlung habe ich alles über die Fahrt gelernt. Ich denke an Omar, der von diesem Zug erzählt hat, der von Ost nach West fährt – von den Brücken, der bemerkenswerten Ingenieursarbeit, von den Landschaften, durch die er fährt –, und dass wir diese Reise gemeinsam unternehmen wollten. Ich denke an seinen Traum, Ingenieur zu werden und den Baikalsee mit seiner Brücke zu sehen – eine

Meisterleistung. Ich kenne die Strecke, die Haltestellen, entwickle mich zu einer Expertin für diese Eisenbahn.

Ich halte es nach wie vor für denkbar, Omar zu finden. Ich glaube nicht daran, wie ich an das gelbe Haus geglaubt habe, aber ein kleiner Teil von mir hofft noch immer.

In wenigen Tagen werde ich in Moskau sein. Dort kann ich mit der Menge verschmelzen. Ich werde nach Amira suchen. Und wenn ich sie nicht finde? So weit kann ich nicht denken. Dafür habe ich keinen Plan.

Madar pflegte zu sagen, wir sollten an unseren Träumen festhalten. Sie ermutigte vor allem Ara und mich, uns jede mögliche Zukunft vorzustellen. Es war egal, dass wir Mädchen waren und nur unregelmäßig zur Schule gingen – schließlich hatten wir eine Privatlehrerin, wie sie lachend sagte. Wir seien zu großen Dingen fähig – das sagte sie wieder und wieder. Eine Frau könne eine Kriegerin werden, ein Land regieren, Menschen retten, unterrichten, Ärztin werden oder eine berühmte Tänzerin, Sängerin, Musikerin, Ingenieurin, Wissenschaftlerin, Schriftstellerin. Sie forderte uns zum Träumen auf, und dann flogen wir mit ihr.

Ich setze mich in ein leeres Abteil am Ende des Wagens. Im Zug ist nicht viel los, nur ein Drittel der Abteile ist besetzt. Ich stelle fest, dass ich mich unter die langen Bänke quetschen kann. Es ist unbequem. Ich stoße mit dem Kopf gegen den Sitz, und meine Haare verfangen sich am Rahmen, wenn der Zug wackelt. Ich habe die Knie angezogen, damit meine Füße nicht hinausschauen, aber wenn ich weit genug nach hinten rolle und mich gegen die Trennwand drücke, bemerkt man mich nicht. Der Boden ist verstaubt und schmutzig. Ich wische ihn mit einem benutzten T-Shirt so gut wie möglich sauber. Das Abteil befindet sich in der Nähe des Badezimmers, einem kleinen Klo mit winzigem Spiegel und Kaltwasserhahn, aus dem nur ein zögerndes Rinnsal sickert. Ich kann auf die Plattform am Ende des Wagens gehen und in der frischen Luft stehen, die vorbeiziehende Landschaft betrachten – wobei die Luft, wie ich bald entdecke, nicht ganz so frisch ist, da sich hier die Raucher versammeln. Sobald sich die *Provodnitsa* nähert, muss ich mich rasch verstecken.

Es ist fast wie ein Spiel. Ich beobachte sie, suche nach festen Abläufen, damit ich mich auf alles vorbereiten kann. Ich überlege, ob ich das Geld unter dem Sitz verstecken oder lieber bei mir tragen soll. Letztlich verstecke ich es nicht, weil an der nächsten Station vielleicht schon Leute zusteigen.

Ich versuche zu schlafen. Schrecke immer wieder hoch. Ich träume. Ich strecke mich und tanze auf der Stelle. Die Bewegungen des Zuges sind beruhigend, sie laden zum Schlafen ein. Ich beobachte, wie sich die *Provodnitsa* mit einem russischen Bergmann anfreundet. Ihre geröteten Wangen werden noch röter, wann immer sie an seinem Abteil vorbeikommt, und dann steht sie da, wickelt sich Haarsträhnen um die Finger und spricht in einem leisen Singsang mit ihm. Ich denke an Mati, irgendetwas zupft an meinem Herzen. Für die *Provodnitsa* bin ich unsichtbar, uninteressant.

Essensgeruch weht vom Speisewagen herüber. Mein Magen zieht sich vor Hunger zusammen. Ich überlege, ob ich im Wagen essen soll. Ich entscheide mich dagegen, weil ich fürchte, dass ein alleinreisendes junges Mädchen Aufsehen erregen, dass man mich nach Papieren oder der Fahrkarte fragen könnte – und ich habe weder das eine noch das andere.

Ich warte lieber, bis der Zug anhält – auf dem Bahnsteig gibt es sicher Verkäufer, bei denen ich mir Käse, Brot, Obst und gekochte Eier besorgen kann. Der Samowar befindet sich in der Nähe der *Provodnitsa*, also verzichte ich auf warmes Wasser.

Ich habe so viel Schlimmes überlebt, dass mir der Zug geradezu luxuriös vorkommt. Ich reise stilvoll. Ich denke an den Marsch vom Lager nach Kabul, die vielen Kilometer durch die Berge, auf denen mich Madar und Baba geleitet haben. Die lange, gefährliche Reise nach Russland – wie Ara und Javad mir beide auf ihre Weise geholfen haben, dorthin zu gelangen, wie sie mich vorangetrieben haben. Dennoch bleibe ich wachsam.

Im Abteil nebenan ist niemand, das beruhigt mich. Im übernächsten reist ein junges Paar, sie sind in den Flitterwochen. Sie kommen aus Chita – das habe ich ihren Gesprächen entnommen. Sie wirken richtig glücklich, fangen neu an. Als wir in Omsk ankommen, packen sie ihre Taschen und verlassen Hand in Hand den Zug. Er hilft ihr beim Aussteigen. Ich gehe in das Abteil. Sie haben eine Tüte mit einem halb aufgegessenen Brot und etwas Obst zurückgelassen, ich nehme beides mit. Auf dem

Sitz liegt ein altes Taschenbuch. Ich werfe einen Blick auf den Umschlag – eine Dame mit Fächer. Es ist von Tolstoi und auf Russisch. Ich nehme es auch mit und hüte es wie einen Schatz.

Nur wenige Leute steigen zu, doch keiner kommt in mein Abteil. Ich wage es, eine Weile bei geschlossener Tür auf der Bank zu sitzen. Zwischendurch schaue ich nach der *Provodnitsa* – nachdem die Fahrgäste eingestiegen sind, plaudert sie wieder mit ihrem Bergarbeiter, setzt sich sogar zu ihm ins Abteil. Sie kommen einander näher, ihre Stimmen überlagern sich, ihr Gelächter tanzt durch den Wagen. Solange ich sie beschäftigt weiß, kann ich mich entspannen und die Sachen essen, die das glückliche Paar aus Chita zurückgelassen hat. Ich genieße jeden Bissen wie ein Festmahl. Ich schaue auf die Stadt, während wir auf dem Bahnsteig warten, bis der Proviant eingeladen ist. Der Himmel ist von einem dunklen Preußischblau.

Das Buch ist zerlesen, der Umschlag verknickt, die Seiten rollen sich zusammen. Es heißt *Anna Karenina*. Ich spreche es wieder und wieder aus, lasse die Wörter über meine Zunge rollen. Ich beginne zu lesen, stolpere über einige Begriffe und finde mich dennoch in eine neue Welt versetzt. Ich merke nicht, dass wir losfahren, verliere das Gefühl für das Schaukeln des Zuges und verschwinde in diese Welt, bis ich auf einmal entsetzt höre, wie die *Provodnitsa* nebenan mit jemandem plaudert.

Ich kann gerade noch rechtzeitig unter den Sitz rutschen, bevor sie vorbeikommt und die Leselampen einschaltet. Ich halte die Luft an, das Buch zwischen die Knie gepresst. Der

Geruch nach Orangenschale hängt noch im Abteil, ich habe Angst, dass er mich verrät. Sie bleibt eine Weile im Gang stehen, kontrolliert Fahrkarten und Wechselgeld und geht dann weiter in den nächsten Wagen. Ich seufze erleichtert, bleibe jedoch eingerollt liegen. Nach einer Weile kehrt sie zurück, und erst als sie ganz am Ende des Wagens ist, krieche ich staubig und steif heraus und lese weiter.

Ich verliebe mich in die Charaktere, die Tolstoi geschaffen hat. Das Buch zu lesen ist, als würde Anna neben mir im Wagen sitzen oder als wäre ich dort bei ihr. Annas Kampf zwischen Pflichtgefühl und Liebe, zwischen ihrem Ehemann und Wronskij lässt mich an Arsalan und Madar denken. Wie kompliziert die Liebe doch ist.

Ich nehme das Buch als Zeichen, als unerwartetes Geschenk, und lese es, als würde ich Gold waschen.

Die *Provodnitsa* bereitet die Abteile für die Nacht vor. Die Reisenden werden angehalten, in den Speisewagen zu gehen, alle bis auf ihren russischen Freund. Ich höre beide kichern und sehe, wie er sie ins Abteil zieht, die Hände auf ihrem Hintern. Ich frage mich, ob das Liebe ist. Ich gehe ins Bad und strecke die Beine, wippe in dem engen, dämmrigen Raum auf und ab. Die Schwellung und die blauen Flecken in meinem Gesicht sind fast verheilt. Nur unter einem Auge ist noch ein Schatten zu erkennen. Ich sehe fast wieder normal aus.

Ich stelle mir vor, wie es sein muss, diese Reise Woche für Woche zu unternehmen – erst in die eine Richtung, dann in die andere, dann wieder zurück. Ich nehme an, die *Provodnitsa* sucht sich ihre Abenteuer, wann und wo sie sich bieten. Die Frauen hier schockieren mich. Sie sind so offen, so laut. So furchtlos. Und unverfroren.

Eine zweite Fahrkartenkontrolleurin kommt aus dem nächsten Wagen und klappt die Bänke zu Betten herunter. Ich höre, wie sie auf ihre Kollegin trifft und missbilligend »Tss« macht. Dann brechen beide in vulgäres Gelächter aus. Der Mann lacht mit. Man hört Wodkagläser klirren, einen Toast auf Glück und Gesundheit. Das Gelächter der Frauen klingt dunkel. Ich verharre im Bad. Es dauert eine Weile, bis die zweite Fahrkartenkontrolleurin weitergeht, denn sie klappt mit ihrer Freundin die restlichen Betten um, wobei sie über die Fahrgäste reden, nicht leise und gedämpft, sondern laut und furchtlos und ohne die Sorge, belauscht zu werden. Der Zug ist ihr Territorium, die Fahrgäste sind nur vorübergehend hier.

Nach und nach kehren alle Reisenden aus dem Speisewagen wieder in die Abteile zurück, sie bringen den Geruch nach Kohl und Zwiebeln und gebratenem Fleisch mit sich. Mein Magen knurrt. Manche sind erfreut, andere verärgert, weil man ihre Betten schon hergerichtet hat, eine klare Botschaft, dass jetzt Nachtruhe herrscht. Sie gehorchen den Wünschen der *Provodnitsa*, und der Wagen ist erfüllt von Schattenspiel und gedämpften Stimmen.

Ein Stück weiter hat jemand das Radio eingeschaltet, das eine traurige Musik spielt. Der Mann, der sie ankündigt, nennt sie *Der Feuervogel*, es ist die Musik zu einem Ballett von jemandem namens Strawinsky. Es erzählt die Geschichte von einem Prinzen und dreizehn wunderschönen Prinzessinnen. Die Musik ist geisterhaft und magisch zugleich, und ich stelle mir vor, wie wir alle – Madar, Baba, Omar, Ara, Javad, der kleine Arsalan, Sitara und ich – hier sitzen, während das Licht an der Decke flackert, und der Musik lauschen.

Es ist schwer, mir meine Familie vorzustellen, ohne an das Geschehene zu denken, doch ihnen verdanke ich, dass ich hier bin. Sie bleiben bei mir und wachen über mich. Javad erweckt den Vogel als Schatten hinter Babas Kopf zum Leben. Madar umgarnt uns mit leiser Stimme. Sitara fragt Baba: »Baba, sehen wir das auch mal?«

Ich strecke die Hand aus, um sie anzufassen, aber das Licht flackert, und dann sind sie weg. Die Musik kreiselt weiter.

Während sich die Reisenden zum Schlafen hinlegen und die *Provodnitsa* weiter mit ihrem Bergmann flirtet, riskiere ich, mich noch einmal hinzusetzen. Ich möchte in eine andere Welt entfliehen, also schlage ich das Buch wieder auf. Ich habe die Geschichte schon halb durch und bin begierig zu erfahren, was aus Anna und Wronskij und ihrer verhängnisvollen Liebe wird. Die Briefe von Arsalan an meine Mutter habe ich die ganze Zeit über bei mir getragen. Ich frage mich, warum ich sie behalten habe, was sie beweisen oder widerlegen, warum sie mir überhaupt so wichtig waren. Ich glaube, es ging mir um die Wahrheit – ich wünschte mir etwas Reales, während sich alles um mich herum veränderte. Jetzt erscheint es mir nicht mehr so wichtig.

Ich habe über Anna und Wronskij gelesen und wie ihre Herzen sie dazu brachten, verrückte Dinge zu tun, sich von dem zu lösen, was andere für richtig oder angemessen hielten. War es bei Madar und Arsalan auch so gewesen oder noch komplizierter? Mir wird klar, dass ich es wohl nie erfahren werde. Der einzige Mensch, der etwas über Arsalan zu wissen schien, war der Älteste auf dem Anwesen bei Faizabad, den ich nicht mehr danach fragen konnte. Vielleicht, denke ich, weiß meine Tante Amira etwas.

Im Wagen ist es warm, und ich schließe die Augen, während mich die Zugbewegungen einlullen. Die Musik spielt immer noch, begleitet von leisem Schnarchen. Bald wird die *Provodnitsa* zurückkommen und sich im Wagen zu schaffen machen, also krieche ich wieder unter den Sitz. Ich schiebe meinen Arm unter den Kopf und benutze das Buch als Kopfkissen.

Noch zwei Tage, bis wir Moskau erreichen. Ich sage Madar und Baba, meinen Brüdern und Schwestern gute Nacht. Es wird immer schwerer, sie zu sehen, sie zu spüren. Es ist, als würde ich sie loslassen oder sie mich.

Am Morgen wecken mich die Stimmen von zwei Südafrikanern – sicherlich ein Ehepaar – aus Kapstadt, die ihr Land und dessen Vegetation mit den kahlen Ebenen vergleichen, an denen wir vorbeifahren und die kein Ende zu haben scheinen. Ich höre zu, weil ich neugierig auf einen Teil der Welt bin, dem ich nur flüchtig in Nadschibs Unterricht begegnet bin.

»Ja, es ist wie Krüger.«

»Nein, gar nicht, überhaupt nicht.«

»Doch, ist es – das Grasland, die dürren Bäumchen, wie sich der Himmel weit darüber streckt, alles ganz flach.«

»Leoparden wirst du da draußen kaum sehen«, beharrt der Mann. »Oder Büffel.«

»In der Gegend, die an China grenzt, gibt es Leoparden, das steht hier.« Diesmal spricht die Frau, ihre Stimme klingt schrill und nasal. Ich höre, wie sie ihm das Buch reicht.

»Hm ... die dürften trotzdem ganz schön anders sein.«

»Du bist doch noch nie im Krüger gewesen.«

»Das stimmt, aber ich kenne mich im Lowveld aus. Hier gibt's keine Zebras oder Elefanten.«

Die Frau sagt nichts.

Ich denke an Javad, der so gerne Ziegen und Schafe am Berg jagte, sich mit Baba Bozorg um die Herde kümmerte, gern in der Natur war – bevor Amin anfing, seinen Verstand zu vergiften.

Ich stelle mir Javad als Tierarzt oder Reiseleiter vor, der Touristen durch diesen Ort namens Krüger führt, von dem sie reden. Vielleicht sagt jemand zu ihm: »Ich war mal in Sibirien, da sah es so ähnlich aus.«

Nach einer Weile beginnt das Paar, über etwas anderes zu streiten, und ich bin froh, als sie in Tjumen aussteigen.

Es ist seltsam, das Leben anderer zu belauschen. Im Zug geht das Tag und Nacht so – die Geheimnisse, die Menschen angeblich so gut verstecken, die Lügen, die sie einander erzählen. Ich finde es seltsam, die unterschiedlichen Gespräche und Diskussionen in unterschiedlichen Sprachen zu hören – Russisch, Englisch, Amerikanisch, Deutsch, Französisch –, wobei alle Menschen letztlich doch ganz ähnliche Konflikte und Hoffnungen haben.

Ich stelle mir vor, dass Omar weiter hinten im Zug sitzt, und spüre einen Kloß im Hals, weil ich nicht einmal weiß, wie er jetzt aussieht, ob er verletzt oder getötet wurde, ob er andere getötet hat. Falls er noch lebt – weiß er dann, was aus uns geworden ist? Vielleicht hat jemand aus Faizabad jemand anderem von einem Jungen namens Javad erzählt, der seinen Bruder sucht. Noch eine Halbwahrheit. Der Himmel ist von einem trüben, schweren Grau. Er spiegelt meine Stimmung wider, und ich spüre, wie ich in die Dunkelheit gleite, wie Bilder von Ara und Sitara, von dem Erdbeben, von Masha in meinen Kopf drängen – lauter Erinnerungen, die ich gerne ausblenden und ungeschehen machen möchte.

Von Tjumen nach Jekaterinburg sind es fast dreihundertfünfzig Kilometer. Ich widme mich wieder meinem Buch. Die *Provodnitsa* macht im Abstellraum am Ende des Wagens Mittagspause und kann mich nicht stören. Ich lese einen Abschnitt über Ljewin – er ist eine komische Seele, nie ganz glücklich, er will, dass sein Leben etwas bedeutet. Diese Teile überfliege ich nur, weil ich mehr über die Beziehung zwischen Anna und Wronskij lesen will. Sollten wir nicht glücklich sein, nur weil wir am Leben sind? Dann begreife ich, dass ich mich ärgere, weil er recht hat: Einfach nur zu leben reicht nicht.

Ich stelle mir vor, wie Baba mir gegenübersitzt und sagt: »Ach, Samar, immer den Kopf in den Büchern, immer beim Lernen. Aus dir wird noch eine Lehrerin.«

So hat Baba mich gesehen – als Lehrerin. Und wie habe ich ihn gesehen? Ich weiß es nicht. Ich kannte meinen Vater und auch wieder nicht. Ich kannte, was ich von ihm kennen wollte, was zu meinen eigenen Vorstellungen passte. So ist es eben.

Der Gedanke beschäftigt mich lange.

Die Leute im Wagen sind in Tjumen umgestiegen. Jetzt sitzen ein paar russische Jungen mit ihrem Vater, einem Lehrer, im Abteil nebenan. Ich schließe die Tür, damit sie mich nicht sehen. Sie spielen Karten, *Durak*, das Kartenspiel, das Baba mit Arsalan im Garten des gelben Hauses gespielt hat. Sie klingen aufgeregt, Gelächter erfüllt den Wagen. Ich vermisse meine Geschwister. Ich vermisse die dummen Spiele, die wir gespielt haben, unsere Kämpfe und den Streit, dass man sich für eine Seite entschied und Unrecht wiedergutmachte, dass Javad und ich einander tagelang anschwiegen, weil niemand zugeben wollte, dass der andere vielleicht recht hatte. Das alles vermisse ich, und mir tut das Herz weh. Ich stelle mir vor, wie Ara Sitara auf dem Arm hält und sie streichelt und ihr ein leises Schlaflied singt.

»Samar, weißt du denn nicht, dass einem schlecht wird, wenn man mit dem Rücken zur Fahrtrichtung sitzt?«, fragt Madar, halb verzweifelt, halb belustigt. Ich blicke überrascht auf und sehe, dass sie recht hat, also wechsle ich den Platz.

Die *Provodnitsa* lässt sich Zeit bei ihrer Mittagspause. Ich frage mich, ob ihr russischer Bergmann noch da ist. Ich spähe in den Gang. Niemand zu sehen. Ich beschließe, mich doch in den Speisewagen zu trauen. Ich muss wenigstens vorübergehend unter Menschen sein. Wenn ich zu lange allein bin, überwältigen mich die Erinnerungen. Ich vergesse, was real ist und was eingebildet, was da ist und was nicht, denn in meinem Kopf passiert alles immer wieder und wieder, ich kann es einfach nicht abschütteln.

Im Speisewagen ist es laut, die Leute trinken und lachen miteinander. Am anderen Ende versucht ein gehetzt wirkender Reiseleiter, seinen amerikanischen Touristen einen ernsthaften Vortrag über die Geschichte Sibiriens zu halten. Ich setze mich in ihre Nähe und schaue aus dem Fenster, um keine Aufmerksamkeit zu erregen.

»Weiß jemand, wie viele Menschen in Stalins Gulags gestorben sind?«, fragt er gerade die Gruppe, die unbehaglich auf ihren Sitzen herumrutscht und sich sicherlich ein leichteres Thema beim Essen wünscht. Niemand wagt eine Schätzung.

»Millionen haben das durchgemacht, Menschen arbeiteten sich zu Tode, Andersdenkende wurden mundtot gemacht.« Dramatische Pause. Eine Frau wirkt sehr verstört, ein Mann streicht ihr sanft über den Rücken. Die Gruppe schweigt einfach nur.

»Das stimmt. Niemand weiß, wie viele … Sie haben also alle recht!«

Er lacht über seinen kleinen Scherz, einige wenige stimmen verlegen ein. Das Personal des Speisewagens verdreht die Augen. Er scheint ein regelmäßiger Gast zu sein. Härtet es einen ab, wenn man die Geschichte wieder und wieder hört? Ich versuche zu verstehen, wie Menschen immer wieder dieselben Fehler begehen können – in verschiedenen Ländern, zu verschiedenen Zeiten, mit denselben Methoden –, und immer stehen Angst und Hass im Mittelpunkt. Ich blicke hinaus in die Taiga, betrachte die dichten Wälder beiderseits des Zuges, und finde es seltsam, dass mir der Vortrag Mut macht. Das immerhin ist uns nicht zugestoßen, denke ich mir. Es gibt immer Leute, die noch schlimmer dran sind als man selbst.

Ich habe nichts bestellt und stehle mich von meinem Platz, schleiche vorbei an den lärmenden Trinkern und den Rauchern, die zwischen den Wagen stehen, zurück in meinen eigenen Wagen. Ich versuche, mich anzupassen, auszusehen, als gehörte ich in diesem Zug. Menschen können spüren, wenn man Angst hat, wenn man die Fassung verliert, wenn man schwach ist.

Als wir den Bahnhof von Jekaterinburg erreichen, knurrt mir der Magen, also öffne ich das Fenster und winke einer Verkäuferin, die Essen und Wasser anbietet. Die alte Frau lächelt mir zu, die Schneidezähne fehlen. Ein Schauer überläuft mich. Ich versuche, sie mir als junge Frau vorzustellen, bedanke mich und nehme schnell das Essen durchs Fenster in Empfang. Die *Provodnitsa* kontrolliert die zugestiegenen Fahrgäste. Es wird voller. Es gibt keine Reservierung für das Abteil, in dem ich mich verstecke, aber ich muss damit rechnen, dass jemand sich hereinsetzt. Daher behalte ich an jedem Zwischenstopp die *Provodnitsa* und die Zugestiegenen im Auge. Ich weiß nicht, was ich machen soll, wenn sie mich entdeckt. Was wird aus mir, wenn sie mich ohne Papiere, ohne Pass oder Visum aus dem Zug holen? Ich denke lieber nicht darüber nach und bin froh, dass ich Geld übrig habe, das mir einen gewissen Schutz bietet. Wieder überfällt mich die düstere Stimmung. Ich bin so müde, der ständigen Bewegung überdrüssig und der Tatsache, dass ich nicht weiß, was mich am Ziel erwartet.

»Du hast doch uns, Samar.«

Ich drehe mich um. Ara steht im Gang und späht lächelnd durch die halboffene Tür. Natürlich hat sie recht. Sie sind immer noch bei mir, selbst wenn ich zu kämpfen habe, selbst wenn ich mir manchmal unsicher bin. Ich klammere mich an diesen Gedanken, um zu überleben. Dies, die Ablenkung, die mir *Anna Karenina* bietet, und die Gespräche meiner Mitreisenden verankern mich in der Welt, die ich gleichzeitig fürchte und liebe.

Der Lehrervater redet laut, er will seinen Söhnen etwas beibringen, das sie nicht sonderlich zu interessieren scheint, denn sie schreien durch den ganzen Zug, während der eine den anderen beim Schach schlägt.

»Bis vor wenigen Jahren war Jekaterinburg eine abgeschottete Stadt. Während des Putsches hatte das Land hier seine Ersatzregierung. Keiner durfte ohne Genehmigung in die Stadt hinein«, sagt der Vater.

All die Geheimnisse und Mauern, denke ich, während ich ihn reden höre, all diese Versuche, die Wahrheit hinter dem Offensichtlichen zu verbergen.

Der Bergmann ist ausgestiegen, und die *Provodnitsa* wird wieder trübsinnig und mürrisch, blafft die zugestiegenen Fahrgäste an. Ich frage mich, ob er eine Familie in Jekaterinburg hat, ob sich noch jemand außer der einsamen *Provodnitsa* um ihn kümmert.

Nach Jekaterinburg hält der Zug erst wieder in Perm und dann in Kirow. Moskau rückt immer näher.

»Nein, du musst den Turm so bewegen. Wen willst du denn schützen?« Der Vater ist genervt und versucht, seinen Söhnen zu erklären, wie man richtig spielt. »Es geht nur um Strategie. Ihr baut euch eine Machtbasis auf. Ihr sucht nach den Schwächen eures Gegners, versucht, ihn abzulenken, und dann, zack, wenn er es am wenigsten erwartet, treibt ihr ihn in die Ecke.« Dann lacht er und sagt: »Schachmatt.«

Die Jungen sind das Spiel leid. Der Vater versucht, sie für andere Dinge zu interessieren.

Er fängt an, die Geschichte eines großen Kriegers namens Napoleon zu erzählen. Ich habe vor langer Zeit von Nadschib etwas über ihn gehört. Ich glaube, er war gar nicht sehr groß. Jedenfalls, was seine Körpergröße betraf. Ich höre interessiert zu. Der Mann hat eine geduldige, freundliche Stimme und hat diese ungezogenen Jungen überhaupt nicht verdient, finde ich. Ich erinnere mich an Nadschib und wie er nach dem Erdbeben anfing, mit sich selbst zu reden, sehe seine verstörten Augen, als er die Helfer stehenließ, die ihn ins Lager bringen wollten. Er wusste Bescheid, denke ich. Besser im Gebirge sterben, als das Lager ertragen.

»Wir mögen Napoleon nicht besonders ... Friedland war eine schreckliche Niederlage«, höre ich den Vater sagen. »Er wollte Russland zerstören, alles erobern, was sich ihm in den Weg stellte. Seine Gier war allerdings auch seine Schwäche. Letzten Endes haben wir alles zurückgewonnen. Strategie, Jungs. Taktik. Den Feind und seine Schwächen kennen.«

Ich höre, wie der Deckel des Schachbretts zugeklappt wird. Die Jungen werden still und fangen an zu lesen, froh, dass das Spiel vorbei ist.

Ich denke mir einen freundlicheren und größeren Napoleon (was von meiner Warte aus nicht schwierig ist). Mein Napoleon ist ein anderer Anführer, ein Napoleon, der mir durch die schwersten Augenblicke hilft, der sich um mich kümmert, wenn ich einfach nicht mehr weitermachen will.

35

Ich lasse das Buch auf dem Tisch liegen und schlüpfe ins Bad, die winzige, stinkende Kabine mit dem trüben, unregelmäßig flackernden Licht. Als ich in den Wagen zurückkomme, höre ich Stimmen, die aus dem Abteil dringen. Ich halte kurz inne. Wir sind fast in Perm, ich habe meine Fahrt mit der Transsibirischen Eisenbahn zur Hälfte hinter mir, und Moskau rückt immer näher. Ich fasse Mut, schließlich kann ich meinen Tolstoi nicht zurücklassen, und betrete das Abteil.

Ein junges amerikanisches Paar sitzt dicht zusammen und küsst sich. Sie lösen sich voneinander, als ich mich hinsetze. Es tut mir leid, dass ich sie gestört habe.

»Hey«, sagt der junge Mann. »Ich bin Tom, das ist Amy.«

Er lächelt breit und zeigt dabei weiße Zähne, als hätte ich sie überhaupt nicht gestört, als wäre es ihnen egal, dass sie nicht mehr allein sind. Mein Buch liegt vor ihnen auf dem Tisch. Ich will es gerade nehmen und verschwinden, als die *Provodnitsa* vorbeigeht, also setze ich mich und halte mir das Buch vors Gesicht, bis sie weg ist.

»Gutes Buch?«, fragt er.

»Ja.« Mein Englisch ist nicht so gut wie mein Russisch.

»Wie heißt du?«, fragt das Mädchen. Sie hat lange dunkle Haare wie Ara, die sie zu einem Zopf geflochten hat. Sie sieht hübsch und glücklich aus.

»Ich bin Samar.«

»Ein hübscher Name«, sagt Tom. »Ist er russisch?«

Ich schüttle den Kopf. »Es gibt ihn an vielen Orten, aber nicht in Russland.«

»Cool. Was bedeutet er?«

Sein Interesse überrascht mich.

»Ich bin mir nicht sicher. Meine Mutter sagte immer, er bedeute Kriegerin, aber mein Vater hat gesagt, er bedeute Geschichtenerzählerin …«

»Wow, eine kriegerische Geschichtenerzählerin«, meint das Mädchen.

Daran habe ich noch nie gedacht. Sie lächelt mich an. Ich lächle zurück.

»Wo ist deine Familie?«

Ich zucke mit den Schultern. Meine Kehle wird eng. Sie sehen mich genauer an.

Ich höre die *Provodnitsa* wieder vorbeigehen. Diesmal bleibt sie vor dem Abteil stehen und redet mit einem Fahrgast. Ich gerate in Panik. Die Fremden sehen die Angst in meinem Gesicht. Jeden Moment wird mich die *Provodnitsa* entdecken.

Mir bleibt keine Wahl. Ich rolle mich unter den Sitz. Das Buch fällt auf den Boden.

Als die Tür aufschwingt, schießt Amy vorwärts und stellt sich vor die Bank, unter der ich mich verberge. Sie hebt *Anna Karenina* vom Boden auf, bevor die *Provodnitsa* sich bücken und mich entdecken kann. Das junge Paar plaudert kurz mit der rotgesichtigen Frau, Tom flirtet ein bisschen und führt sie in den Gang, damit sie ihm die Aussicht zeigt. Die Tür geht wieder zu. Amys lächelndes Gesicht taucht quer vor meiner Nase auf.

»Alles gut, die Luft ist rein«, flüstert sie.

Ich krabbele hervor und klopfe mich ab. Sie gibt mir das Buch, ihre Hand berührt dabei leicht meinen Arm.

»Es ist gut«, sagt sie. Aber das stimmt nicht. Ich zittere. Ich schaue sie an und denke an Ara.

»Was bedeutet dein Name?« Ich will zu unserem Gespräch zurückkehren, als wäre es ganz normal, sich unter dem Sitz zu verstecken und zitternd und mit Staub bedeckt dazustehen. Sie tut, als wäre nichts geschehen.

»Oh, er bedeutet ›die Geliebte‹, das finde ich schön«, sagt sie lächelnd. Die Tür geht auf, Tom kommt wieder herein und küsst sie auf die Wange.

Ich denke an Arsalan und Madar und frage mich, woher mein Name stammt, wer ihn ausgesucht hat. Macht uns ein Name letztlich zu dem, was wir sind?

Wir stehen einen Augenblick da und lächeln einander an.

»Danke«, sage ich und lege die Hand aufs Herz. Sie haben mich gerettet.

»Eine sichere Reise, Samar«, sagt Amy und winkt über die

Schulter, während Tom sie aus dem Abteil führt und mir im Gehen zuzwinkert.

Als sie weg sind, verschließe ich die Tür, stütze die Ellbogen auf den kleinen Tisch, lege die Hände vors Gesicht und weine. Ich weine so leise wie möglich, meine Schultern beben, in mir bricht alles auseinander.

36

Dies ist meine letzte Nacht im Zug. Morgen Abend sind wir in Moskau.

Die Reise hat nichts geheilt. Ich habe Omar nicht gefunden. Ich kann meine Familie weder zurückholen, noch kann ich sie loslassen. Ich weiß nicht, was ich in Moskau vorfinden werde, welches Leben ich mir dort alleine aufbauen kann.

In der Nacht bleibe ich wach und sehe den Ural in der Dunkelheit vorbeiziehen. Ich höre Javad in den Bergen im Haus meiner Großeltern lachen.

»Ihr werdet schon sehen. Ihr werdet schon sehen.«

Ich weiß noch, wie ich wegrannte, alle verfluchte, sie zurückließ. Es ist meine Schuld. Ich kann den Gedanken, dass ich alles irgendwie ausgelöst habe, einfach nicht abschütteln.

Die *Provodnitsa* betrinkt sich heimlich im Abstellraum, sie ist wütend, weil sie ihren Bergmann zurücklassen musste. Es kümmert mich nicht. Ich verschließe die Tür und versuche, mein Buch zu Ende zu lesen. Als das Morgenlicht in den Wagen strömt, bin ich beinahe durch. Anna und Wronskij leben sich auseinander. Ich kann nicht glauben, dass die Liebe nicht triumphiert. Sie glaubt sich von ihm betrogen, ist zornig und angewidert von der Welt und sich selbst.

Der Zug hält in Nischni Nowgorod. Die *Provodnitsa* weist die Fahrgäste an, sich die Beine zu vertreten. Alle steigen pflichtschuldig aus, bis nur noch ich mit meinen Gedanken hier sitze.

Ich habe mich so bemüht, das Geschehene zu verdrängen, es von mir fernzuhalten. Ich wollte es verändern, es zur Geschichte eines anderen Menschen machen. Es ist eine Geschichte, die ich nie erzählen wollte. Aber jetzt wird mir klar, dass ich sie erzählen *muss*. Während ich die anderen Reisenden beobachte, die lachend und scherzend auf dem Bahnsteig stehen, sickert die Leere in mein Herz. Wie soll ich Amira jemals finden? Was für ein Wahnsinn, alles zurückzulassen und allein hierherzukommen. Meine Hände zittern wieder. Sie wollen einfach nicht aufhören.

Ich beschließe auszusteigen. Die Einsamkeit trifft mich so sehr, dass es mich nicht mehr kümmert, was mit mir geschieht, fast als wollte ich, dass die *Provodnitsa* mich erwischt. Meine Beine sind steif und schwer, als ich langsam von dem hohen Trittbrett steige und mich auf dem Bahnsteig umschaue.

Auf der Gegenseite saust ein Güterzug vorbei, er verschwimmt, als er mit hohem Tempo vorbeirattert und ein Warnsignal ausstößt. Ich kann mir ohne weiteres vorstellen, wie ich ganz am Ende stehe, an der Bahnsteigkante, fernab vom Gewimmel der Reisenden. Ich könnte dort warten und den richtigen Moment abpassen. Ich stelle mir vor, wie es sich anfühlen würde, einfach alles auszublenden, die Erinnerungen in meinem Kopf zu löschen, endlich Frieden zu finden.

Ich entferne mich vom Zug und seinen leeren Wagen. Die Stimmen von Masha, Nas und Robina, das Grollen der Erde, als sie sich über den Berghang ergoss und das Dorf unter sich begrub, Javads Gelächter, Aras Körper, der mit dem Gesicht nach unten im grauen, schlammigen Wasser trieb, Abdul-Wahabs Hände, die im Dunkeln nach mir griffen – das alles lastet schwer auf mir.

Ganz am Ende des Bahnsteigs kann man die Stimmen der anderen Reisenden kaum noch hören. Meine Stirn ist kühl und feucht. Ich gehe dorthin, wo die Güterzüge aus dem Bahnhof donnern, um ihre Ladung in ganz Sibirien zu verteilen.

Ich trete näher an die Kante. Hier, im Schatten der Signalhäuschen, bemerkt mich niemand. Ich bin unsichtbar. Wenn ich springe, wird mich niemand vermissen. Niemand wird erfahren, dass ich weg bin oder jemals hier war.

In der Ferne höre ich das Pfeifen eines heranfahrenden Zuges, es wird immer lauter und füllt meine Ohren. Ich mache die Augen zu und beuge mich vor. Es ist eine Sache von wenigen Sekunden. Ich werde nichts spüren. Ich spüre schon jetzt nichts mehr. Meine Finger klopfen gegen mein Bein, als wollte ich mich vergewissern, dass ich noch da bin.

»Samar!«

Ich drehe mich verwundert um. Der Zug donnert an mir vorbei. Der Augenblick ist dahin, verschwindet in der Ferne.

Ich zittere im kalten Luftzug, der den Waggons mit ihrer unbekannten Ladung folgt.

Ich trete aus dem Schatten und folge dem Klang der Stimme.

»Samar! Na komm schon, warum so traurig?« Ich blicke überrascht hoch. Da steht Napoleon – er sieht viel nüchterner aus als bei unserer letzten Begegnung. Und ich hatte gedacht, ich würde ihn nie wiedersehen.

»Wir sind Überlebende, du und ich«, sagt er und bedeutet mir, mich neben ihn auf die Bank zu setzen. Alte Zeitungen flattern auf dem Sitz, Neuigkeiten aus der Welt, die mich daran erinnern, dass es diese Welt gibt, dass es mir nicht bestimmt ist, bis in alle Ewigkeit in meinem Kopf zu reisen, von Ost nach West und von West nach Ost.

»Du hast mir einen ganz schönen Schrecken eingejagt«, sagt Napoleon. »Du darfst nicht aufgeben, verstanden?« Er schlägt mir sanft gegen die Schulter und lächelt. »Du kannst immer wieder neu anfangen, Samar«, sagt er leise.

Diesmal widerspreche ich nicht.

»Na komm! Alle warten auf dich.«

Wir gehen zurück zum Zug. Einige Passagiere laufen noch umher, reiben sich in der kalten Luft die Hände und stampfen mit den Füßen, um sich warm zu halten.

Wir steigen ein. Er zuerst, um sicherzugehen, dass mich die *Provodnitsa* nicht erwischt.

Zum ersten Mal seit langem fühle ich mich nicht mehr so taub. Ich fange an, wieder an Amira zu denken, an die Chance, sie in Moskau zu finden. Ich stelle mir vor, dass Omar noch irgendwo dort draußen ist. Ich darf nicht aufgeben – ich darf Omar nicht aufgeben oder Amira oder meine Familie und das, was sie sich für mich gewünscht hätten. Ich darf mich nicht von dem, was geschehen ist, zerstören lassen.

Napoleon beobachtet mich. »Fang wieder neu an, Samar.«

»Du bist nicht real.«

»Das vielleicht nicht«, sagt er lachend. Ich lache mit ihm. Es quillt aus mir hervor, ein verrücktes Gelächter, weil ich den Tod überlistet habe – weil ich noch hier bin.

Er legt mir die Hand auf die Schulter, und dann ist er verschwunden. Napoleon hat geholfen, mich zu retten. Ich stehe im Gang und schaue mich um, weil ich mich bei ihm bedanken will. Aber er ist nicht mehr da. Mir wird klar, dass ich ihn nie wiedersehen werde, aber die Vorstellung, ihn zu verlieren, macht mir nicht mehr solche Angst.

Dies wird ein neuer Anfang.

Im Abteil nebenan finde ich einige Notizbücher, die die beiden Jungen und ihr Vater vergessen haben. Auf das Deckblatt hat jemand einen Zug gezeichnet, lang und gewunden, der durch die grasbewachsene Steppe fährt. Drinnen entdecke ich Zeichnungen von der Reise: Brücken, Wälder, Hirsche, Jurten, ein wenig schmeichelhaftes Bild der *Provodnitsa*, über das ich lachen muss, Zeichnungen von Schachzügen, Hinweise und Tipps für die Jungen. Die übrigen Seiten sind leer. In der Spirale des obersten Notizbuchs steckt ein schwarzer Kugelschreiber.

Ich nehme alles mit.

Als ich wieder in mein Abteil komme, schauen Madar und Baba mich an. Ara und Omar, Javad und der kleine Arsalan sind auch da. Sitara tapst zwischen den Sitzbänken umher. Sie streckt mir ihre kleine Hand entgegen, damit ich sie festhalte – oder sie mich. Alle lachen. Ara wird später singen. Omar und Javad tragen spielerische Kämpfe aus. Der kleine Arsalan zeichnet mit rotem und blauem Buntstift Bilder von Zügen. Madar und Baba machen mir Platz. Madar berührt den Sitz neben ihr.

»Hier, Samar«, sagt sie und streichelt mir über die Wange. »Bald sind wir in Moskau. Amira wartet schon auf dich. Ich habe ihr gesagt, dass du kommst.«

Baba nickt; er beobachtet mich. Er lächelt.

»Gute Idee«, sagt er, als er die Notizbücher in meiner Hand bemerkt.

Madar drückt sanft meinen Arm und sagt: »Denk dran, Samar, alles ist möglich.«

Ich spüre ihre Wärme und weiß, dass sie recht hat. Als ich mich an die Geschichten erinnere, die sie mit uns geteilt hat, in denen ihre Worte einen Zauber woben, füllt sich mein Herz mit Liebe zu meiner Familie und unserer verrückten Reise, zu dem, was war und was kommen wird.

Ich denke an das gelbe Haus, hinter dem das Sonnenlicht auf die Gipfel des Hindukusch fiel. Ich sehe Omars grünes Fahrrad an der Mauer lehnen und darüber die Blüten des Mandelbaums. Ich höre die Stimmen meiner Familie, die um mich herum singen. Ich halte mich an den Erinnerungen fest, die mich in der afghanischen Erde verwurzeln. Sie sind in mir. Ich werde sie mitnehmen, wohin ich auch gehe.

Ich bin jetzt bereit, unsere Reise zu beenden, aus dem Zug zu steigen und irgendwo neu anzufangen, wo ich nicht mehr davonlaufen muss. Wo ich sicher bin.

Noch während ich zwischen ihnen sitze, verklingt ihr Geplapper, sie verblassen und werden still, und der Zug füllt sich wieder. Der Lokführer will endlich losfahren, die Reise hinter sich bringen. Die *Provodnitsa* scheucht die letzten Trödler in den Zug.

Moskau ist nicht mehr weit. Ich warte, bis der Zug aus dem Bahnhof fährt, bis sich die Passagiere hingesetzt haben, die *Provodnitsa* hin und her gelaufen ist und mich endlich in Frieden lässt.

Und dann beginne ich zu schreiben.

Anmerkungen der Autorin

Wir wählen nicht die Geschichten, die wir erzählen – sie wählen uns. So war es auch bei mir und der Geschichte von Samar und ihrer Familie, von ihrer Reise ins Überleben und in die Sicherheit.

Man sollte nicht nur über das schreiben und lesen, was man schon weiß, sondern auch über das, was man wissen möchte. Neugierig sein. Aus dem Bequemen, Vertrauten heraustreten.

Ich bin in Nordirland während der Unruhen der 1980er Jahre aufgewachsen, und mein kindliches Selbst konnte nie begreifen, weshalb Menschen so wild darauf waren, Konflikte zu schaffen. Es gab doch viel mehr, was uns verband, als was uns trennte. Sobald ich alt genug war, um allein zu reisen, ging ich weg – ich wollte neue Orte erforschen, fremde Sprachen lernen, Türen in Welten öffnen, die anders als meine eigene waren. Und mein Bedürfnis, die Welt zu verstehen, ist im Laufe der Jahre, in denen ich mit vielen Aktivisten, jungen Menschen und Schriftstellern aus vielen Ländern zusammengearbeitet habe, nur noch größer geworden.

Da ich so gerne reise, begann die Geschichte für mich mit

dem Bild der Transsibirischen Eisenbahn und ihrer Reise, hin und her, von Ost nach West und von West nach Ost. Anfangs wusste ich nicht, dass es auch eine Geschichte über Afghanistan werden würde und wie Konflikte alles verändern, doch wenn ich an mich selbst als junges Mädchen denke, begreife ich, weshalb mir die Geschichte und die Erzählweise, die ich gewählt habe, so wichtig waren.

Die ersten Entwürfe schrieb ich aus der Sicht der Mutter Azita, einer rätselhaften Figur, die, wie ich bald erkannte, ihre Geheimnisse nicht so leicht preisgeben würde. Also verlagerte ich meine Aufmerksamkeit auf Ara, genau wie ich eine älteste Tochter, da mir diese Perspektive leichtzufallen schien. Aber es war ein Fehlstart, und ich begriff sehr bald, dass das Schreiben am lebendigsten wird, wenn man sich außerhalb seiner üblichen Perspektive bewegt. Ich hatte keine Ahnung, wie es ist, das mittlere Kind einer Familie zu sein, doch Samar sollte es mir sehr bald zeigen.

Der Roman umfasst die Zeit von den 1960er bis zu den 1990er Jahren. Zum Glück konnte ich auf viele Forschungsquellen zurückgreifen, die mir die Epoche so gut erklärten, dass ich genau die Geschichte erzählen konnte, die ich mir vorstellte. Ich habe versucht, so exakt wie möglich zu sein, alle verbliebenen Fehler sind meine eigenen. Dies ist ein fiktionales Werk, und alle Personen, Orte und Ereignisse werden fiktiv verwendet.

Als ich die Region bereiste, bekam ich ein Gespür für Orte und Menschen. Und auch, indem ich viel Zeit mit liebenswürdigen und großzügigen Kollegen und Freunden aus Afghanistan, Zentralasien und Russland verbrachte.

Über die Jahre habe ich mit vielen jungen Menschen gearbeitet, die auf unterschiedlichste Weise von diesem Konflikt betroffen waren. Ich habe oft beobachtet, dass der Schulbesuch der Schlüssel zu allem ist und über die künftigen Chancen eines Menschen entscheidet. Daher war es mir so wichtig zu beschreiben, wie ein junges Mädchen und seine Geschwister ebendiesen Weg in eine sichere, erfolgreiche Zukunft verlieren.

Während meiner Zeit beim PEN International erlebte ich oft, wie Familien auseinandergerissen wurden oder gezwungen waren, ihre Heimat und ihr bisheriges Leben zu verlassen und irgendwo neu zu beginnen. Viele Geschichten waren herzzerreißend. Am meisten aber erstaunte mich die Fähigkeit dieser Menschen, nicht aufzugeben und trotz aller Leiden und Verluste ihren Weg zu finden.

Dieses Buch ist auch ein Tribut an diese Menschen und zahllose andere, deren Tapferkeit uns staunen lässt.

Und es wurde auch für Sie geschrieben, die Leser. Danke, dass Sie die Reise mit Samar unternommen haben.

Danksagung

Mein Dank gilt allen, die mich bei der Arbeit an dieser Geschichte und ihrer Veröffentlichung unterstützt haben, vor allem der weltweiten PEN-Gemeinschaft, deren Mitglieder mich immer wieder mit ihrer unerschöpflichen Tapferkeit und Widerstandsfähigkeit inspirieren – es sind bemerkenswerte Menschen, die oft unter schwierigsten Umständen schreiben. Die Geschichte gehört auch euch und allen, die daran glauben, dass die Macht der Geschichten uns verwandeln kann.

Mein Dank gilt dem Team bei *Mslexia*, vor allem Peter Florence, Winifred Robinson, Jonathan Hallewell und Julia White, die die Geschichte großzügig auf den Weg gebracht haben.

Ich danke meiner ersten Leserin Catherine Cho, meinem Agenten Jonny Geller, Kate Cooper, Eva Papastratis und dem phantastischen Team bei Curtis Brown, dessen Leidenschaft für Bücher ebenso grenzenlos ist wie die Unterstützung für seine Autoren.

Ich kann mir keine talentiertere oder engagiertere Verlegerin als Lisa Highton von Two Roads Books wünschen. Sie hat dieses Buch mit bewundernswertem Geschick und viel Geduld gelenkt. Mein Dank gilt auch Federico Andornino, Amber Burlinson, Mandi Jones, Miren Lopategui, Rosie Gailer, Caitriona Horne, Sara Marafini, Jesús Sotés und dem ganzen wunderbaren Team bei Two Roads, John Murray Presse und Hodder & Stoughton – jeder einzelne ein unermüdlicher Büchergladiator.

Danke auch an meine internationalen Verleger, dass sie diese Geschichte Lesern in aller Welt nahebringen.

Sie erzählt von Familie und wie eine Familie uns zu dem macht, was wir sind – also danke ich auch meiner eigenen Familie. Meinen Eltern, die mir ein Heim voller Bücher boten, in dem ich mich verlieren konnte, und die mich immer ermutigten, daran zu glauben, dass ein Mädchen alles schaffen kann, was es sich vorgenommen hat. Meinen Schwestern für ihre Freundschaft und Ermutigung.

Viele Freunde haben mich während der Arbeit unterstützt – auch ihnen gilt mein Dank.

In Liebe für Howard und Riley, die mich zu einem besseren Menschen und einer besseren Schriftstellerin gemacht haben.